蜗居杂记

张基祥 著

（上册）

山西出版传媒集团
山西人民出版社

图书在版编目（CIP）数据

蜗居杂记／张基祥著．—太原：山西人民出版社，2020.8
ISBN 978-7-203-11529-8

Ⅰ.①蜗… Ⅱ.①张… Ⅲ.①散文集－中国－当代 Ⅳ.① I267

中国版本图书馆 CIP 数据核字（2020）第 136542 号

蜗居杂记

著　　　者：	张基祥
责任编辑：	王晓斌
复　　审：	贺　权
终　　审：	秦继华
装帧设计：	陈　婷

出 版 者：	山西出版传媒集团·山西人民出版社
地　　址：	太原市建设南路 21 号
邮　　编：	030012
发行营销：	0351－4922220　4955996　4956039　4922127（传真）
天猫官网：	http://sxrmcbs.tmall.com　电话：0351－4922159
E － mail：	sxskcb@163.com　　发行部
	sxskcb@126.com　　总编室
网　　址：	www.sxskcb.com

经 销 者：	山西出版传媒集团·山西人民出版社
承 印 者：	山西出版传媒集团·山西新华印业有限公司
开　　本：	890mm×1240mm　　1/32
印　　张：	15
字　　数：	300 千字
印　　数：	1—1000 套
版　　次：	2020 年 8 月　第 1 版
印　　次：	2020 年 8 月　第 1 次印刷
书　　号：	ISBN 978-7-203-11529-8
定　　价：	68.00 元（上、下）

如有印装质量问题请与本社联系调换

壶中日月话老张（代序）

程向军

"醉里乾坤大，壶中日月长"一联，出自《水浒传》第二十九回《施恩重霸孟州道，武松醉打蒋门神》，清才子金圣叹誉之为"千载第一酒赞"。后人也有将"醉里"改为"酒里"，即"酒里乾坤大，壶中日月长"。

酒有清浊之分，其饮也有文武之谓。文者如："绿蚁新醅酒，红泥小火炉。晚来天欲雪，能饮一杯无。"讲究的是曲水流觞、浅酌低吟。武者如："五花马，千金裘，呼儿将出换美酒……烹羊宰牛且为乐，会须一饮三百杯。"讲究的是大江东去，气吞万里。

文人大都能与酒扯上关系。但所谓"醉翁之意不在酒"，在乎的是一种心情、一种气氛。再往深里说，是一种心胸境界和人生智慧。故有高人总结说：酒是好酒，人是妙人；

酒本无智，人赋予慧！

老张善饮，素为人知。然其文学、史学、曲艺、表演诸才亦颇为人称道。酒才兼养，倘或如是？我与老张相交多年，深知其饮，酒为清冽，心为上智，实在是当得起这"酒里乾坤大，壶中日月长"。

初识老张，是在一次关于文化工作的座谈会上，老张谈及饮酒渊源。"八岁母亡，父代其职，为御冬寒，教儿吮酒。"老张自诩"饮酒童子功"，个中况味，甘苦自知。

又识老张，是关于他的一则轶事。某次外游，购得小酒一瓶，羡其瓶式独特，归遗小儿收藏。孰料登机安检，索弃必然。情急之下，问曰："空瓶可带？"答曰："可。"再问："登机禁饮否？"答曰："否。"老张旋即启瓶，一饮而尽。观者目瞋。自是声名日盛，饮酒过瓶之谓广传。究其然，一瓶者，二两也！附会之说，以讹传讹。然则老张之诙谐风趣、机警灵敏可见一斑。

再识老张，是我俩赴京校稿时的一桩小事。晚来沽酒，二人争付酒酬，店员调停曰："酒酬不多，谁付也可！"老张打趣："不多尔付！何如？"店员气恼："凭啥？"我知误会，急曰："此吾境之幽默大师也！"店员醒悟，知是玩笑耳。由是宾主欢欣，攀乡认亲。老张人缘广泛，盖在平素学说吟唱，打趣逗乐中来。其亲于人，人也不觉其远，此之谓也。

老张以"童子不坏之身"，六十年畅饮如兹，苦也饮、甜也饮，忙也饮、闲也饮，饮下的是清冽，呵出的是真言，善听者当下领悟，顿感醍醐灌顶，拙闻者事后反省，方知酒后真言。然则老张依旧是老张，终日里乐呵呵，笑吟吟，或写、或编、或讲、或访，或唱、或跳，精精神神，忙忙碌碌，直把一个"酒里乾坤大"，活成个"壶中日月长！"

犹记得，与老张出差同住一屋。临晨睡起，但见老张趴在卫生间的洗手池上记笔记。问曰："何不在屋里写？"答曰："怕吵你睡觉！"再问"何事急耳？"答曰："当日之事必记，六十年来如此！"——好一个"推己及人，水滴石穿"的壶中日月。

常听说，老张平素喝五块八块的散酒，有朋来访，必拿出珍藏多年的佳酿共享——好一个"克己复礼，美美与共"的壶中日月。

费思量，老张退休之后，比上班更忙了，终日里，为张君改改小说，替王君校校文稿，不图名，不图利，最多只换得一顿酒酬——好一个"胸襟旷达，天地无私"的壶中日月。

饮酒一辈，一辈饮酒，个中真假，醒醉与否，唯有老张自己能说清这"酒里乾坤"。老张一辈子钟情文字，除其他十余部专著外，晚年又集成关于自己的《三记》，厚积薄发，终成斯愿。老张和我约定："等出了书，咱们喝一顿酒！"

我说："行，到时再请教你这'酒里乾坤，壶中日月！'"

（作者系晋中市作家协会会员、左权县作家协会首届副主席）

前　言

我酷爱文学，在各种文学体裁中，更喜欢散文。散文短小精悍，直抒胸臆，茶余饭后，随手就可捧起，拜读几篇，给人以启迪，给人以愉悦。但我的散文写作，的的确确是业余爱好，抽空所为。

前半辈子搞新闻。因为我当了五年小学教师后，就调到县广播站当了编辑、记者，后来组建了广播事业局（后又为广播电视局、广播电视中心），我仍然分管下属的电台、电视台的新闻宣传工作。新闻，最讲究时间和效率，为此投入了全部精力，自然无暇涂写自己喜欢的文字。

后半辈子搞旧闻。53岁离岗休息后，仅出版了一部《漫游散记》，一部《辽阳题咏选注》，应左权县老区建设促进会的邀请，又投入了《左权抗日根据地史料丛书》的编写工作，同会长皇甫建伟合作，先后编写了《碧血辽县》《抗战文化》《抗战诗歌选》《永恒的记忆》《乡村记忆》（上下册）等五部六册史料集，总计达150万言，并收录自拍照片1000余幅。其间，又与"辽县（今左权县）抗日战争纪念馆"的创办者王艾甫先生合作编写了《铁证·日军侵华罪证自录》《铁证·王艾甫抗日藏品精选》两部史料集，两书图文共计近500页，其中文字40万字。上述七部八册史料集，耗费了我十多年的精力。

散文写作初心不改。时间紧迫，可以一日四勤，即上午下午外，再加上午休和晚间。零零星星，又写出一些散文、回忆录、书评。通过整理，同时出版《蜗居杂记·文事琐记》和《蜗居杂记·心事铭记》，加上之前的《漫游散记》，也算是"老张三记"吧。

日月如梭，转眼古稀。在文学写作上没有什么建树，但能为今人奉上、为后人留下当地重要史料，也不枉我钟爱写作的初衷。同时留下一些我喜欢的文字，也许还有人喜欢，那就更令人欣慰了！

2018年8月8日

目　录

我 / 看 / 文 / 友

3 / 沉重的话题——读温暖先生《重上石膏山》有感
8 / 词如其人——重温韩卫平两部词集
14 / 乡情乡韵暖乡人——读侯玉平诗集《清漳放歌》
18 / 点点滴滴都是情——读刘有根散文集《太行奶娘》
23 / 心茶溢香品人生——乔叶散文集《一盏心茶》代序
27 / 心灵的强音——读乔叶《我的左手扶住你的右手》
33 / 深沉的歌者——新春写给侯俊伟的《山乡恋歌》
36 / 悠悠往事浓浓情
　　——李玉玲散文集《我是冠山人》代序
40 / 让乡村记忆成为永恒
　　——为程瑜影集《千年古村落·大栄》而作
43 / 拜读宋树元《老辽阳》有感
49 / 空谷幽兰溢清香
　　——侯玉平《神女峰下的传说》代序
52 / 布衣才子亦风流——鹰翔《诗书一百首》代序

56 / 浓浓赤子心——郝建文《我的桐峪我的家》序

59 / 霜叶红于二月花——写给武乡文友张国华

63 / 季羡林先生的"败文"

文 / 友 / 看 / 我

69 / 读张基祥先生《辽阳题咏选注》有感（外一首）

71 / 读《抗战文化》感赋（二首）

73 / 鹊桥仙·喜读张基祥《辽阳题咏选注》有感

75 / 赠张基祥老师并祝《辽阳题咏选注》出版

77 / 散漫人生·赏读张基祥先生《漫游散记》

80 / 深情的目光——读张基祥老师著述有感

82 / 桥头

84 / 贺基祥弟两书面世二首

85 / "文学老年"也逢时
　　——从张基祥同志的两本书所想到的

92 / 读《辽阳题咏选注》——写给张基祥的信

96 / 我读《漫游散记》

100 / 读张基祥《漫游散记》有感

102 /《漫游散记》读后

104 / 恩师李园澍来信

106 / 老树开花更宜人——读张基祥和他的新书有感

110 / 老张其人

119 / 脚印印开花故事事多
　　——记左权县作家协会主席张基祥

133 / 厚重的平常心

135 / 喜读《漫游散记》
146 / 初识张基祥
149 / 名胜所在 贵乎心得
150 / "趣"人张基祥
155 / 父亲

我书之（前言）序、后记

161 /《漫游散记》序
164 /《漫游散记》后记
167 /《辽阳题咏选注》序——愿留好诗在人间
170 /《辽阳题咏选注》前言
173 / 注译者的心里话·《辽阳题咏选注》代后记
175 /《走进左权》丛书总序
178 /《走进左权》丛书后记
181 /《走进左权·山水胜迹》前言
183 /《碧血辽县》序一——太行精神万古传
186 /《碧血辽县》序二——昨天，绝不能忘记
190 /《碧血辽县》前言
193 /《碧血辽县》后记
196 /《抗战文化》前言
201 /《抗战文化》后记
204 /《抗战诗歌选》前言
206 /《抗战诗歌选》后记
209 /《永恒的记忆》序一——让太行精神代代相传

212 /《永恒的记忆》前言

215 /《永恒的记忆》后记

217 /《铁证·日军侵华罪证自录》序——维护抗日战争及世界反法西斯战争胜利的历史正义

226 /《铁证·日军侵华罪证自录》后记
　　——王艾甫与他的抗战收藏品

231 / 不能忘却的红色村寨——《村寨记忆》代前言

234 /《村寨记忆》后记

238 /《东隘口村志》后记

我 / 看 / 文 / 友

沉重的话题

——读温暖先生《重上石膏山》有感

凡游记类散文，往往表达赞美之意。或描摹山水风光自然天成的美，鬼斧神工的美；或称颂楼台亭榭雄浑壮阔的美，灵巧精秀的美；或欣赏人文景观外在的美，内涵的美。借景抒情、托物言志，大都是潇潇洒洒、高高兴兴，让读者和作者一块游览，一起欣赏，一同快乐。

然而，读了散文大家温暖先生的《重上石膏山》，却感到一丝沉重，让我陷入沉思，继而感慨万千，真是"别有一番滋味在心头"。

2011年5月下旬，晋中文联文学工作会议在灵石县召开。我虽无缘参会，但却有幸拜读到部分参会作家在"石膏山笔会"活动中写出的诗文作品。

游记十一篇，诗歌三十首，可以说篇篇精彩、首首灵秀；

各具特色、各有千秋，组成了一幅色彩斑斓、跌宕起伏的石膏山画卷。所刊诗文，或通过游山玩水感悟哲理；或通过探源追寻山之灵魂；或写沿途山势的险峻、绿色植被的茂盛；或写山间幽壑清流、山顶云烟雾绕；或写风铃叮当、木鱼声声的寺庙。读者随着他们，饱览了石膏山的风光，豪品了石膏山的风味，得到了不少人生的启迪。

　　读完全部笔会作品，重新品味《重上石膏山》，我却有一种异样的感触。温暖先生此文，几乎和他所有的散文一样，并不刻意谋篇布局，而是如叙家常，娓娓道来。先是介绍石膏山的基本情况，后忆2010年秋游石膏山印象，浓墨重彩地描绘了石膏山的媚人风光，并将石膏山赞之为"一幅幅葱茏厚重的油画，一幅幅意境深邃的国画，或一幅幅潇洒飘逸的水彩"。

　　作者着意描绘、竭力宣扬石膏山之美，却缘于"它在我的故乡已是仅存的两三处原汁原味的自然景观了"。接着他就描写了生养他的山野小村：原本是桃杏花开，小溪流淌，儿童戏水，村妇捣衣的"世外桃源"式小村，如今井水枯竭、河床干涸，甚至原本的产煤大县，居民至今竟无煤可烧，几近不毛之地。"然近些年来就大不一样了"一声感慨，就不仅仅指他童年乐园的小村，而是全县了。作者将二十年来"儿女"对"母亲"无情践踏之恶果一一列出，令人不寒而栗，令人痛心不已，令人感慨万端。究其因，则是无序开发、私挖滥采造成。难怪作者"和前些年出游不同，在大自然面前，如今总觉得感慨良多，感念过多，总觉得有许多说不尽的话题和想象的空间"。

文人为文，自然要有歌功颂德之作。有功当歌，有德当颂，无可厚非。文人为文，也有鞭笞时弊、揭露丑恶之意。有弊当鞭，有丑当揭，更无可厚非。

有人说：用文学来说教，就失去了文学的意义。是的，说教绝不是文学的本意。温暖先生不是说教，而是他忧于内心的真情流露，是真知灼见的喷涌宣泄，这恰是真正的文学。

人活着不能没有情感与责任。有情感，才能明辨是非，才有爱恨情仇；有责任，才能对得起社会、对得起自然、对得起亲情。文学活着，也体现在情感表达和责任担当。文章面世，不能让人振聋发聩，也当使人潜移默化。

有社会责任感的作家，才会有忧患意识；有忧患意识的作家，才会感到孤独、沉重、压抑。这种孤独，不是鹤立鸡群孤芳自赏，不是脱离尘世远离人群，而是更关心尘世、更关爱人的深沉的表现。人未想之我想之，人未愁之我愁之，人未思之我思之。写到这里，我突然想到：范仲淹因"先天下之忧而忧"，成就了千古不朽的《岳阳楼记》。温暖先生的《重上石膏山》，表达的同样是这种思绪，这种情怀。这是难能可贵的忧虑。

无独有偶。发表于《乡土文学》2011年第一期上的李彦乔的《春天二题》，其行文立意，可谓和温先生之文，异曲同工。在《春风的味道》里，他记忆中的平原，坝柳成行，渔舟往来，一缕游丝般春风轻抚河水。春风里，有返青麦苗的味道，有浓浓的泥土芳香的味道，有一种让人醉倒的味道。读者和他一起陶醉之时，他突然道出一句"多么想唤回远逝的春风"。在《曾与燕子有约》中，作者回忆了寻常百姓家，人与燕同居的温馨和谐情景后，想到如今城市高楼林立、乡村青堂瓦舍，还会有人给燕子留有做窝的空间吗？自答一句："我想是应该的。"好似轻言轻语、轻松回忆，读完却让人心里沉甸甸的，令人惆怅不已。

最后，温暖先生在文章中欣慰地写道："石膏山幸遇高识，得以在切切实实的护理开发中，正生机焕然，颜容尽展。"给我们带来了光明和希望。

其实，早在1994年我就"认识"了温暖先生。购得一本温暖先生的《乐园寻梦录》，一读就爱不释手，且珍藏至今。我能写出《漫游散记》，受了他很大的影响。前几年，去灵石王家大院旅游，闻听温暖先生在大院供职，极想当面请教，又不敢贸然打搅，至今为憾。虽然我们未曾谋面，但他的作品早就"温暖"了我的心。温暖先生不愧为散文大家。这个大，不仅在于他行文自然流畅、毫无雕作之痕，情理交融、发人深省，更在于他有一颗大写的"心"，这就是有社会责任感的忧国忧民之心。他的散文，是用"心"写出来的。

温暖先生在文章的结尾中写道："但愿我耿耿在念的石膏山能够一如既往，如诗如画，不被亵渎，不遭侵害，永远完美地屹立在我的故乡，我的心头。"让我们一起"但愿"，但愿伟大祖国的锦绣江山能够永远锦绣；但愿我们开始从心头做起，从笔头做起，从行动上做起，把"但愿"变为"如愿"。

文已成，却无题，觉得话题有点沉重，权以为题。所以"有感"，因不是"文评"，仅是"读后感"而已。

注：本文首发于晋中市《乡土文学》2011年第六期。

词如其人

——重温韩卫平两部词集

我不懂诗词,更不会写诗填词,却还偏偏喜爱诗词。

我在题为"乡情乡韵暖乡人"的评侯玉平诗集一文中,说过类似的话。今天还要说,因为这是我的心里话。

初读韩卫平《漳波吟韵》,至今已整整十年。初读韩卫平《太行吟颂》,至今也已四年。

正因上述原因,我对韩卫平的两部词集一字未写。

不是没有感触,而是感慨颇多,一时不知从何说起。

不是不想品评,而是千言万语,一时不知从何下笔。

词如其人。韩卫平有股钻劲,有股韧劲,有股不达目的不罢休的拼劲。韩卫平本人秉性耿直、为官清廉,却又讲义气、重感情。因此他的词,既充满正义之气、清廉之风,又有浓浓的儿女常情。读其词,知其人,观其人,解其词。

韩卫平，1955年6月生于山西省左权县下峧村一个农民家庭。由农民而村干部，再到乡、县两级党委、政府工作，直至担任左权县政协主席。在这个山区小县，他的官也算是做至"极品"。但他为民不卑，为官不傲，依然故我。当好官，为好民，忙里偷闲还做点自己爱做的事。我比他稍长，又为文友，故直呼其名，更觉亲切。

卫平的两部词集，时时置于我的案头，一有闲暇，就翻开来看，再三品味，反复欣赏。原因有三：其一，这是中华人民共和国成立以来，县域之内，一连出两本词集的第一人，仰慕之情，油然而生；二是词品较高，越品味道越醇，钦佩之情，油然而至；三是自叹弗如，当仔细拜读学习，紧随其后，亦欣然也。

我和卫平交往，有一件小事难忘。时值卫平任县委常委、宣传部部长，作为分管宣传的县广播局副局长，我自然是他的部下。每年正月闹元宵，作为全国民歌之海、花戏之乡的左权县，自然要大大热闹数天。从县委、县政府的领导到山庄窝铺的黎民百姓，将一年的辛劳暂抛一边，敲锣打鼓，喜庆一番。为了达到好的效果，县领导就毫无顾忌地指示：文艺大游行，沿街架起大喇叭，让喜庆之声传遍全城。这下可苦了广播局的干部职工。那时一缺设备，二无资金，只好凑钱买设备，挖库找积存，连明搭夜完成上级指令。然而一到时候，不是机器不转，就是线路不通。领导着急，我们寒心。但这年不同了：县领导一下命令，卫平立即就说：安机器架专线不是凭空而来的，要给广播局同志拨一点必要的经费。一两天内，2000元到手。我们忙购置新机器,架设新专线,漂漂亮亮地完成了现场直播、晚上录播的任务。

话扯远了,还是来看卫平的词。

卫平的词耿直大气,身居小县,放眼全国,胸怀世界。《临江仙·学习〈中国共产党七十年〉有感》《念奴娇·学习马克思〈资本论〉抒怀》《一剪梅·纪念毛泽东同志〈在延安文艺座谈会上的讲话〉发表五十周年》《百字令·学习〈邓小平文选〉第三卷有感》《喝火令·学习江泽民主席迎春谈话有感》《永遇乐·迎香港回归感赋》《汉宫春·喜迎新世纪》《满江红·纪念抗日战争胜利60周年》等等,登高望远,以诗人之犀目俯瞰天下,直抒胸襟,以小民之真情颂扬宏宇。

这类词,很难填写。或易流于平泛,或易失之空洞。但卫平处之既大气,又细腻。请看《一剪梅·纪念毛泽东同志〈在延安文艺座谈会上的讲话〉发表五十周年》:

五秩春秋岁峥嵘。《讲话》重温,指路明灯。文坛锦绣谁为妍?百花争春,百家争鸣。

昨夜梨园又东风。改革葱茏,经济为中。艺苑张帆向何方?歌颂工农,服务工农。

毛泽东主席的《在延安文艺座谈会上的讲话》发表于1942年,距21世纪初业已半个世纪。其间经过了多少风风雨雨?首句,便点明了毛泽东主席《讲话》发表的时间,而且隐喻了其五十年来之深远影响。第二句更直截了当点明了《讲话》精神永存。第三句为振聋发聩之提问。答案十分明确:"百花争春,百家争鸣。"毛泽东主席当年就高瞻远瞩地提出了"百花齐放、百家争鸣""推陈出新"、既要"阳春白雪",更要"下里巴人"等一系列正确论断。

在毛泽东文艺思想的指引下,根据地崇洋媚外、脱离群众的文艺观得到了及时纠正,出现了《兄妹开荒》《白毛女》等为群众喜闻乐见的文艺作品。中华人民共和国成立以后,又以文艺创作上要"百花齐放"、学术讨论上要"百家争鸣"为指导,出现了创作日趋繁荣、学术迈向纵深的可喜局面。

下阕首句,一语多关。半个世纪过去了,文化艺术界又迎来了新的繁荣,而政治、经济形势又出现了前所未有的大变革。第二句直接点明主题:改革开放的势头汹涌澎湃,以经济建设为中心的新时代已经到来。那么,文艺的方向又当何去何从?回答又是肯定的:"歌颂工农,服务工农。"就是说文艺必须坚持为社会主义服务,为人民大众服务,依然和《讲话》精神一脉相承。

本词将《讲话》精神及其巨大影响表现得淋漓尽致,而且具体阐述了虽经半个世纪的风云激荡,《讲话》精神永放光芒的颠扑不破的真理。

卫平的词激越浩荡。这类词大多显现在风光描述里。请看《满江红·咏清漳》:

滚滚清漳,东流逝。碧浪长吼,泻千里。源出八赋,白虎溪柳。拍岸穿山过五指,飞越石匣出川口。汇交漳,麻田泛波涛,奔腾骤。

母亲河,孕贤秀。辽阳魂,淳朴厚。历千秋风雨,涛声依旧。激流湍泄显豪迈,喜怒哀乐容心窦。正汹涌,澎湃入海流，回荡久。

左权，是卫平的故乡。清漳，是卫平的乳娘。歌颂家乡，歌颂娘亲，情感自然是发自内心，语言自然是不绝流淌。词的第一句就写出了清漳的气势、风韵。以后几句写实，将清漳发源与流向一一点明，戛然而止。

下阕首句点明了清漳河在作者心中，在乡人心中重要的位置。清漳不仅孕育了世世代代当地子民，抗战期间，它还孕育、滋养了无数八路军健儿，为人民、为民族，不惜将鲜血注入清漳，而使滔滔清漳也吐出"血花"。这一切，山河永记，万众同铭。而如今，改革开放的浪潮在这里也汹涌澎湃。新时代的老区人民，正同全国一道，以不可阻挡之势，如众河入海，九九归一，奏出了时代的最强音而"回荡久"。

卫平的词情深意浓。其词集中有关"吟咏题唱""友谊长存""缅怀悼念"等主题的词就有100多首，占全部诗篇315首的三分之一还多。从中央、省、地、市领导，至长者、尊者、师者、逝者，到战友、同志、文友，无不涉及。可见作者上尊领导与长者，下爱同志与友人。字里行间，处处流露出仰慕之情、尊敬之谊、关护之爱。

其中《悼念王爱富同志》："惊悉挚友祸遭身。如刺针，似揪心。""春梦惊醒空涕泣，泪如注，雪纷纷。"何等痛切！《送刘云飞同志荣调县政协》："韶光荏苒固难留，何叹白了头！几经风雨，几经霜雪，丹心照华州。"何等仰慕！《送赵建华兄荣调赴任》："同桌聆教相共勉，隔岸乡镇互激越。""明日遇烦恼，我与谁叙？"何等情真意切!《贺刘有根〈漳河浪〉付梓》:"如痴如醉志弥坚。淬火金石纯青现,再铸新篇。"何等首肯厚望!

卫平的词五彩缤纷。纵观两部词集,涉及词牌70个,涉及内容有时事政论、学习心得、山水风光、人物吟颂、异国风情,确为绚丽长卷。其中还不乏情趣之作,如《贺史佳花、崔建华荣获梅花奖》:

崔建华,史佳花。晋中艺苑两朵花,双双夺"梅花"。生角葩,旦角葩。文武兼备两奇葩,梨园露新葩。

上阕为"花",下阕为"葩",小巧别致,白而又雅。

对卫平的词,要说还期冀什么,那就是希望他的大气之词,再雄浑壮美一些;应酬之词,再深挖细掘一些;风光之词,再加工润色一些。因为雄浑是大气之底蕴;精细是情感之基石;色调是自然之精髓。让词的意境或更浓,或更烈,或更艳,或更纯,或更雅。其实这也是任何一个诗者词者永远追求的目标。

对卫平的词,我只能吟而叹之,诵而颂之。焉再苛求?还请卫平正之。

注:本文首发于2011年4月28日《今日左权》报。

乡情乡韵暖乡人

——读侯玉平诗集《清漳放歌》

　　本不会写诗填词,偏还十分喜爱诗词。刚上小学六年级,便买了《唐诗三百首》,日夜诵读,爱不释手。后来读到的诗词就更多了,但作者都是外地人。我就想,写诗填词不容易,左权难得有此人。后来又知道,明清时代,辽县(今左权县)本籍有十多人出过诗集。我就又想,左权写诗填词后继无人。

　　谁料想刚进入21世纪,韩卫平连出《漳波吟韵》《太行吟颂》两部诗集后,又接到了侯玉平的诗集《清漳放歌》,终于欣赏到了出自乡亲之手的诗词集,首先就欣然!

　　好画如诗,好诗如画。"大漠孤烟直,长河落日圆"的画面,多么雄浑大气而壮美;而"枯藤老树昏鸦,小桥流水人家,古道西风瘦马,夕阳西下,断肠人在天涯"的画面又是何等玲珑小巧而凄凉！

玉平的好多诗，就像一幅幅精美的图画，让人赏心悦目。或浓墨重彩像油画，如《麻田秋色》；或色彩明丽似水粉，如《家乡春景》；或朦朦胧胧似写意，如《游石佛寺》；或精雕细刻如工笔，如《密林峡谷》；而有的则是一幅幅富有雅趣的乡间风俗画，如《秋夜家乡所见》《回乡所见》等。这类诗在诗集中占了一大部分。读玉平的诗，好像欣赏了清漳河畔、太行山中色彩斑斓的巨幅画卷，让读者热爱家乡之情油然而生。

玉平的好多诗，富有哲理，耐人寻味。例如《参加晋中市第一届农民乒乓球运动会偶得》：

球技在乡高一筹，

斗胆太谷竞风流。

无缘奖杯启心智，

悟得楼外有高楼。

短短28个字，简洁、明了、生动地阐述了人所皆知的"天外有天"的道理。作者没有得到奖杯，却得到了更为珍贵的思想启迪。小失换来大得，不亦乐乎！行文非常自然，毫无造作之嫌。

又如《乐山大佛》：

大佛高巍似一山，

威临三江镇巨澜。

狂涛涌足心平静，

洁身自好岁岁安。

好一个"洁身自好岁岁安"！人都要求上进，追求是必要的。但不能盲目追求，无边向往，否则就有无穷的烦恼，就会备受煎熬。多少世人为钱财所累，为名利所缚。欲念愈大，怨恨愈烈，竟至不择手段，反而葬送自身！真乃是"祸不招人人自招"。哪如乐山大佛，无欲无求，波澜不惊，洁身自好，平安千秋！

类似的诗还有《登鹳雀楼偶得》《参加书法竞赛获奖有感》等等。

玉平的诗集中，还有不少合仄押韵、对仗工整的律诗。如《登黄泽关》，"团团黄尘"对"阵阵松涛"，"远眺"对"近瞰"。内中既有历史典故，更书写了今日巨变，读后使人难以忘怀。

纵观诗集，从形式上看，有五言、七言、词、汉俳、宝塔诗、自由诗。从内容上看，有美景描绘、记人感怀、大事辑录、旅游心得、时事述评，可谓形式多样，内容丰富，充分展示了作者驾驭各种诗、词体裁的匠心功力。

要说缺憾，我认为玉平诗中少数诗略显直白。比如《咏父亲》，立意很好，很具感人亲情，但缺少挖掘、提炼诗意，诗境欠浓。农具和他"常相依""四季闲不住""日日沾泥土"，在内容上也似乎重复，所以虽然客观实在，行文也很流畅，却很难打动人心。类似诗作还有《交警赞》《观丁亥县城"迎新春"大游行》《人民教师赞》等。

还有一点就是玉平诗中很少用典。古人云"无典不成诗"，此话未免绝对。但适当用典，便能使有限的字句中，显现出无限的容量来，增强诗的厚度和力度。

上述两点缺憾也许是对作者的苛求，但整个诗集还是瑕不掩瑜，可喜可贺。况且玉平还很年轻，又谦虚好学，一定"诗"途无量！

韩卫平的词，刘有根的散文，侯玉平的诗，都是乡人所写，都充满着乡情乡韵，温暖着乡人之心。这些作者，"承担了一个地方文化人的使命，为地方文化的繁荣做出了不懈的努力"。"对家乡已做出了一个文人应有的贡献"（韩卫平《歌者的收获》语）。祝愿我们左权这个山区小县，能够出现更多这样的作者，出现更多这样的诗文。

本是诗词门外汉，评头论足不自知。不妥之言，还望玉平和读者指正。

注：本文首发于2010年11月28日《今日左权》报。

点点滴滴都是情

——读刘有根散文集《太行奶娘》

2013年后半年,文友刘有根高兴地对我说:"我的《太行奶娘》付印了!"我十分兴奋,同时也在急切地等待着。因为我最清楚,这本书在有根的心中已经装载了整整二十年。二十年,他为这本书不知走了多少路,不知流了多少泪,不知动了多少情。这是他以热泪做墨,以深情为笔写就的一本书啊!

他总说"快了快了",但一直等不到出版。原来,他的这部书稿,被出版社列为重点书目,至少要印5000册,而且给作者提了一些建议,有根便做了最后一次的精细加工和鸡蛋里挑骨头式的修改。

正是桃花红、杏花白的时候,《太行奶娘》终于出版了!还未正式发行,有根从出版社"借"了几本。从太原回来的当天,就送了我一本。捧着这本红黄色封面的书,我认真地掂量了几下,便迫不及待地打开,一篇接一篇地拜读。

太行奶娘,是一群普通得不能再普通的农家妇女。给别人的孩子当奶娘,也是太行山普通得不能再普通的事儿。因为,那时太行山上还没有"奶粉",没奶的娘,把婴儿托给有奶的娘,这事多得是。奶娘给八路军的孩子当奶娘,当地人也不当回事。

最近几年,"太行奶娘"这一默默无闻的英雄群体渐渐引起了人们的注意。段存章、程靖宇和左权县老区建设促进会先后出了这方面的书,特别是左权县小花戏艺术团还演了这方面的戏。他们演出的大型花戏歌舞剧《太行奶娘》,演到了榆次,演到了省城太原,甚至演到了首都北京,演到了各大专院校和军营。人们被"太行奶娘"感动了,震撼了!所以,刘有根《太行奶娘》所写内容就无须再说了,我主要想说的是文友刘有根对"太行奶娘"浓浓的情。

其实,早在 1993 年,有根就开始"关注""太行奶娘"了。

有根几乎是专写以麻田为中心的家乡山水、家乡人物、家乡故事的"乡土散文作家"。在全国各地的报刊上,发表了无数篇这方面内容的精致散文,以致他后来一连结集出版了《太行虹》《漳河浪》《开花调》三本赞美、歌颂家乡的散文集。中国著名的"乡土文学"作家刘绍棠说他"找对了方向,找准了感觉,便会找到正该属于自己的位置"。当代散文大家梁衡说他"根在深山里,花开千里外"。这样一位关注家乡,热爱家乡,歌唱家乡的"乡土作家",

当他一旦发现"太行奶娘"的伟大之处，他就立即为之动情，为之奔波，也就成了自然而然的事了。

这一年，他在河北涉县采访程耀峰同志。老程很郑重地告诉有根："邓小平的儿子邓朴方可是生在你麻田的，还有刘伯承的儿子刘太行，生在你左权县的十里店。"他还怕有根不信，立马翻开《我的父亲邓小平》一书说："你看，这里写着哩。"老程还告诉他："黄镇的六个儿女全是生在太行山上的。"从那时起，有根就"格外操心打问太行妈妈为八路军奶孩子的事"。

不久，第一篇专写奶儿的《邓朴方回麻田》发表了。

从此，一发而不可收。他自费跑遍了左权的山山水水。对活着的奶娘，他是又问询，又录音，又拍照；奶娘不在了，奶爹还在，奶娘奶爹不在了，他们的儿女还在；找不到奶娘的儿女，找到他们的亲戚也行。只要有一丝线索，有根绝不会放过。

为了核实关于奶娘的事，只要有一点可能，有根还要走访奶儿奶女和他们的父母。为此，他远赴河南、河北、山东。为此，他更是多次上省城，到北京。

在寻访奶娘的过程中，有根不仅有激情，更有"深情"。一天，他邀我一同到左权的南乡采访奶娘。第一站就直达麻田的云头底，去看望邓朴方的奶娘郭金梅老人。我说："你不是已经多次采访了吗？"他说："只要有机会，来一次就应当看她老人家一次呀！"不巧，老人家的孙媳妇带她外出了。有根一连唉唉了十几声，那股懊恼劲，真出乎我的意料。接着，我们到南窑，到上麻田。中午了，他不去饭店,说花钱,不去老乡和亲戚家,说麻烦。我说我请他,他还不让。从包包里拿出自带的干粮和水,我也就只好和他"野餐"了一顿。我心里直想:有根原来是个"抠门儿"。不料下午,他带着我到小店买了几十元的小花圈、水果、点心,一连给几位奶娘上了坟……在坟头上,有根眼里含着泪对我说:"有一位奶娘的女儿对我说:'我娘一直念叨着她的奶儿,逢年过节就念叨。但是,她一直没有和奶儿联系上。四十六年,整整念了四十六年呀!'我流泪了。我说:'当年兵荒马乱的,也许现在的奶儿也在苦苦地寻他的奶娘哪!也许有的奶儿上学、工作、忙碌,直到有了空暇,才到太行寻找他魂牵梦绕的奶娘,但奶娘已经长眠地下。我今天就替奶儿去坟上看看。'"于是有根就随着奶娘的女儿,在奶娘坟上恭恭敬敬地鞠了三个躬,还念叨:奶娘,我替奶儿来看你啦!你的心血没有白费,我们会永远记住你的。从那次起,有根一有机会,便会去给奶娘上坟。这一天,他感冒着,不停地用手帕擦着虚汗。天色已晚,他还非要到下武村"砚凹坪""补充资料"。他说,"有人说是堰凹坪,有人说是砚凹坪,到底是哪个字,得弄清。"直到真搞清了,他才心满意足地和我进入返回县城的车中。我这才知道,他是用火山一样的激情,湖水一样的深情,去铸就一腔刻骨的"文情"啊!

就这样,二十年来,刘有根一共采访了68个八路军的孩子和他们的奶娘,先后写出了近50篇关于奶娘的文章,成就了这部记载着奶娘的血和泪,记载着奶娘奶儿之间的恩和情,记载着太行人民为革命默默奉献的精、气、神的《太行奶娘》。

　　有根对我说:"奶儿胖了,奶娘瘦了;奶儿走了,奶娘病了;奶儿大了,奶娘老了;奶儿来了,奶娘走了!这事儿,我非得写,还得写好。"

　　树高千尺根往下长,天下的孩儿谁不想娘?太行奶娘,用乳汁、用血泪养育了八路军的后代。太行人民,用汗水、用生命支持了革命事业;而有根的这本书,字字句句含热泪,点点滴滴都是情。这本书的意义我不说了,这本书的文字我不评了,我只想说一句:

　　刘有根,一个地地道道的太行山的儿子,一个土生土长的散文作家,他和文友们把"太行奶娘"永载史册,这就是他的"情"了!

　　注:本文首发于《乡土文学》2014年第三期。

心茶溢香品人生

——乔叶散文集《一盏心茶》代序

  我爱品茶。闲暇之日,写作之时,都爱让一杯清茶相伴。先看茶叶上下翻飞,再看茶叶慢慢沉底,黄绿色的茶水晶莹剔透,淡淡的清香沁人肺腑。细细品啜,真乃人生一大享受。

  中国有句老话,柴米油盐酱醋茶,把茶列为生活的七种必需物品之一。《辞海》中说:"茶有兴奋大脑和心脏的作用。"历代文人墨客咏茶的诗句数不胜数,黄公度曰:"润畦舒菜甲,暖树拆茶枪。"皮日休曰:"茶旗经雨展,石笋带云尖。"苏东坡曰:"戏作小诗君一笑,从来佳茗似佳人。"

  自唐代陆羽撰《茶经》之后,仅我国论茶之著就达一百多种。至于此后形成的茶道,不仅在中国盛行,还风靡于日本。茶实属雅品，养生可清心利肺，养心可淡泊宁静。

连续数日，细细品读了左权籍女作家乔叶的散文集初稿《一盏心茶》，深感"天天享清茶，日日品香茗"之无限喜悦。这来自心灵的清茶，将"天地之道，自然之道，为人之道"融入其中。深邃的意境，清晰的哲理，通过一件件往事，一件件小事娓娓道来，让人沉思，让人感悟，让人惊叹。

乔叶通过文章坦露真心，流露真情，展露真意。歌颂真善美，鞭笞假恶丑，实为心与文相融之人。乔叶说："为文一场，即使为世人捧不出传世之作也没多大关系，才大才小由不得文人自己，但把握好一颗为文之心，是由得自己的。栽下一棵大树更好，给大地、给路人以绿荫；长不成大树，那就开一朵小花，至少也能美丽一季；即使连一朵小花也开不出，那就长一棵小草，至少给春天增加了一抹春色，这样也不愧为文一场。"

乔叶是这样说的，更是这样做的。

她出生于穷苦农家，又先天弱视。但她自小热爱写作，理想远大。成年后，本想在安安逸逸的生活中自自在在地写作，谁料天有不测风云，风风雨雨轮番向她袭来。好在她"心站着，人就不会倒下"，终于在众"伯乐"的扶持下，在清清苦苦的日子里漂漂亮亮地与文为伴。五年来，她的"左手"扶住了很多人的"右手"。如今，她又给清闲的人和疲累的人，都捧上了一盏心茶。

她不是苏联的奥斯托洛夫斯基，她不是中国的吴运铎，她就是真真切切的、在我们身边生活并写作的乔叶，就是漫山遍野郁郁葱葱、覆盖大地的灌木丛中的一片绿叶。乔叶以她的为人，更以她的为文，给人间以春色，给大地以绿色。这就足够了。

她的散文集分三部分：

如诗的记忆，酸甜苦辣，诸味杂陈。姥姥纺花织布，染布成衣，又在油灯下千针万线做衣服；老祖宗被裹了小脚，顽强地行走在山间小路上；教女有方的母亲不让女儿拿队上一粒玉米籽儿；母亲精心把一双女儿的发辫保存在屋檐下，珍藏在心窝里；一只可爱的猫，一只灵性的鸟，都展示着自然和生命本真的美……

如潮的思绪，喜怒哀乐，浮想联翩。娲皇宫前，人潮如蚁，摩肩接踵，顶礼膜拜，虔诚地叩拜是为了深沉的思考。说到为人、为文、为情，更是淋漓尽致地畅叙所思，让读者茅塞顿开。被骗被窃之后，反倒为行骗者悲哀，为行窃者痛心……

如歌的情意，低吟浅唱，情深意长。情义无价，是句老话，情义如歌，是句新语。世间最美好的，莫过于情意了。纯洁的情意，浓烈的情意，师生情，朋友情，都弥足珍贵。乔叶说：情意如老酒般香醇。我说：情意如香茶般清冽。然而，铜锈了的情意，失落了的情意，又是多么令人痛心和遗憾！

乔叶的《一盏心茶》，传递出了远比《我的左手扶住你的右手》更丰富的信息。那是我们见惯了却忽视了的、远去了却忘不了的点滴，是发自心灵深处的眷念，是源于人性之初的呼唤。

为人要至真至纯。要亲近真善美，远离假恶丑。世上纯粹的好人也许不少，纯粹的坏人也许不多，而不好不坏的人也许居多。让我们共同努力，让懵懂的心灵不断净化，不断升华，这个社会就会变得更加美好。

　　乔叶这本散文集里，不乏箴言警语，令人沉思，发人深省。"神灵的灵光就是真善美的灵光，这灵光其实就在每个人的头顶，悟出这道也就得了神灵的眷顾，何愁所愿不能？"（《仰望娲皇宫》）"如果每个人都能把自己的聪明才智放在正道上，我们的世界一定处处百花盛开。"（《为人·为文·为情》）……

　　综观乔叶的散文集，怀旧的文章细腻感人，议论的文章略显冗长。细腻中让人落泪，冗长中让人沉思，也许并不为过。

　　乔叶在怀念作家路遥的文章中写道："世界仍然需要您的笔做雕刀，把人类的灵魂琢成美玉；仍然需要您的笔做绿掸，拂尽人间真情上的尘埃。您笔下的文字是甘露，是春晖，滋养并照亮了人类前行之路上的碧树奇葩。"

　　如果说品茶是享受人生，那么读一本好书则是品评人生。她的心茶尽浴这春晖，尽润这甘露，品来自然清香绵长！

2015年7月3日　于竹枝居

心灵的强音

——读乔叶《我的左手扶住你的右手》

2010年9月,乔叶出版了她的第一部作品:长篇传记文学《我的左手扶住你的右手》。几乎所有读过她作品的人,自然也包括我,都被本书的内容所感动。这是因为,一是乔叶的文品好,二是乔叶的人品更好。

所谓人品,是指书中处处透露出她那愈挫愈勇、自强不息的精神。患难夫妻不离不弃、相互依偎的人间真爱,是值得所有人学习的。

所谓文品,是指本书的编排布局敢于打破常规,使主题更加突出,思路更加明确。本书语言朴实无华,但饱含哲理、深蕴启迪的警言妙语,又不时穿插其间,是所有文友,至少是我,值得学习的。

二者结合,便形成了一部震撼心灵的书、催人奋进的书，因而也就是一本值得更多人一读的书。

乔叶，山西左权人。她生于远离县城、只有二十来户人家的一个小山村。由于先天弱视，这就预示了她一生可能的坎坷。初中毕业后，十四岁的她因眼疾之虑，主动放弃了学业，决心用"文字"陪伴她的人生。她写诗、写杂感、写小说，得到的却是一份份的退稿信。直到二十三岁的一天，她突然得到小小说《甜媳妇》十八块钱的稿酬。

高兴之余，她陷入沉思：整整九年，得到了十八块钱。取钱之时，赢得了赞赏的目光，感到了做人的尊严。但一年平均两块钱。人生绝不能这样过呀！

她面对现实，诚心诚意地把自己托付给了一位老实巴交、勤劳诚实、执着追求她的农民。希望一生得到他精心的呵护、真诚的帮扶。他们从负债开始"创业"：种西瓜，因大雨冰雹，一年下来，"挣"了九十多块钱；苹果上贴字，右手被剪刀磨破，苹果"增值"，却也没有多卖一分钱；咬紧牙关，辛辛苦苦种下几百棵果树、几亩药材，却因极度干旱，骄阳又一次晒枯了他俩的梦想。几度失败，反而激起了更强的斗志：闯市场！起早贪黑卖包子，一天挣不了十元钱；当保姆，为了做好，把丈夫也搭上，挣下了浓浓的情谊，却缺少了维持基本生计的"钱财"。

更可怕的事情来了。当她把孱弱的身体，依靠在壮实的丈夫身上时，丈夫却突然患了脑梗！本想让他呵护，现在却反过来要呵护他。乔叶说："我——因为与生俱来的视觉缺憾，又因为丈夫的突然生病，也因为我是女人，生活中，顺理成章地成为一名弱女子。当缺憾无法逃避，当缺憾伴随终生的时候，我除了勇敢面对别无选择。"她还说："既然是夫妻，就一块前行。"于是，她跌跌绊绊，半夜三更为丈夫买药；于是，儿时被家人呵护，婚后被丈夫呵护的她，学会了生活，学会了做饭；于是，她又舞起手中的笔，顽强地去描绘自己的未来；于是，她羸弱的身躯，贫贱的人生却显得那么刚强、那么富有，成为熟悉她的人心中的"女强人"。在书中有一个乔叶夫妇真实经历的场景：傍晚，在一条狭窄的运煤公路上，运煤车不断地呼啸而过。路边，弱视的妻子用左手搀扶着中风偏瘫的丈夫的右手，彼此依靠，一边躲着汽车，一边艰难前行……

这，就是乔叶夫妇在现实生活中艰难前行的真实写照：躲过危险，向着目标，不断前行，总会到"家"。

日子总得过。她一边照料丈夫，一边更加勤奋地写作。异常的困难，异常的坚毅，终于得到了社会的关注，她终于有了一份工作，有了一份收入微薄的"工资"……

乔叶说："我发现意志真的很重要，在力气无法做到的时候，意志就是力气。没有力量的时候，意志就是力量。只要意志在往上，心就会往上。心在往上使劲的同时，意志就开始生长。"

乔叶说："当疾病和磨难同时降临在我的头上，我天生的骨气再次昂起了头……"

乔叶在书中说的话，是多么有分量啊！

这就是乔叶的人品。

《我的左手扶住你的右手》全书十八万字，共分九章。作为"纪实"，她并没有按照时间顺序来写。

作者首先突如其来地描绘了她与丈夫的幸福生活：中秋前夕，月饼已经飘香，院子里的红牡丹、紫牡丹开得正艳，妻子在写作之余不忘调侃没什么文化的丈夫，丈夫则默默地准备用烤箱多打一些中秋前后访亲送友及自己食用的月饼，这真是一幅世外桃源的景象。突然，丈夫身患脑梗！颇有文采而先天弱视的妻子，忠厚老实的农民丈夫，他们是怎么走到一起的？他们今后的生活该怎么走？读者的心提起来了，不得不再看下文。

第二章，乔叶写了她伺候丈夫的每一天。第三章，回忆了她和丈夫婚后相依相偎的"幸福"生活。第四章，回忆了自己心酸而奋斗的童年少年。第五章，又回忆了结婚的前前后后。第六章、第七章，回忆了夫妇俩的经历。直到第八章、第九章，才写了他们的转机，今后的希望。

书一开始，直入矛盾漩涡，让人揪心。然后从容道来生存之路的一路艰辛，最后给人以安慰，给人以力量，给人以启迪，全文戛然而止。

从语言来讲，作者根本没有大篇大篇的绚丽的景物描写，没有成页成页的细腻的心理描写，就是如向朋友倾诉般平静地叙述。但是，她的内心感悟，不时出现在平淡的字里行间，的确如警言，是妙语。

"当艰难与绝望如同两只无情的大手，卡住我的命运咽喉时，我骨子里的力量拼命挣扎。"

"夫妻就如同左手和右手一样，右手拿不起来的时候，左手就会本能地全力以赴；而这是不需要思前想后的，自然而然的。"

"心，不能倒下。"

最后，乔叶得出了结论："苦难真的并不可怕。可怕——是因为自己把心放到了可怕的地方。"

这就是乔叶的文品。其实不是警言，不是妙语，而是她泪水铸就的心语。她把心语无私地奉献给了读者。

乔叶的书9月份出版。10月28日，她就和丈夫互相搀扶着亲自到我家送给我一本。扉页上工工整整地写着"赠张老师，存正，乔叶，2010.10.28"。当夜，我就翻开来，准备看看前言后记，再读上一段。谁知我一看竟放不下了，几乎一夜无眠，一口气便读完了全书。读完马上想写一篇文章，说说我心中太多的感动，太多的感想，否则，我的心就不能平静。但是三个月过去了，我却没有写出来。因为我几乎每天都在思索，却又不知从何写起。

我和乔叶早就相互熟识了对方的名字。因为同是一个县的人，两人经常在《辽阳文报》，后改为《今日左权》的小报上发点短文。她的每篇文章，虽然短小，却都有独特的感受，充满着灵气，文笔也非常好。她肯定也看每期的《辽阳文报》和后来的《今日左权》，所以她也可能早就知道了我的名字。但我和她本人的相识、相熟，却是近几年的事。因一文友召开"首发座谈会"及几次县文学社座谈会，我才见到她本人。她长得娇小，总是笑呵呵的，一副十分快乐的样子。话也多，说话爽朗，人也开朗，一点也看不出她有什么残疾缺陷，更看不出她有什么曲折经历。她一见到我，就说："我早就知道您。"就一口一个"张老师"地叫，而且是发自内心的。

互相认识之时，我60多岁，她还不到40岁，相差20多岁。我一辈子当新闻记者，摇笔杆摇了四十多年。从年龄和"笔龄"上讲，她称我为"老师"，似乎也顺理成章，我也就心安理得。

读了她的书，我的心灵被震撼了。我花甲已过，几乎不会"激动"了，但读了她的书，我的心却久久平静不下来。我最直接的感触就是：乔叶，你真了不起！乔叶，你才是我真正的"老师"！

帮助她完成此书的张大诺先生，在本书的序言中说："在书稿之中，乔叶对我表示了感谢，但实际上，应该感谢的是乔叶和她的书。"他的感触，和我是多么的相似！

时任左权县县委常委、宣传部部长的李左红也欣然为她的书写了序："这是一部报告文学，这是一首从心底流出的心灵史诗，这是一曲边缘生命用爱和意志凝成的生命之歌。"他的评价，是多么的准确！

我想，每一个身处困境的人，都可以读一读乔叶这本书；每一个健全幸福的人，更应当读一读乔叶这本书。因为乔叶的左手，扶住了原本想让她扶的人的右手；乔叶的左手，扶住了所有社会底层人的右手；乔叶的左手，更会扶住我们每个读者的右手，让我们的道路走得更加笔直，更加顺畅！也因此，我们应当感谢这位作者。

注：本文首发于晋中市《乡土文学》2012年第三期。原标题为"乔叶，你才是我师"，经修改正式发表为现题。

深沉的歌者

——新春写给侯俊伟的《山乡恋歌》

诗人，应该都是浪漫的；诗人，感觉都是机敏的。

他却像个地地道道的农民：高高的个子，给人留下的是笨拙的身影；胖而微黑，给人看见的是憨憨的面容。

2006年12月的一天，他突然走进了我的生活。那时他在左权县南乡公路旁边的超限检测站工作。站长是我的学生，俊伟受领导之命，邀我到站里帮助编排一个文艺节目，参加全市调演。

在我的印象里，超限站的人都是些"粗人"。他们身穿制服，每天拦截超载车辆，和企图蒙混过关的司机斗法……

俊伟是办公室主任，那几天，他陪我编排节目，陪我吃饭休息。每天夜间排练完毕，二人总要小坐片刻。没承想，一聊便聊成了知音、挚友。原来他内心特别灵秀。他爱写诗，爱书法，是个地地道道的文人。谈得投机，谈得忘情，几个晚上几乎通宵。

　　他将一本厚厚的诗稿《生命的恋歌》，郑重地送给了我。

　　这本诗作，是他心路历程的记录，是他心灵震颤的轨迹。

　　他的童年是单纯而幸福的，在亲人的呵护下，无忧无虑。

　　他过早地结束了少年，因病休学后，在寂寞的果园里，追寻着文学之梦。几首小诗的发表，心中便燃起了希望，生命便有了期冀。慈祥的祖父、辛苦的母亲相继离世，他便浪迹天涯。

　　在南方温暖的办公室里，他用手中的笔谋生；北方茫茫的原野上，泥土、砖窑曾是他的伴侣。

　　卑微、低贱的生命挣扎，崇高、缥缈的理想追求，使他陷入了痛苦。

　　南方少女的爱，温暖了他寒冷的躯体；北方老师的教诲，滋润了他干渴的心田。一行行诗作，如山间小溪，终于流淌而出。

　　他不浮躁，他很深沉。

　　《山乡恋歌》，把心底的爱，尽情倾诉给贫瘠的山乡；《写给芳的诗》，秀发从此缠绕在诗人的心间；《感觉诗页》，一切皆凭感觉；《碎花小辑》，把破碎的心渐渐收拢在一起。

　　《杖》，父母"黄昏时分，彼此作杖"；《给芳之一》，"笔端滂沱了一场相思雨，和一个女人有关"；《永远的铁鹰》,"用刚烈勇猛的沸血铁躯,写就惊世骇俗色彩斑斓的灵魂"……

如今,他将诗稿更名为《山乡恋歌》。每辑又新拟了题目,整个诗集更加"诗化"了。

诗是泪,诗是血。诗是男儿不轻弹的泪珠,诗是心底流出的血。诗,可不是无病呻吟。无病呻吟,可成不了诗。

俊伟尊我为"张老师",又称我为"张叔"。读了俊伟的诗,读了俊伟,我感悟了许多、收获了许多。我庆幸有了这样一位忘年交。

兔年春节的早晨,院里的柴火熊熊燃烧,四周的鞭炮连连作响。我却伏案写下了以上的文字,作为我新春第一份,专给俊伟的礼物。

注:写于2011年春节,本文收录于侯俊伟诗集《山乡恋歌》附录。

悠悠往事浓浓情

——李玉玲散文集《我是冠山人》代序

这是一本纪实性的散文式集子。

作者是我五十年前平定师范同班同学李玉玲女士。

平定师范三年,对我来说,是最幸福的三年。因为在那里,我有幸结识了知识渊博、不吝赐教的多位恩师,让我学到了不少知识,终身受用不尽。

在平师,我有一位"同学姐",让我记忆犹深。她叫李玉玲,美丽、端庄、大方,还是学校学生会的干部、共青团员。无论从人品上,还是政治上,她都出类拔萃、鹤立鸡群,背地里被人称作"校花"。但她和别的"红人""美人"不同,学习上刻苦认真,待同学真诚热情。尤其对我这个"落后分子",毫无偏见,毫不歧视,经常主动找我促膝谈心,还在我的日记本上写下多处鼓励我的语重心长的"留言"……

日月真如梭，眨眼五十年。当我酝酿一部《往事非烟》散文评论集，作为我后半生写作生涯一个小结时，忽然有了要走走当年路，会会当年人的想法。其中一条线路就是阳泉、平定、昔阳，中心就是重温平师三年，包括昔阳半年接受"四清"教育和实习的时光。

在阳泉同学聚会之际，李玉玲得知我还是个作家（其实是初入殿堂的观望者而已），十分兴奋，就取出几篇文章让我带回"看看"。

这一看，让我大吃一惊：原来，她这个"绣花枕头"里边，还真的装着好东西！她的文笔朴实而流畅，感情真挚而浓烈，竟让我爱不释手。我随即让她把全部文稿给我寄来。她说：我是写给孩子们看的，并不准备发表。然而正是这样，她的文章毫不做作，反倒更加真实感人，文学色彩不是很足，真情实感却很浓，这就是我说的"散文式"的缘故。这些小事、琐事、轶事、旧事，看起来点点滴滴，说起来零零碎碎，却是我们见惯了却忽视了、远去了却忘不了的，是发自内心深处的眷恋，是源于人心之初的呼唤。

她的文章大致分四部分内容。

一是她家里人的日常琐事。如果说父母关爱儿女、儿女孝敬父母是人之常情，但女儿给母亲买一件衣服，也必然给婆婆买一件，母亲不仅不妒忌，反倒"特别令人欣慰的是每给我买一件好衣服，总要给她的婆婆也买一件，我想亲家母穿上这好衣服一定也是乐滋滋的吧"。"我家两个女儿孝敬公婆之举，不胜枚举，我给亲家们培养了两个孝顺媳妇，他们应该是幸福的。"（《逛街》）多么好的母女，这分明就是中华传统美德嘛！

玉玲父亲是个受尽波折的普通市民，周总理去世后，这位七十六岁、嗜花如命的老人，竟然"亲自拉着小平车，把自己多年来、相依为命的二十盆鲜花，送到这里（追悼周总理的会场）"，送到总理遗像前，而且"天天来悼念"，一周后，花全部被冻死了。老人家说："周总理这么伟大的人都去了，让花儿跟他去吧。"（《兰生永》）多么善良、忠厚、知恩图报的老人啊！

家事不小，小事不小。家有温馨的亲情，家是幸福的港湾。无数个文明而温暖的家，才构成和谐而可爱的国呀！

二是邻里人物的轶事。人过留名，雁过留声。在日常生活中，特别是逝去的时日里，总有一些人或事会留在我们的记忆之中。

解放战争中立下特等功，并致双目失明的退伍军人，不仅靠演出自谋生路，而且还为盲人和聋哑人寻找生活出路（《英雄王德本夫妇》）；身为大家闺秀却命运多舛，但仍高贵而顽强地活在人世（《正房老太太》）；家境贫寒、谨小慎微、与世无争的普通农妇（《西厢霍老太》）……这一切一切，简直就是芸芸众生人物谱。忍辱、负重、顽强前行，又何尝不是我们众多先人的品行？

三是平定古县城的旧事。平定是一座历史悠久、文化底蕴深厚的古城。岁月沧桑，人世茫茫。凄美的故事让人心动，失去的美好让人唏嘘。乡愁，是永恒的主题；乡思，是前行的动力。家家院子里各色各样的花开了，"看着香，闻着香,吃着香,嘉河上下处处香啊"(《嘉河测道好风光》),是多么的美好;"这些名不见经传的商户们,门挨着门,阶挨着阶,串成商业一条街,各铺子的特色,形成了苍穹之下一条闪着小小金银花的绸子,飘动之时,散发出的气息,弥漫了山城,给人们带来了酸甜苦辣人间百味"(《兰生永》),多么温馨的小城风景啊;居民们黎明即起,打扫庭院,穷富人家,窗明几净,居家垃圾,各自存放。淳朴民风,何等可贵啊(《逝去的那座净城》)。

四是作者的一些感悟。李玉玲女士曾获"全国模范教师"光荣称号。工作,对她来说,是自立自强的一种手段,更是体现人生价值的一种追求。工作,是美丽的,是自豪的,甚至于到了收不住脚的境地(《给自己找个退休的理由》),这是多么难能可贵、现如今似乎缺少了的一种精神啊!

玉玲女士这部小小的文集,不是为了出版扬名,而是为给子女、亲友、同事留个纪念,这就更加难能可贵了!她真实地记述了家乡的人,家乡的事,家乡的景,家乡的亲。对于平定古城的今人后人,是一笔多么宝贵的精神财富啊!

也为此,我细细地看了全部书稿,并鼓动她出版,且激动地拉拉杂杂写下上面的话,自告奋勇地把这篇小文作为玉玲女士集子的"代序"!

2016年春

注:《我是冠山人》2018年正式出版时,改名为《嘉河》。

让乡村记忆成为永恒

——为程瑜影集《千年古村落·大宋》而作

　　一次偶然的机会，我和盂县的程瑜相识在左权县城王艾甫先生创办的"辽县抗日战争纪念馆"内。他和我都热衷于历史的传承，话很投机，相见恨晚。我送他一册散文集《漫游散记》，请他斧正；他赠我一部影集《千年古村落·大宋》，嘱我写点感受。

　　程瑜爱摄影，除新闻摄影外，他还酷爱艺术摄影。摄影，已成为他的追求，他的事业，他生命中最重要的一部分，而且取得了不菲的成就。随着时间的推移，我对程瑜也更加了解。盂县有个崔达道，是20世纪后半叶的山西著名摄影者。左权县有个刘凤来，在摄影上也是名冠三晋。程瑜是崔达道的弟子，我是刘凤来的挚友。如此说来，我俩还是"爷们"关系。

愧对程瑜的是：一是事务繁忙，二是不愿贸然下笔。影集多次赏阅，却迟迟不曾落笔。

摄影是将瞬间变成永恒的艺术，更是作者将其审美素养、技术修炼等等集中体现于瞬间的艺术。

新闻作品，无非是文字（包括语言录音）和影像（包括摄影、摄像等）两方面。我一辈子从事新闻工作，品读过无数文字，欣赏过无数影像作品。但是赏阅《千年古村落·大夼》之后，我却惊叹不已、深感折服：作者既有新闻人的眼光，更具艺术家的眼力。他在发现大夼的价值后，连续十年，寒来暑往，昼夜相接，从大夼的外在到内涵；从大夼的自然环境到各色人物；从大夼的历史到现实；从春夏到秋冬，把大夼全景式地展现在我们面前。大夼人饱经沧桑的脸庞，劳作变形的手掌，极具视觉冲击力与震撼力，让人过目难忘……

"瞬间"的艺术摄影，绝不是来自瞬间，而是需要艺术家坚持不懈的追求。比如一幅理想的《日出》照片，雨天、阴天固然无法拍摄，而万里无云也并非理想状态。理想的《日出》，要多种因素促成和作者适时的把握。

《千年古村落·大夼》既有新闻摄影的写实感，更有艺术摄影的魅力感。程瑜用镜头真实地、艺术地再现了大夼的历史和现实，让人既对它的沧桑面貌着迷，又对它的未来命运担忧。

大夼的神奇与美丽，让人惊叹。但中华大地上还有多少个大夼呢？平遥古城、丽江古城、周庄古镇、同里古镇等等，能够完整保留下来的毕竟是少数。

"镶嵌于崇山峻岭中、点缀在阡陌交错间"的乡间村落，那里有蓝天白云，有潺潺流水，有叠翠的山峦，有奶奶的故事，有儿童的欢乐，更有中华几千年、无数代人的辛酸回忆和温馨梦想，那里更有几乎每个中国人的万千情愫。

　　古村落，凝结着历史的苍凉，诉说着祖先的勤劳，彰显着先人的智慧，隐藏着无数人的温馨与凄凉。它是鲜活的记忆，传统的显现。古村落，曾经是那么的温馨、静谧，曾经是那么的神奇、美丽。因此不少有识之士呼吁：希望当地政府投入巨资进行保护、开发。

　　其实，有很多古村落在历史的进程中，不可逆转地逐步消亡，这是时代发展进步的必然。你住高楼大厦，让他住草棚茅屋；你乘车坐飞机，让他仍赶毛驴；你享现代生活之华，让他甘尝野菜之苦，还美其名曰"保持传统""保护遗存"，这是不是很不公平，更不现实？如何让传统得以传承，如何呵护历史遗存，除了力所能及的保护之外，程瑜给了我们另一种途径和可能：用文字、用影像记录下来，让这些历史用这样的方式得以"保留"，让先人的生活状况，永久地活在我们及后代眼前、心中。我想，这也许是一种实在的、最好的纪念。

　　程瑜，你默默地让古村落的历史成为永恒，令人感动，令人钦佩！

2013 年秋

拜读宋树元《老辽阳》有感

2008年9月22日，左权在京游子刘红庆、李斌为乡亲们带回来宋树元老先生的《老辽阳》和李元魁、李斌父子的《从过去到现在》装帧精美、内涵丰富的两部大作。

对宋老先生，我早有耳闻，知道他是一位饱读诗书、通文理、精书法、工篆刻、善素描的才华横溢的老知识分子；特别是参与编写《左权县志》和撰写《辽阳十景》，为左权文史资料的积淀做出了突出贡献。拜读了《老辽阳》一书，更加看到他热爱家乡、深恋故土的一颗赤子之心，更加钦佩他治学之认真、文辞之隽永的人品及文品。虽未相交，在我心中和他则早已相识。

本届县政协文史委员会拟召开宋老文史成果研讨会，以纪念宋老百年诞辰，邀我参加并希望我发言，我精神为之一振，心情特别激动。本届政协不仅重视文史资料的收集、整理、编撰，而且还很重视收集、整理、编撰文史资料的人！这在左权境内可以说是开了先河，真的可喜、可贺！我自当全力以赴。于是又认真地研读了一遍《老辽阳》，并在这里冒昧地浅谈一下我的读后感。既是表达对宋老的怀念之意，也是表示对县政协这一善举的感激之情。我发言的题目是："发扬乡贤宋老精神，做好左权文史工作。"

一、宋老对故土文史资料的编撰做出了突出贡献

《老辽阳》共四编，包括《辽城旧迹》《辽阳十景》《辽民拾粹》《树元日记》。这里单说《辽城旧迹》。

从时空上讲，从三代（夏、商、周）前传说的祝融首创辚阳，到春秋晋国置箕州、隋开皇十六年创辽州、唐武德三年改筑新城，直至抗战时期，均有详略不同的考证与记述，此功真不可没。

从内容上讲，《弁言》明确指出："本编所述的左权旧城，主要指抗日战争之前，包括明清两代及民国初期大约五六百年的历史时期中——以城区内外为主、四五平方公里范围内的地面格局部署，有关各处文物古建筑原址及其兴废、存没、变迁和城关街巷分布的概况。因为仅及地理方面的陈述，不及其他，如政治、经济、人物、风俗民情等等，故只能视作局部'地志'……故称为《辽城旧迹》。"在这里，宋老为左权历史填补了一项空白。

据我所知，我县有文字记载的"正史"，当推明《永乐大典·辽州志》。以后，清有雍正等几版《辽州志》，中华人民共和国成立后又有《左权县志》。这些正史，对左权县城地理（其实包括机构设置、建筑分布等多项内容）记述并不详细，民国阶段更是缺失。《老辽阳》正好弥补了（当然还不全面）这一缺憾，还不弥足珍贵吗？

二、宋老深恋故土的赤子之心和认真治学精神令人感动与钦佩

据我体会，真正写出一些有价值的，特别是涉及文史方面的文章和专著来，第一是资料收集难。当事者几乎均已故去，记载之典籍寥寥无几。第二是资料整理难。没有资料难为无米之炊，有了资料，堆积如山，按时间？按类型？按事件？按人物？整理也着实费力。第三是形成文字难。既无领导统一安排，更无部门具体策划，如何落笔才是？况且宋老一生遭际坎坷，颠沛流离、居无定所，收集、保存、整理资料就更难了。

《老辽阳》内容繁多，仅《辽城旧迹》就包括《左权县建制沿革》等七大部分，其中《古迹遗址》一部分，就涉及七十九处古迹或遗址。《辽阳十景》有四景已不复存在，其余六景也损毁严重。宋老躬身前往察看，翻阅数种古籍，走访多位长者，又写出了经典的《辽阳十景》，让今人观之能发思古之幽情。这些珍贵史料的收集、整理、编撰谈何容易？

没有热爱家乡、深恋故土的赤子之心，没有亲探亲访的吃苦精神和三查六对的治学态度，焉能得来《辽城旧迹》和《辽阳十景》两部珍文？

三、发扬乡贤宋老精神，做好左权文史工作

毋庸讳言，在历史发展过程中，我县的文物古迹遭到了很大的破坏，这是遗恨千年万年之痛。宋老一介书生，一名学究，自无回天之力，但他不单忧患，更可贵的是身体力行，竭尽已力拾遗补漏。此乃宋老热爱家乡之精神。

为获得尽量真实准确之资料，宋老跋山涉水探访，走村串户调查（这在其日记中均有真实记载）。此乃宋老治学认真之风范。

收集大量资料之后，宋老精心剪裁，精细为文，既无古文之深奥，又非今文之直白，用典型的民国之文风，写就了《辽城旧迹》和《辽阳十景》《辽民拾粹》三大篇章。此乃宋老为文之功底。

我们纪念宋老，研究宋老，最重要的是学习宋老的精神、风范和为文之功力，把左权文史资料的收集、整理、编撰工作做得更好。

《老辽阳》还有一些不足和遗憾之处。这些不足和遗憾，绝非宋老之过，而是宋老出题，且率先为文，后人就理所应当继续去补充、完善、丰富之。

例如《老辽阳》的旧迹图。在文字上，《老辽阳》从夏商周，至"文化大革命"后，对辽阳十景和辽城旧迹均做了尽可能全面、准确的记载，无可非议；但在图谱上，确实存在诸多不足和遗憾。

图谱中的古建早的可追溯至唐宋，记载于元明清，遗迹迟的可推到民国。跨度之长，在文字中尽可娓娓道来，但在图谱中就很难用几幅图说清。

第一图为《左权县旧城示意图》，这个"旧"从何时起，到何时止？绵延数百年，岂一个"旧"字所能概括？

第二图为《城中区古迹遗址》，既为"古迹"，又怎么能出现育贤学校、礼拜堂，甚至中华人民共和国成立后

所建的看守所呢？

第三至六图，则分别为北、东、南、西古迹遗址。同样存在古迹、近现代遗迹和当今建筑混为一图或标识不清之弊。

再次郑重说明：宋老将反复考证之结果，精心绘成上述六图，为今人提供了数百年甚至千年以上辽城之旧迹风貌，已实属不易，为何还要指手画脚、说长道短呢？其实我已说明：这些不足和遗憾非宋老之过，而是宋老开了先河，后人当补充、完善、丰富，让故土的文史得到更好的传承而已。

这就是说：历代《辽州志》《左权县志》《左权县文化志》等专志，对辽城旧迹及其变迁均无详细记载，加之我县还未有《地理志》《水利志》《古建志》等分门别类专志之际，宋老能为我们写出《辽城旧迹》已属创举。我们后人应在前人成果之基础上，继续努力完善。

如果我们能搞出清末或辛亥革命即1911年时的辽城图，抗日战争前夕即1937年时的辽城图，中华人民共和国成立时即1949年时左权县城图、"文化大革命"结束时即1976年时的左权县城的面貌图，再加上改革开放后，特别是有了滨河新城之后的左权县城图等一系列时代较为明确的"辽城图"，不也是一部极其珍贵而又极具观赏性的《辽城变迁图》吗？若再加上县城内历代政治、经济、文化等方面的记述，不是一部珍贵的《辽州古城志》吗？又如宋老的《辽民拾粹》，除祝融为赞誉性称谓外，宋老写了十一人之传略，显然没有写完。事实上，辽民之"粹"

者也会随时代之发展而无穷匮也。抗战时期的杀敌英雄刘二堂、陈炳昌，劳动英雄赵申年，拥军模范裴乃秀，太行奶娘郭金梅，以及无数抗日烈士，解放战争、抗美援朝战争、中华人民共和国成立以来，我县出过多少英雄模范、优秀人物？作为文史工作者及爱好者，将宋老之《辽民拾粹》续写下去，不也是我们的一份历史责任吗？

  当然，我县应当挖掘整理的文史资料还有很多。我举此两例，就是通过纪念宋老、研讨宋老，激励全县文史工作者及广大文史爱好者认真学习宋老精神，继续努力做好家乡的文史编撰工作，才能前不愧古人，后有益来者。

  顺便再说一句，作为宋老晚辈的"小乡贤"李斌，能把宋老遗著变为典籍，也功不可没。此举也令乡人欣慰，也值得乡人学习！

2013 年 7 月 9 日

空谷幽兰溢清香

——侯玉平《神女峰下的传说》代序

当侯玉平同志郑重地将这本书稿捧给我时,首先感到十分欣喜,终于有人把丰富多彩的左权民间故事收集、整理成册,将要更广、更长久地流传于世了!

太行丛山中的左权县,不仅是以将军英名命名的英雄之地,山清水秀的美丽之地,而且是左权民歌、左权小花戏兴盛之地,因而被列为国家级的"民间文化艺术之乡"。

左权县虽然山大沟深,交通闭塞,却地处山西、河南、河北三省交会之处。中原文化、三晋文化在这里交融、碰撞,培育出了一簇簇绚烂的民间艺术之花。这里的民歌悠扬婉转、悦耳动听;这里的小花戏歌甜舞美、风姿翩翩,而这里的民间口头文学神奇玄异,实在是一座藏于深闺人未识的泱泱宝库。

左权境内有许许多多美丽的神话传说，左权民间有许许多多动听的民间故事，左权乡野有奇奇怪怪的趣闻"瞎话"。抗战期间，这里又产生了许许多多给人以启迪的革命故事。这些神话传说、民间故事、革命故事，对真善美倾心褒奖，对假恶丑无情鞭笞。这些传说与故事，或美丽，或凄婉，或风趣，或幽默，但无一不体现着劳动人民的聪明和才智。

作为左权籍的文人，有义务，更有责任把这些宝贵的口头文学遗产，通过收集整理而传之后世。我县颇有建树的青年诗人侯玉平同志默默地首先尝试做了，这就是本文一开头我感到欣喜之因。侯玉平这本故事集，主要是以他的家乡为中心，把产生于那里的革命故事、神话传说和民间"瞎话"收集整理在一起。它像一束深谷幽兰，清香溢远。仅此一举，就让人兴奋不已。

侯玉平的故乡，就在八路军总部驻扎了五年之久的麻田附近，而且八路军总部和北方局及彭德怀、左权等抗战精英都在他的村里住过。八路军和老百姓鱼水深情的故事，至今让人听起来还那么温馨；麻田一带奇峰林立，各种象形山让人目不暇接，而这些象形山又有无数美丽动人的神话传说；麻田一带的老百姓，千百年来，他们生活艰辛而又豁达，那些带着泪花的笑话，终会让人发出会心的一笑。这一切，都在侯玉平的故事集中得到充分体现。

对民间传说故事的收集整理，我以为贵在收集，重在整理，而不能简单照搬。收在这本集中的故事大都十分精彩，但极少数篇章还稍显单薄，或稍欠内涵。希望玉平同志在今后类似的笔耕中，更加精益求精。20世纪50年代，我县青年农民作家贾炳智就因左权民间故事《三女儿》而名传三晋。所以苛求，是因为我相信，有文学功底的玉平同志，一定会把这项有意义的工作做得更好！

  据我所知，奇峭峻美的紫金山，有先贤郭守敬深厚文化内涵的人文故事和桃花圣女等多个优美传说；深谷幽兰的千亩灵泉，更有中华龙文化的众多故事。这些传说故事在左权民间广为传播，这都是弥足珍贵的民族文化遗产，都是呼之欲出的宝贵文化财富。

  倘若有更多玉平这样的同志，就像玉平的乡友江建民同志一样，都参与到这项工作中来，通过整合，能排排场场地出一套《左权革命故事》《左权神话传说》《左权民间故事》，那才更是功在千秋的惬意之事呀！

  但愿这一天会早点到来。

  虽未对本书做详细、准确的品评，但也却是一个七旬老翁的肺腑之言。不负玉平之托，权当本书的小序吧。

2014年12月 于竹枝居

布衣才子亦风流

——鹰翔《诗书一百首》代序

银祥兄酷爱书法，数十年笔耕不辍，作品多多，获奖屡屡。

银祥兄还爱写诗，虽少数诗作欠工，却不乏妙语连珠。

银祥兄《诗书一百首》即将付印，可喜可贺。我对诗词略知一二，因未深钻细研，一生望而兴叹，很少涉足。挚友嘱序，命不敢违，仅记读后感而已。

诗分《怀古篇》《抒情篇》《贺赠篇》《哀思篇》《翰墨篇》五个篇章，内容涉及古贤今人，大事小事，既说事，又论人，还抒情。似这等内容丰富之诗集，在我县还不多见，以书记之，更是我县之首创。岂能不喜，岂能不贺？

银祥兄姓张，一九四五年生，笔名鹰翔，山西左权西隘口村人，居处"墨一斋"。为叙述方便，以下便称张兄。

张兄此诗书集内容丰富多彩，令人目不暇接。在《怀古篇》中，程婴舍子救孤、诸葛亮纵论天下、岳飞精忠报国、海瑞刚正不阿等十几名古贤的动人事迹均现笔下。张兄爱书法，对书坛古贤自是情有独钟，专诗十首，钦佩之情溢于言表。在《抒情篇》里，有对自身遭遇的嗟叹，有自己豁达的人生价值观的体现，那种布衣素食乐无涯的品行和作者的喜怒哀乐在诗中得到真切的抒发。在《贺赠篇》内，对县乡名人收藏家、作家、词人、诗友更是赞赏有加。在《哀思篇》中，既有对一代开国元勋的怀念，又有对本土士人之追思，更有对亡友、亡妻之眷恋。《翰墨篇》中，既有对书林墨海之感叹，更有对书苑怪事之嗤鼻，尤其是书就了《千字文》《唐诗三百首》《道德经》等古典名著，对传承中华文明可谓默默奉献，呕心沥血。

从张兄此诗集可看出其知识底蕴之深厚、书品学养之不凡。张兄自幼家境贫寒，只读完初中便辍学于家。但他酷爱古诗文、传统戏剧，参加工作后，搞文秘工作，擅于自学，对"四书五经"也曾研读。久而久之，积累了不少历史人文知识，可谓冰冻三尺非一日之寒也。诗集中涉及各类古人二十多位，其评价大都恰如其分，而且能找出"闪光点"以励后人，如《包拯》一诗云：

三口铜铡镇朝堂，
驸马国舅刀下亡。
明镜高悬雪民冤，
执法如山万古扬。

全诗通俗易懂，有典型传统戏文色彩。二十八个字，抓住了包拯的特点、亮点和可继承点。又如《于成龙》诗云：
两把椅子桌一张，
陈床旧被一水缸。
两袖清风朝天去，
免得闾阎论短长。

写得轻巧活泼而又耐人寻味。

张兄之诗感情细腻真诚，悲喜皆发自内心，毫不造作。例如《吊凤来学友》后四句云：
光明磊落德范垂，
忠信宽厚良操存。
夕阳流水难之挽，
春露秋霜终无情。

他和凤来是至交，深知凤来之为人，末尾两句以物寄情，惋惜之情跃然纸上；而其哀妻诗数首，更是其悲痛之情的真实表达：
贤妻良母何处寻，
花谢梅落不思春。
欲想随妻一起走，
一双儿女依何人？

三四句几乎没有诗意，但却是其心声，表达了张兄对亡妻的无限哀思。

张兄的诗作，带"酒"字的不少。还有大量虽未带"酒"字之诗，但却酒味十足，因是酒后即兴所作，可以说老兄是诗前必酒成习惯，酒后必诗不可能。因为可以天天饮酒，不可能天天作诗。可见张兄之举大有唐人李杜之遗风了。

纵观张兄诸诗，平仄韵律虽有不工之处，但奇联妙语却随处可见。无须赘述，诸君读后便知。和张兄讨论诗稿时，我曾提出此意见，并建议其对照工具书，将全诗规范一下。张兄对遗憾满口承认，对修改却不以为然，淡淡一笑曰：我文凭不高，平仄欠懂，韵律欠精，只是表表心意而已。仔细一想，从文学角度来讲，我想这正是最值得推崇的可贵之处。真乃为抒平生志，平仄又何妨！人常说，诗情画意，为诗主要在情。从这点讲，张兄之诗又是何等的雅趣啊！张兄文凭不过初中，做官未超八品。一介布衣，有如此诗书亦够风流了。

除诗作外，张兄的行楷之书更是独具特色。诗与书，可谓平分秋色，珠联璧合，相得益彰。本文对张兄诗作稍做点评。至于书法，则由书家诸友去品味。

2012 年 5 月 23 日

浓浓赤子心

——郝建文《我的桐峪我的家》序

桐峪村人郝建文,在完成洋洋四十万言的《桐峪村志》后,又编就了足足三十多万言的《我的桐峪我的家》,嘱我写序,让我感慨万千:桐峪村了不得,桐峪人不得了。

山西左权的桐峪镇,真的是一个了不得的镇。

桐峪,是历史古镇。位于村西凤凰山脚的云居寺,建于唐贞观二年(公元628年),距今已逾千年。按照先村后寺之说,桐峪村立村自然还早于此。至今村中还有许多古久遗存,古老传说。

桐峪,是商贸重镇。商贾云集,极尽繁华。太行山中,交通不便。商贸流通,全凭人货俱至。桐峪南临河北武安、河南林州(县),西接晋东南之黎城、武乡,北通辽城,自然而然成为各地民众货物交流之重要场所。桐峪每月逢农历初三、初六、初九都有集市（俗称赶集）。每年二月十五、七月十五前后有庙会（俗称赶会）。每逢遇会，武安、涉县、黎城、武乡、辽县等地的民众蜂拥而至，集市人头攒动，热闹异常。

桐峪，是文化大镇。能文善武，文化繁荣。桐峪为晋冀豫三省交会之地，村中既有晋之民歌小花戏上演，又有冀豫传统戏曲之传播，更有上党八音之传承。民歌、小花戏、武涉平调、小落、四股弦，晋东南之上党梆子、上党落子、八音会均在这里广泛流传，至今不衰。更有少林小红拳，已传至第六代，至今威震左权。

桐峪，更是抗战名镇。精英荟萃，名留史册。桐峪是八路军一二九师司令部驻地之一，更是晋冀鲁豫边区临时参议会召开之地。刘邓在这里阅过兵，抗战精英在这里开过会。抗战胜利，桐峪镇功不可没。

乡村本来就有多少人温柔、甜蜜或苦涩的记忆。如此古镇、重镇、大镇、名镇，不知承载了多少文物、古迹、人文景观的历史变迁，这一切都需要用文字去记载、去流传！

历史，是劳动人民创造的。历史事件和历史人物，却是文化人记录的。

可喜的是桐峪村有一个郝建文，他是一位普通的退休干部。论文凭，仅为初中，论官职，也就科级。但他热爱家乡的赤子之心，不仅深深埋在心底，更是流淌在笔端。一部村志，工程是多么浩大。他认真收集资料，昼夜苦苦思索，终于向乡亲们捧出一份厚重的精神财富。继而他又编撰完成了与桐峪村历史紧密相关的三十五万字的《滩里村志》，随后又编辑了《桐峪小红拳》专著。这三部著述，已足够功德无量了，但他看到案头一叠叠没有入志的资料，视若珍宝，不肯放弃。于是他又走访老者，翻阅资料，把桐峪（滩）文化、乡间传说、抗战记忆、家族渊源、史料纪实等等，收集整理编撰出又一部三十多万言的资料集《我的桐峪我的家》。

这部著述，不是志，不是传记，更不是文学作品，而是桐峪赤子郝建文想给家乡人留下的记忆，是桐峪的史料、资料。从这个角度来看，这部著述就愈发弥足珍贵。

我家南峧沟，距桐峪十华里。从小就跟随父亲经常到桐峪赶集看戏，又在桐峪上了三年初中，特别是桐峪镇有个小书店，我更是从那里买了看了很多书籍，为我一生的成长，起到了启蒙、转折和提高的阶梯作用。桐峪，也就如同我的第二故乡。桐峪村的郝建文是我的朋友、文友，嘱我写序，我慨然应之，心中实话如上，权当为序。

2016 年 10 月 8 日

霜叶红于二月花

——写给武乡文友张国华

前年的一天，左权一位熟人，引着一位老者到了我家。来者自我介绍：他叫张国华，武乡县洪水人，退休教师，热爱文学。他很瘦小，年逾古稀，但很精神，一看就是个实在人。他给我留下几首诗作，我赠他一本散文集，此后多次打电话互致问候。

说实在话，他的诗如同他的人：朴实无华，可能算不得上乘之作，因而我也就没有在意。不料今年他又一次上门，竟然送来他的诗集：洋洋三百首，还有不少格律诗和词，让我震惊，让我欣喜。古稀之人，腿眼均残，但他乐观生活，热爱文学，并陆陆续续写诗千余首，他从中精选三百首，结集成书，其精神可敬，其成果可贺。

综观张兄诗作，内容十分丰富。咏物、言志、抒情、感悟；题材多种多样，有的歌颂祖国大好河山，家乡山川美景；有的抨击时弊，扬善抑恶；有的为切身经历，人生感悟。小到家庭小事，大到国家大事都有涉猎。形式也是五花八门，如他《后记》中所说：既有新体自由诗、打油诗，又有格律诗和词，甚至还有格言俚语，真可谓五彩缤纷，让人目不暇接，其中不乏妙言警句。

读张兄的诗，第一个感觉就是朗朗上口，直抒胸臆。例如《盼儿女回来过春节》："大雪纷纷满地白，二老盼儿早回来。一路顺风多保重，进门亲人好开怀。"又如《看〈京华烟云〉》："善恶终归有报应，迟来早来无一定。为善积德增福寿，为非作歹伤了命。"顺口而来，爱得真挚，恨得明白。

读张兄的诗，觉得他性情豪放，毫不拘泥，不像刻意作诗，好似吟诵歌唱。比如《庆团圆》："三九寒天雪纷纷，亲人团圆不觉冷。手机传来好佳音，儿女今天回家中。当爹娘的真高兴，忙里忙外迎亲人。"酷似当地秧歌小戏戏词。

读张兄的诗，深感他乐观向上，积极进取。读他的诗，给人以鼓舞，给人以力量。诸如："中国歼十上了天，神州大地舞翩跹。创新开出新天地，自力铸出大尊严。"又如："人活百岁不是梦，八十能爬大柴顶。九十逛街不拄棍，百岁自己烙烙饼。"

张兄诗情充沛，不事雕琢，声情并茂，发自肺腑。情至真才能感人，意至切才能引人。

张兄视我为挚友，既如此，就当肝胆相照，因此有两点和张兄商榷，仅供参考。

一是数量与质量。张兄诗作丰富，如能再精细些则会更好。古人吟诗讲究推敲，为得一佳句，捻断数根须。首先是格律，既言格律诗或词，就必须讲究平仄与韵律。例如七律，第三句和第四句，第五句和第六句就必须对仗工整，否则可称七言诗而不可称七律。当然，为不伤诗或词意，个别字词亦可不工。我曾说：为抒平生志，平仄又何妨？但这毕竟是特殊情况。再就是意境。人常云：诗如画，画如诗。就是讲诗要有意境美，给读者图画般的意境，给读者以想象的空间，或以独特的感受，给人以独特的回味，才算好诗。顺口溜和唱词俚语是直点事物或直抒胸臆的，但诗或词就绝对不应如此。特别是刊出示人，就更应是精美之宴。如今出书如排山倒海，而众人生活节奏又异常紧张。我们为文之人，是否自产要多，示人要精呢？

二是诗集的分类与编排。张兄诗选内容丰富、种类多样，如若示人，或以内容编排，或以形式为序，如山水、人物、抒情；如律诗、词、自由诗。这样，欣赏者则可以此为据，欣赏各类作品的各种风格与内涵。如一桌盛宴，酸、甜、苦、辣、咸，五味俱全，但各归其盘，食客便可胃口大开。

张兄的诗作，也许不新潮，也许不浪漫，但他和他的诗作一样纯朴，一样诚实，土生土长接地气。我觉得张兄的诗词，倒远远比那些卖弄文字、晦涩难懂的诗更讨人喜欢。借用作家刘有根的话："赞赏的是灵气、是精神、是情怀、是雅趣。"张兄年至古稀，却如此豁达豪放，雅趣浓浓，真所谓"苍龙日暮还行雨，霜叶红于二月花"，还可谓"老骥伏枥，志在千里"。愿张兄写出更多更好的诗篇，夕阳亦美好，晚霞更绚丽！

2017 年

季羡林先生的"败文"

季羡林先生是我崇拜的大学者,我特别喜欢他朴实无华的散文;梁衡是我崇敬的著名学者、新闻理论家、作家,我同样喜欢他淡雅隽永的文章。然而,最近读了季羡林为梁衡散文集《觅渡》所作之序,我实在觉得如鲠在喉,不吐不快。不少文学作品、电视剧、电影中出现一些瑕疵,我们称之为"败笔",季老此文,通篇错误,我姑妄称之为一篇"败文"。

季老这篇文章的题目是"追求一个境界",说一篇散文必须要有"境界"。他认为梁衡的散文就追求"境界",因而他喜欢,他肯定。这个观点,或者说论点,非常正确,我也非常赞同。然而季老文章中的诸多看法与结论,我实在不敢苟同。

先说什么叫"散文"。《辞海》中说:"不受格律的约束。如:散文。"在散文条目里,叙述更为细致:"中国古代,为区别于韵文、骈文,凡不押韵、不重排偶的散体文章,包括经传史书在内,概称散文。随着文学概念的演变和文学载体的发展,在某些历史时期又将小说及其他抒情、记事的文学作品统称为散文,以区别于讲求韵律的诗歌。现代散文是指与诗歌、小说、戏剧并称的一种文学体裁。其特点是:通过对某些片段的生活实践的描述,表达作者的思想感情,并揭示其社会意义;篇幅一般不长,形式自由,不一定具有完整的故事;语言不受韵律的约束;可以抒情,可以叙事,也可以发表议论,甚或三者兼有。散文本身按其内容和形式的不同,又可分为杂文、小品、随笔、报告文学等。"

如此说来,现代的散文,首先是一种文学作品的种类,和小说、诗歌、戏剧等并列的一种文学体裁。

由于散文本身内容的不同,还可分为叙事散文、记人散文、写景散文、抒情散文,近年来又出现了一种人文意识较强的文化散文等等。

从形式上分,篇幅短小的称小品、随笔;以议论为主的称作杂文,专以记人而又有细节、场景描绘的为报告文学等等。

当然,上述分类仅仅是以内容和形式的区别大概分类而已。

无论何种内容、何种形式的散文,均为作者有事要写,有感而发。然而下笔之前总要确定"写什么",总要考虑"怎么写"。这本身就是创作必须考虑的问题,当然也就是"经营"。

再细一点讲,散文还有各种不同的行文风格。在20世纪50年代,我还是一名中学生。我就特别喜欢读曹靖华、杨朔、秦牧、刘白羽、孙犁的散文作品。他们的作品也各有特色，但都是语言平实、叙述流畅、观点鲜明、风格清新而淡雅。如要说流派，散文界也有此说法：如有婉约派、豪放派、孤独派等等不一而足。

各类散文作品，有的追求平淡，有的追求华美，有的注重叙事，有的注重抒情。百花齐放方为花园，风格多样，才为众多不同口味的读者所喜欢。

上述之言，似为累赘。为文之人，谁人不知？为何长篇大论加以说明？只因为季老不一定知道。他在为梁衡《觅渡》写的序言中开篇就说他的"看法"，把散文分为"松散派"与"经营派"。

散文，形散而神不散。内容似散而围绕主题，形式似散是追求自然。好似信手写来，其实均为苦心谋篇、精心造句。只要提笔，就要"经营"，把散文分成"松散派"和"经营派"，真的不伦不类。既不科学，也不合常理。

在评价梁衡散文的特色时，季老文中大谈"境地""意境""意韵""韵味""性灵""神韵"等等，季老认为均不理想，均不准确，最后豁然开朗："境界"为妙。其实，上述诸词，均为"境界"，或者说均为"境界"的各种表现而已！

多少代、多少人都在说：好诗要有如画的意境，好画要有如诗的意境，即好诗如画，好画如诗。达到一定"境地"，才能进入一定"意境"，也就是"境界"。还用啰唆吗？

最让人惊讶的是季老的结论："在并世散文家中，能追求、有追求这样（"对国家、对民族的忧心"）一种境界的人,除梁衡以外,尚无第二人。"

季老,好大胆!好武断!每一位真正的作家和诗人,当他为文之时,至少要达到宣扬真善美,鞭笞假恶丑之目的。写文章,本身就是一种追求,把文章写好,更是一种追求。所写文章尽量让更多的人喜爱,无疑是作者的终极追求。

中国文学史上诸多名家大腕不必说了。您说的是和梁衡"并世",时空观念我还是有的。我曾在山西省晋中市文联主办的《乡土文学》上发表过一篇题为"沉重的话题"的读后感。那是我读了晋中籍作家温暖先生的散文《重上石膏山》有感而发,是我被温暖先生那种忧国忧民的情怀所感动而写的。像温暖先生这样的和梁衡并世的作家多而又多。他们几乎都有忧国忧民之情结。怎能说和梁衡并世的诸多散文家均没有忧国忧民之心?

我认为,当今中国的很多作家还是很有追求的,至于追求的对与否,境界的高与低,另当别论。如按季老之说,全中国和梁衡并世的散文家都不能而且也不肯追求,这不纯粹是笑谈吗?

作为一个"学者大家"和"文学大家",为文更要慎而又慎。切莫以为自己是大家,就"信手写来,松松散散,随随便便(季老《序》中语)"。您赏识的是"经营派",怎么您却成了"松散派"呢?

2016 年 9 月 13 日

注:本文首发于《左权文学》2017 年第四期。2017 年 12 月 28 日《今日左权》报转载。

文 / 友 / 看 / 我

读张基祥先生
《辽阳题咏选注》有感（外一首）

九十四叟 刘江

千古中华史实丰，归真返璞乃苦工。
案头翻阅诗咏注，满目乡情老还童。
眉寿并不知之广，追求当是永无穷。
故国书文若瀚海，尚须后辈领其衷。

前贤永值后人修，史志留芳文武稠。
洒血疆场难记数，耻为贰臣彪炳留。
选题解注功无没，传薪笃实亦堪酬。
不负花甲施余热，老当财富独今秋。

2011 年 8 月 21 日

注：刘江，山西省和顺县人，1918年7月生。抗战期间，他在太行山革命根据地历任《胜利报》《晋冀豫日报》《新华日报》（华北版）、《新华日报》（太行版）通采科长、编辑部长等职。中华人民共和国成立后，他历任《太原日报》总编辑、山西人民广播电台台长兼总编辑、山西省广播电视局局长、山西省新闻出版局局长、山西省文化厅厅长、中共山西省委宣传部副部长等职。离休前后他还兼任山西省文联副主席、山西省作家协会理事等十多种社会团体职务，是我国著名作家、诗人、书法家。主要作品有长篇小说《太行风云》《烽火摇篮曲》等，晚年有《刘江文集》出版发行。

本诗为刘江先生读《辽阳题咏选注》后写给本书作者的诗，首发于2011年8月30日的《今日左权》报。《左权文学》2014年第三期转载。

读《抗战文化》感赋(二首)

皇甫束玉

(一)
抗倭怒火众心燃,大舞高歌战鼓喧。
一部新书多卷史,红红火火话当年。

(二)
漳水长流小调多,太行烽火唱红歌。
诗人老去乡音在,更有新星舞婆娑。

2011年7月19日

本诗为皇甫束玉老人用毛笔在信笺上为我的《抗战文化》一书所写之题词。

注：皇甫束玉，原名瑾，字叔瑜，后简写为束玉，取束身如玉之意，山西省左权县东隘口村人，1918年5月20日生。1937年投身革命，历任辽县二民校、三民校教师和校长，左权县剧团指导员，县教育科科长，晋冀鲁豫边区政府教育厅编审委员，华北人民政府教育部社教处科长，教育部社会教育司处长、办公厅副主任、研究室主任，高等教育出版社党委书记兼副社长、副总编。2009年荣获新中国六十年"优秀出版人物"称号，同年批准享受副部级医疗待遇。多年收藏图书资料，无偿捐赠给晋中高等师范专科学院。该校为此建立了"皇甫束玉文化教育艺术馆"。

抗战时期对左权民歌和左权小花戏做了大量改造、编创工作。其编创的《土地还家》《四季生产》，以及与他人合编的《左权将军》至今传唱不衰；还编有《赵申年》《周喜生作风转变》等剧本多部，被评为"太行区模范戏剧工作者"。抗战期间他还编写了大量中小学课本，如《农民读本》《战士读本》等。中华人民共和国成立后荣获"全国出版界首届韬奋出版奖"。

出版有《束玉文存》《束玉信札》《束玉日记》《凌晨集》《束玉吟草》，并自印《杂咏》多部赠予亲友。

鹊桥仙·喜读张基祥《辽阳题咏选注》有感

韩卫平

辽阳题咏,
何人选注?
老叟忧天倾覆。
古诗璀璨耀家乡,
怎可忍、失传无补。

望文兴叹,
隔河难渡,
谁解其中甘苦。
行间字里见真情,
这岂在、朝朝暮暮。

2010 年 8 月 13 日

注①：本词首发于《左权文学》2014年第二期，后收录于韩卫平词集《玉洁吟草》一书中。

注②：韩卫平（又名韩絮如、霍玉洁），1955年6月生，山西左权下岐村人；曾任左权县政协主席等职；为中华诗词协会、山西省作家协会会员，晋中市作家协会理事，晋中诗词协会常务理事，左权县首届作家协会名誉主席；著有《漳波吟韵》《太行吟颂》《玉洁吟草》词集三部。

赠张基祥老师
并祝《辽阳题咏选注》出版

侯俊伟

一生为文羞浮名,
伏枥老骥斧凿勤。
五载血凝古诗注,
留得辽阳千秋声。

本诗首发于 2010 年 6 月 20 日《今日左权》报

注:侯俊伟,山西左权上交漳村人;山西省作家协会会员,晋中市作家协会理事,左权县作家协会副主席兼秘书长;现供职于左权县新闻中心《今日左权》报。曾有诗集《山乡恋歌》出版发行。

上交漳村位于清漳河畔,背山面水,风光秀丽且文风颇盛。著名"民间故宫"掌门人、荣宝斋经理侯凯,乡土文人李兴元、姚峰同属该村人。

散漫人生·赏读张基祥先生《漫游散记》

白天

张基祥先生是左权县作协主席。去年（2013年）参加晋中市左权文学笔会相识后，获赠先生散文、古诗集注两册。尤其是《漫游散记》在我床头搁置数月，每每灯下捧读，一位热情矍铄、行事干练，赏玩名山大川的小老头形象便浮现眼前。赏读之间，仿佛悟出人生某些真谛：手脚勤快，开朗散漫，实乃人生不老之秘方。遂作数句打油诗，聊以共勉。

一

太行为父漳河母，
火神辽阳是故土。

岩缝长出枣一株，
风风雨雨不倒伏。

岁月蹉跎心如煮，
磕坷半生未忘书。
笔墨人生多移步，
老来漫散更识途。

二

夜里敢把泰山上，
秋来壶口去观瀑。
云冈龙门看石窟，
洪洞古槐祭先祖。

文心精致苏州看，
雕龙回望扬州府。
孔子故里朝古圣，
孟姜长城亦凄楚。

三

双腿虽老志不输，
名山大川留远足。
诗文饱蘸苦与累，
佳句只在爱心谱。

笔墨挥洒无他念,
纵横开阖信自如。
所思所感皆自我,
漫散人生吾心足。

本诗首发于《左权文学》2014年第三期。

注:白天,本名白长生,山西寿阳人;中国傩戏协会、中国群众文化协会、山西省作家协会会员,寿阳县作家协会主席,寿阳县文化馆馆长。有诗集《我的黄土风,我的高原》《水之韵》,散文诗集《九月阳光》《浇筑彩虹》,散文集《灵魂的家园》等多部诗文和研究性的文集面世。

深情的目光

——读张基祥老师著述有感

侯俊伟

中原砥柱
太行巍巍
造就几多肝胆相照的雄杰
华夏中流
黄河滔滔
孕育无数敏灵毓秀的精英

你，大山的子孙
犹如一棵挺拔的白杨
沥风沐雨 深邃而坚韧

你,大河的儿女
就像一株婀娜的绿柳
歌山颂水 灵秀而多情

为圆心底的梦
花甲亮剑 磨砺耕耘
《漫游散记》笑醉了小城辽阳的夕照
为续山乡的歌
披星戴月,苦吟深赋
《诗文选注》激荡了清漳河水的波光

往事似云非烟 你用过往的日月
记住一段家国春秋永恒
留给今天
前景如花锦绣 你用长者的情怀
流淌一泓期冀目光无垠
激励后人

小侄俊伟于2011年冬于静心书屋

桥 头

孟振先

清冷的路灯下
我站在沙河桥头
又一次
送您回家

您七十有三
却说自己十三岁
皱纹毫不客气地占据了您
却挡不住您顽童式笑脸
瘦小的身板
模糊在夜色之中

此刻
没有人知道
您用足迹
丈量了左权的每一寸土地
您用笔墨
完成了一个文人的
神圣的使命

也不会有人知道
您是对得起太行山的儿子
我只想说
您是我心目中最敬重的人
为我照亮了回家的路

2017 年 12 月 24 日

注：孟振先，女，山西左权北街村人；现为山西省作家协会会员，左权县文学艺术界联合会主席，《左权文学》主编。多篇诗文在报刊发表。

贺基祥弟两书面世二首

张银祥

其 一
太行辽阳十大景,明清高士谱诗文。
查经据典君今释,左权文化得传承。

其 二
风流才子天下游,散记一书载迹留。
名山胜水君登临,人生一世何所求?

2010 年秋

注:张银祥,笔名鹰翔,山西左权西隘口村人。中国书法家协会会员,左权县首届书法家协会主席。爱好古诗,曾出版有《鹰翔诗书一百首》上、中、下三册。

"文学老年"也逢时

——从张基祥同志的两本书所想到的

温暖

古郡辽阳,今日左权,文昌舞进,隆兴日渐。前些年,我同这里的文友邢晓寿、刘有根、王保牛等颇多晤面;近年来,通过文章书籍,又与张基祥同志接触。看得出,左权县之文化景象,诚然沃土壮苗,青枝绿叶,百花园一年一年春光好。这和我们周围不少县区一样,老朽我虽不过仅仅是管窥蠡测,亦感到他们势头之大好。

人类一切一切的活动,最终都难免积淀为历史,积淀为文化,积淀为一个民族久远的民风民俗民情,而这种积淀,又大都同历代大大小小、老老少少、有名气没名气的和在朝或在野的文化人及其所留下的文章文字文墨等有关。故不论老树新枝，果实大小，我以为都有其可贵处，哪怕仅仅在一时一地之内，若干年后，也可能是一个深浅不同而不会再有的时代印迹。

不久前，收到张基祥同志寄来的两本书。一本是他写的散文集《漫游散记》，一本是他选注并汇编的《辽阳题咏选注》。我老眼昏花虽难得通读，但欣喜之际也还断断续续在综览其概貌的同时，又浏览了其中一些篇章。这些年，我们国家的出版业实在是够繁荣的了，古今中外，各科各目，大家小家各类人的笔墨文字，都有出版物面世，再不像过去那样刻板了。可对那些"春风得意马蹄疾"的多功能明星及某些似乎因权贵或因财富而"家"的巨著，虽一旦见到，也好奇地随便翻翻，但每因其亮度过于强烈或先期的、说不清的什么异味扑面而来，为保护眼睛，我还是要很快放过的。我甚至连真正获得诺奖鲁奖矛奖或其他什么大奖的大部头优秀小说也都因体能之差而懒得去欣赏了，而真正想看想知道的就是那些赤裸裸一是一、二是二的实话实说。不知从何时起，我总觉得当今世界上发生的那些我不曾想到和不会想到的事就足够奇幻奇妙奇巧，或许早已超出作家的想象了。因此我反而对被认为"不成熟"或"老套路"的一些文学青年、文学老年等童言无忌或"老言无忌"的习作，倒还有点喜欢。只要它还有几分天真纯真、诚实朴实，每句话出言由衷，原生态讲述，我都不惮其烦，不顾粗细，愿意破费点在我来说已然是有限的时光与精力，勉力过眼一遍。因为在我说来，他们的这些文章书籍纵然比较起来就是还嫩还浅还青涩一些，但它终究是土生土长来自庶民生活中接地气的音响。这些音响未经江湖经纪人包装推销，也未曾有风流名士的朱笔圈点，它们自力自主地求得发表求得出版，尽管不少还是自费出版，实在也算是欣逢今日盛世之所能所享了。它们的这些所谓"草根文章""山寨书籍"，说不定多少年后才会被人发现为可与正史媲美的善本孤本。可以肯定的是，它们在一定程度上，还具有点"董狐笔"的意味，而绝非假冒伪劣之编造臆造，没有被操作或炒作，且又有其可考证的土壤和人物原型。

正是出于这种思维，我才从一些字里行间结识了张基祥这位"文学老年"。多年来，文坛上上下下总在高调而又着力地培养文学青年，这当然是文学的根本希望，是不容忽视的大好事，可对于那些因不可预料、难以抗拒的人生气象而起步较晚或步履缓慢却又要坚持到底的"文学老年"，难道就应完全置之局外而有意无意地忽视无视吗？好在就我所知，大多数人的头上都还是会有一片阳光的，张基祥笔下的文字，能结集出版也应该为之庆幸，庆幸其老而逢时。

张基祥年近古稀，诚然已不是青壮了。60多年的生活道路，对一个8岁丧母仅仅在父亲的爱护呵护下长大的人来说，世态凉热中的辛酸苦辣，风霜雨雪，虽不会尽同于莫言小说中的那个"黑孩"，但一般情况下人们也可想象其一二。然而他自幼勤劳勤俭勤奋，宁忍辘辘饥肠，也要省下钱来买书的志趣，终致他在长大后一定的条件允许时，便要积极地争取走万里路，争取读万卷书，不仅绝不荒废时日而且更要老有所为；终致他在从事多年的新闻广播事业后又"转型发展"，又要在文学的原野上探索；终致他在前述两本书外，在当地官方支持下还曾编著和编写了《碧血辽县》《抗战文化》《抗战诗歌选》以及《守望文明》等一些弘扬地域文化的乡土读物。对于他的这些作品，倘比之正统时尚前卫而高度要求，可能在一些人眼中不以为然，因其方方面面毕竟还有润色加工的余地，但在我这个曾多年同基层业余作者打过交道的老花眼看来，总感到首先应该肯定——作品，应该肯定，不是无土栽培，至少会有一定的文史价值应肯定；作者更应肯定，至少其积极求索、敢于担当、乐于奉献和热爱生活而又"不用扬鞭自奋蹄"的精神应该肯定。从《漫游散记》这本集子的后记看，作者"呕心谋篇"，"沥血"炼句，将其足迹所至之处，目光所见之新，倾其情，亮其心，感其神，明其志，尽可能"淋漓尽致地描绘出来"；我以为，在这物欲横流，钱权妖惑，物质生活极大富裕的当今社会，一个老态蹒跚而不一味颐养天年，不陷入某种场合寻乐的人来说，纵然其文其书的深度高度亮度还不能尽如人意，但也完全可以理解，他毕竟还想在文学这条路上不怕艰难跋涉前进，他毕竟不甘闲适、不甘单纯地物质消受，而是还想对人类社会做点有益而又力所能及的事情。唯其如此，我这个通道老朽，就不能不有所同情并寄予热情。记得多年前有家刊物，在一次改换门庭后的办刊宗旨中坦率直言，声明其"扶小不扶老"。当时，我与我周围的一些老年朋友见之闻之，言及谈及，虽初时也有所感慨，似芒刺在心；但很快便挺起尊严,在倡导尊老敬老的社会氛围中不再相望于那般顾此失彼有如山神庙、白虎厅似的高楼大厦。后来渐渐发现,即使是台阶很高或都还在"中天门"上下的不少刊物,它们在一样尽职尽责培养青年的同时,依然正调高风,唯文是选,老中青作者均还有比例在列。可见说到底还是要以文取胜,说到底都还要与时俱进。而所谓"不扶老"之说,恐怕也只是个笼而统之的概念,在某些人情重于人道的情况下,他们所言所行,细推敲就多留有余地,很可能为的是自己方便于随意游离其中吧!六七十是老,四十五十不也可比较地说其老么?当今文学刊物难办,多出窘困,尽人皆知,却防范老年人扰境,似也不见得就是良谋上策,"老"是自然规律,老年人是社会存在,老年人或可被年轻人不屑一顾,但不少自知青春不再仍还要笔耕不辍者,怕也不全都是虚荣心名利欲作祟吧,也还多少包含点事业心、习惯性和自觉不自觉的奉献精神吧!每个人都会老的,张基祥年老后除了写散文、评论外,又把精力放在本土文史资料的收集整理等方面,类似他这样的许多文学老年,我以为在我们这个提倡和谐并彰显才智的社会中,一定会有更多友谊之手向他们伸出的。更何况张基祥同志在《辽阳题咏选注》的《后记》中还诚恳地告白:他编著此书,不过是为了历史文化的保留传承而已,他甘愿把此书作为日后有识之士重新校勘、修改、加工的基础,"倘有一日,一位或数位今人或后人能够再行加工并重新刊印",他纵然九泉之下,"亦当含笑"。

这些话,一副衷肠,昭然坦然,读来不免让人动容。

故此刻，我也就觉得，实在没必要再去仔细剖析他的那些文字笔墨了吧，即便有些要商榷要探讨的地方，留等闲来见面时，再"打开窗户"也就可以了。倒是关于《漫游散记》这本集子的《序言》，在此还想多说几句：一般序言之撰写，就我所见，或德高望重之硕儒名士，或光环相当之文朋诗友，再或位高权重之贤达显达等等，请谁写，谁来写，可能和当事者的文品人品及精神格调有关。可《漫游散记》的序言却不同寻常，是张基祥的儿子张雪平所写。老来更孤陋寡闻的我，既感新鲜，又觉得难能，不由便多读了一遍并有所浮想。《序言》末段云："儿子为父亲的书写序，不知有无先例……但只要父亲乐意，还管它什么先例，怕它什么顾虑。"这里，我主观设想，张基祥其人，很可能既谦谨自持，不愿以初期作品让他人费心；又洁身内敛，不愿攀缘借光，以增加自己的高度亮度。为保持本色本分，于是父子俩便不拘一格，创新立新，共同走出了一条完全属于自己的路径。再者，凡序言，多会有溢美之词，而儿子溢美父亲，出于亲情，定然恳切，人们自可理解；倘文字又多一些客观，舆论就必然更加肯定。这种真情实感的社会化展示，于父于子，我以为也该被赞同乃至被赞赏。更何况这其中还有一种孝心和爱心的交融汇合不应该被忽视呢？

左权县的文化意识，历来根深叶茂。用不着谁来命名，它早已是民歌之乡，小花戏之乡。早些年因工作关系，我对其"蝴蝶扇""三点步"及独具声韵的开花调等等曾多次欣赏；近年连续两个春节期间，有幸在本市文艺中心看了两场左权专场演出后,脑海里又总在缭绕着那位盲人艺人刘红权声情并茂原汁原味的唱腔。这唱腔与我曾参拜过抒写过的太行麻田牵扯到一起,与我前面提到的那几位文友及其作品牵扯到一起,现在又与张基祥和他的两本书牵扯到一起,以及和听说到的该县起点更高的新一代文学爱好者牵扯到一起,只觉得这块光彩的土地上不断花繁果硕的气象,也着实该礼赞一番的。我不能不在此向老朋友问好,向新朋友祝福,但愿他们之间,我们之间,都能在费孝通先生说过的"各美其美,美人之美,美美与共,天下大同"的境界中携手并进,不断创造出更加鲜美和更有价值的成果。

盛世万类竞腾越,"文学老年"也逢时。在和谐社会的阳光下,青春少年昂首阔步,银须鹤发者也能在笑语欢歌中策杖向前,或被人扶持向前,这才是更应该庆幸的。

注①:本文首发于晋中市《乡土文学》2013年第二期,《左权文学》2014年1月创刊号转载。

注②:温暖,本名温述光。1932年生于山西灵石县。曾任晋中地区(后为晋中市)《乡土文学》副主编。有散文集《乐园寻梦录》《晚秋旧梦录》《衰草残梦录》及诗联集《韵句明心录》面世。系山西省作家协会会员,中国散文学会会员。

温暖先生在《衰草残梦录》第267页中收录评论我的文章《"文学老年"也逢时》,其对我之关爱当铭记矣。

读《辽阳题咏选注》

——写给张基祥的信

皇甫束玉

基祥同志：

今年5月，我同时收到但在不同感受下，拜读了你的两本大著：《漫游散记》和《辽阳题咏选注》。对于前者，我自然和你一样的心情，游目骋怀，轻松愉快，这里暂不评述，对于后者，我自感和你也是一样的心情——"自出难题"，苦苦求索，今天我写这封信，就算一个读后感吧。

我1983年离休以后，有机会参与过左权县的党史、县志、教育志、文化志等书的编审工作，对本县革命战争时期的工作有了更多的了解和感受，但对抗战以前（所谓"旧社会"）的历史，各书都记述极少，就以"辽阳题咏"

来说，县志只记录了18首，文化志只记录了8首，都无一字注释。如你所言："其毕竟是传统文化、地域文化的一部分"，这部分内容反映太少，对全面探究本县传统文化，无疑是一个缺憾。明清两朝虽有"州志"，但我未能看到，这个缺憾，对我来说，也就再没有想过去补它，也没有希望过有谁来补它了。事出意外，万万没有想到在我残年余岁之日，居然有一本由唐宋到明清160多首的《辽阳题咏选注》在手。它又是"选"（可能还有更多），又有"注"（每首都有），还有译文（韵句），这本书来自何处，出自谁手？谁又能想到作者却是一位抗战以后出生没有上过高等学校，退休了的地方干部，是一个从本县南峧沟里走出来的人——张基祥同志。选注古诗这样一件艰难繁重的事，是领导交办的任务吗？不是。是群众要求办的事项吗？也不是。他出于热爱乡土之情，传承传统文化之愿，甘为人做嫁衣的精神，以第一个"敢吃螃蟹的人"的勇气，在市场上"快餐盛行"的热潮里，自己甘坐冷板凳，吃冷饭，啃硬骨头。几年如一日，可谓用心良苦矣，终于"将辽阳古诗一一注释，为今人品读古诗提供了便利，架起过往与现实对接的桥梁"（《序》）。其用心良苦，其功不可没也，我为之感佩，为之赞叹！

综览《辽阳题咏选注》，多为州官、外籍人所作，其中关怀民生者有之，怀古仰贤者有之，但为数寥寥，大多是当官的游山玩水之作，民国的未录，我却看到过一首，那是在1931年或1932年，我们贫民高小师生春游（那时叫"远足"）雷音寺的时候，在一个山壁上赫然有一位县长的题诗，作者的名字不记得了，但记得四句诗："一路松涛响，盘旋达秀峰，洞天真佛地，造化夺神工"。以前，我对当官的写诗记景，不感什么兴趣，感兴趣的是群众文化。现在看这本书中有许多这样的诗，忽然联想起幼时背得滚瓜烂熟的《醉翁亭记》来，"太守与客来饮于此"，"太守归而宾客从也"。虽然欧阳修的笔下也有"负者歌于途，行者休于树"的滁人之游，说明他是有"与民同乐"的思想的，但参加"太守宴"的众宾客，绝不会是这些普通游人。在古时这种所谓文人雅士相聚的"一觞一咏"，也是一种社会文化现象。我想这本《选注》中州官的游乐活动也不会是一个人的事，本书王云凤（49页）、潘巨（98页）、刘云（202页）、张维禦（210页）、邢桂望（240页）、王锡衔（251页）等的诗篇都有所反映。所谓"与民同乐"，也要作历史分析，不可能要求那时的州官，像现在四大班子的领导和群众一齐在大街上扭秧歌。

（张基祥注：皇甫老信中此处还有一大段文字，论述瓮洪寺和雷音寺名称来历等，我删去了。）

说到译文，这是一个"重头戏"，你接受诗友们的建议，"加上译文使今人读得更为方便之说很有道理"。但是你的为难之处，我有切身体会。1987年，人民文学出版社有出版《唐诗今译》本的计划，分配给我五首唐诗，正如你所说的"诗和画一样均讲究个意境，只可意会，不好言传，诗中不少字、词、句之间，有跳跃，有典故，还有作者天马行空的想象与思维，更难用口语表述出来……"我费了好大劲，花了不少时间，勉强交了三首诗的卷就没有下文了。这三首诗是韦应物的《淮上喜会梁州故人》、钱起的《赠阙下裴舍人》和崔涂的《除夜有怀》。译文附录在《束玉吟草》后边，今天再看看，还是不尽如人意。从我译的三首想到你译的163首，得费多少苦心，熬多少岁月！粗读释文，大致印象是：对诗文大意的翻译，可以说明白无误；对释文练句，可以说自然顺畅。"无韵不成诗"，除个别诗篇外，每首释文都还是押韵的，这些要求你都做到了，甚非易事，可以说达到了"为今人读（古）诗更为方便"的预期目的。至于译文是否能体现原作的意境和韵味，不该过于苛求，也不能一概而论。如徐三俊的《辽州述怀》那样（159页）的诗译得比较差，再如孙毓英的《赴任两淮》（74页），这是一首好诗，比如其中两句："日衔远树孤村晚，月印平沙两岸秋"，试看，怎样才能把它原汁原味地译成白话诗呢？

　　看得不细，想得不周，说得不一定对，好在我们都是"左权人民乳汁与小米养育"的同乡人，也对自己的"小乡党"（你的自称）说几句"心里话"，供你参考吧。祝你有志事成！

2010年6月9日

我读《漫游散记》

霍云林

拜读基祥兄所写《漫游散记》一书，体会不少，收获多多，真是受益匪浅！从我的内心里感到基祥兄写成此书不容易，出版发行更是不容易！我之榜样，当之无愧，我为之骄傲，很值得文友同喜共贺！

《漫游散记》全书180来页，简约精干地分为主体正文、前序后记，配以16幅极具代表性的精美图片，又有淡雅飘逸的封面封底，结合王兄保牛的题字，既灵气又大方，观来真是赏心悦目。开卷品读，字珠句珍，胜似美味佳肴，越读越爱读，越嚼越有味，沁人心脾，难以忘怀！

全书23篇游记散文之外，尾缀5篇，基祥兄谓之"散记"，虽收书尾，更展雀屏之靓丽，足见基祥兄用意非凡，不仅紧扣书名，更显匠心高妙！全书所收散文，字词句章，功夫可见，编排裁剪，构思独特。篇篇均构成了精美鲜艳的景致。汇聚一册犹如是祖国大花园中的群芳展艳，蕊润纷呈，将美的姿态，纯的香味，浓的鲜艳，高的雅洁，贵的品格，奉献给了读者赏者。无须刻意品味，你就领略了神州江山。东南西北，京都中原锦绣繁荣，古迹新貌令人耳目清亮，心旷神怡，好不向往，不由自主地发出了赞叹！

　　文章构思精巧且工于文句，自然亲切、朴实简练的语言承载了文章的主旨。单看每篇文章的题目，就可足见基祥兄的良苦用心与功力所在。凡28篇，每篇题目便是点睛之笔，如《壶口观瀑》突出了一个"观"字，《夜登泰山》又彰显了一个"夜"字；《海南双飞记》突出了一个"飞"字；《延安行》又是好一个"行"字；《白洋淀赏荷》又把荷"赏"得那么独特；《平遥三题》"题"得多绝；《西柏坡忆旧》"忆"出了新意；《精致苏州》着重于"精致"；《印象杭州》又强调了"印象"二字；《红旗渠礼赞》将红旗渠"礼赞"为世界奇迹；《七彩云南八日游》又用了"初识""梦幻""奇观""壮哉""饱览"十字为题，描绘了色彩斑斓的南国美景；《五台山夜话》之"夜话"又进一步阐释了为人民服务的真谛；《太行明珠左权县》极形象地将左权县谓之"明珠"。题目别具风格，情趣特点镶嵌文中，强烈地吸引着读者的眼球，让人非读不可。随之你将会被优美的字、词、句、段、章牵引着一路读下去。文章给人展示的不仅仅是神奇的美景，更为深邃的是令人折服的主旨品评。文句之外广博的知识更是令人赞叹。我随着张兄的文字进入了一个新的境地：使"我们的心灵得到了又一次净化，又一次升华"。必然地"要和那些……权贵们……斗争到底！"。

  基祥兄驾驭文字得心应手，文中处处可见。像《海南双飞记》中观看三江并流入海的景观时写道："姗姗袅袅的万泉河，热情奔放的龙滚河，时而激越时而舒缓的九曲江，三条大河在入海前汇合，亲密地交融在一起后，目标一致，汇入大海。入海处，浪花飞溅，涛声阵阵，仿佛欢庆着投入了大海的怀抱。"读到此处我从内心里感叹张兄真是把江河写活了。不仅写出了三条江河的形态动势，而且赋予了江河"和谐美妙"的人性。一个"亲密"、一个"欢庆"，把语言文字用到了极致。张兄真可以说是我心目中的语言大师了。

  比之张兄，自己真是无地自容。张兄是有心人，有志人，成事人。他把祖国的壮丽山川成于笔底，精心描绘的画卷展于世人，把爱祖国、爱党、爱人民的激情融在心胸，并且化作了强大的力量，激励自己的同时激励着他人，也必将激励更多的人！

  我也曾走过大江南北，京都名市，游览过名山大川，名胜古迹，也曾激情难抑、执笔漫记。然而，激情仅能燃烧一时，到头来仅有几张合影留作念想。偶或谈起，依然能够洋溢盛情，大赞祖国的巨变，改革开放的伟大功绩。但终归无一篇成文奉献，怎能不十分惭愧！

  张兄赠书时一再自责，对我说："书中某字有误、某词不当、某句不妥……"读后掩卷细思，张兄之言是对自己提出了更高的要求，我急切期盼看到张兄新的佳作！

  今作此短文，聊以自嘲自勉，更多的是向张基祥老兄看齐!

注①本文首发于2010年6月20日《今日左权》报,晋中市《乡土文学》2011年第三期转载。

注②：霍云林，山西左权竹宁村人。曾为教师、左权县志办公室副主编，退休于左权县国土局。多篇诗文在报刊发表，并被收入多部书集之中。有文集《乡土记忆》面世。

读张基祥《漫游散记》有感

王汉文

昨夜继续捧读张基祥的《漫游散记》,感慨万千,夜不能寐。我和他三十年前就相识。他的散文语言流畅、感情真挚,没有一点卖弄,没有一点做作,传达给人的是一片璀璨的阳光——正能量。心中有话,不吐不快,凌晨五时,即起床写下以下感怀:

笔耕一生,献身新闻。
书尽言艺,感悟至诚。
家国情怀,文如其人。
德艺双馨,可贵可颂。

2014 年 6 月 21 日

注：王汉文，山西榆社人，曾长期在左权工作，后任晋中市国土局副局长，现已退休。

《漫游散记》读后

杨帆

老师，您好。我看过了您的书，感慨颇深，原以为山药蛋派的文学会比较朴实，但相反，您的文学功底很好，感情很真实，也很打动人，让我有一种温暖的感觉，这或许就是真正意义上有温度、有人文关怀的作品，是这个浮躁的时代真正需要的作品。

现在年轻人老喜欢堆砌一些华丽的辞藻，但缺乏对这个时代的关注和反思，我一直觉得真正经历过你们那个时代，从你们那个时代走出来的人，对生活的感悟和理解是我们这些年轻人永远比不上的。我们现在拿着高学历，一心想往大城市跑，却总忽略故土情怀。

现在我们历史学也讲究眼光向下，要先做好地方史，才能做整体史，而地方史研究的丰富，真的需要一批像您这样热爱文学、愿意去做实事的民间学者们,所以我真的很佩服您,能凭着自己的一腔热爱做到这个程度。

注:本文作者为南京师范大学(历史系)硕士生,《抗战老兵口述史》采编人之一。

恩师李园澍来信

基祥：

两次寄来的《左权文学》都已收到，因小恙不断，迟复为歉。

作为你的蒙师，没有比看到自己学生的作为和作品更高兴的事了。你曾为左权的教育、文化、新闻、广电事业做出了很大的贡献，一本《辽阳题咏选注》更是倾注了你不少心血。如今，退而不休，又肩负起发展乡土文学，培养文艺新人的使命。孜孜不倦，无私奉献，不知老之将至。人，也只有这样，悉心地关注当下，热忱地服务社会，才能更好地体现自己的人生价值。这一点我们师生是志同道合的。

左权这个地方，无论讲革命传统，还是讲民俗文化，都是一块值得开发的沃土。在这里工作和生活过的人，都受到了太行精神的熏陶和民间歌舞的滋养。《左权文学》

的出现，可谓水到渠成、众望所归。

好的开始就成功了一半，《左权文学》从内容到形式开局就很好。既追随时代发展的大潮，也有自己独特的小桥流水。有个性，有特色，才有生命力。有些栏目也突破了一般刊物的框框。如"校园文学"，从培养文学新人来说就是一项很有远见的战略工程。相信《左权文学》在你们的辛勤耕耘下一定会枝繁叶茂，硕果累累的。

我在左权工作了十五年，最好的年华都是在那里度过的。虽然也经历过许多磨难，但一想到我的学生和他们的成就，就会淡然下来，而且无怨无悔。记得若干年前，我的工作证上，有人误将我的籍贯写成左权，我不但没有更改，还暗自庆幸。我为能加入左权籍而感到自豪，并写下一首打油诗：

不恋故土不恋城，深山老林一先生。

日凿核桃三十个，不辞长做辽州人。

2014年6月6日

注：李园澍，1935年生于山西平定县。1957年参加教育工作，其中在左权县桐峪中学等地从教长达十五年之久。中学高级教师，后为晋中行署教委副处级督学、山西省督学、山西省教育评价研究会理事、《教育督导与评估》编委。喜好文学与写作，多篇杂文、随笔、散文和诗作在报刊发表，并有《李园澍文集》《李园澍诗集》《红尘滚滚悟人生》《书山有路》《拾秋集》等多部作品问世。

老树开花更宜人

——读张基祥和他的新书有感

刘有根

离午饭还有一刻钟，顾不得妻子"饺子煮好了，就不能吃了再去"的嘟喃，快步到了张基祥家。他正品着小酒吃挂面。我无法忍受"不见不快"的迫切心愿，才不管不顾地在他端碗吃饭时闯进了他家。

张基祥的新书，我是在乡下藏书爱好者侯乃田家看见的，一本《辽阳题咏选注》，一本《漫游散记》。登门拜访的迫切心理是出于一种热。1995年8月30日，在我第一本散文集《太行虹》座谈会上我说过，文人要相亲。亲总是和热连在一起的，我别的做不到，但只要县里有人出版了自己的书，我都为之高兴，并送上祝贺的话。一个地方本来算得上文人的就可怜得没几个,都冷冰冰的有什么好啊?我很不理解县网站里的文章咋就很少有评论,哪怕一句话也是一种热啊。我不喜欢"炒",但我更不理解"冷"。当然,急于见到张基祥的兴头还有我俩从1974年到现在的交往。

张基祥应该是我的老师,他是真正影响了我的人。朋友告诉我,张基祥是"十足的文人"。至今我最欣赏的一句话"依靠群众办广播,广播越办越红火",是张基祥老师在《山西广播通讯》发表的一篇文章的题目。每吟读一次,我内心都有一种难得的愉悦。当时,他送给我的好几本《山西广播通讯》,我现在还保存着。他当时采写的人物稿,今天还在我脑子里有印象,那是他的形象思维。

我来,他很高兴。他夫人给我盛饭,他给我倒酒。我明白,这挂面肯定得吃,这酒肯定得喝。他知道我平日滴酒不沾,可他给我倒了三次,我都喝了个干干净净,我两碗挂面下了肚,他碗里还是那么多,他兴奋得只顾说话。我们的话像流淌的小河,望不见头看不见尾。我心里热乎乎的,觉得文人就应该这样亲亲热热才对。文人和文人都不亲,谁还能和你亲!

怀揣两本书回来,我看了又看。

《辽阳题咏选注》共293页,281首诗,52位作者。第一位是宋朝的张仲尹,最后一位是清朝乾隆年间的徐继畲。诗文内容全是本县境内的山川景物,可惜没有我的家乡麻田。辽阳八景居多,麻田境内的有云头底。我很想细细品味每一首,但不是一蹴而就的事,读古诗得有很大的耐心,需要时间。我最想说的是这本《辽阳题咏选注》的价值和意义。言必称抗战的左权，在我们的头脑里似乎淡化了自己的历史，刘红庆也发问过："抗战前左权人都在干什么？"我喜欢夸自己脚下的土地，汤云霞在为我修改文稿时问我："你笔下的左权'历史悠久，文化灿烂'有依据吗？"我愕然，只好勾去"文化灿烂"的溢美之词。现在我看到这么多历史上文人笔下的诗词歌赋，感慨之情，一言难尽啊。虽然没有一首李白杜甫白居易的大家遗墨，可毕竟也是本县历史文化的闪光遗产啊。大凡诗歌都是美好的，不敢说这281首诗歌够得上左权历史文化的灿烂，却也可以说这些诗歌支撑了左权历史文化天空的亮丽。都是老祖宗给我们留下的好东西啊！我不得不把敬意投给张基祥老师。千寻万觅，费尽辛劳，值得啊，功德无量！

翻开我的资料本子，啊，我也早抄录了16首本县古诗，还有一篇《瓮洪山记》的散文，1080个字，出自清代作者张维榘的手笔，真美！我光在优美词句处画下的道道就有48处。每次吟诵《岳阳楼记》，我总羡慕那楼被范仲淹描写得那么美好。在张维榘的笔下，家乡的瓮洪山不也是这么美吗？只是这篇文章没有被教材看中，才落得个明珠暗投，不能为人欣赏。我要编书，肯定不会把此文丢下。

《漫游散记》是张基祥老师的真正文笔，28篇游记，记录了他的游历。前几年他就和我说过，每年带上老伴出去一次，想去哪去哪，哪黑哪住，自由轻松，没人追没人撵，花上千把块钱，悠哉乐哉。我听了，也准备带上老伴东西南北游一游。游记里充满了他对每一处景点的新鲜感，文笔老道，诙谐幽默，正如他如水随性的性格。现在出游的人很多，写游记的却很少。我第一次坐飞机的感受也记得非常细致，可我一直没有写一篇游记。受他的影响，我也萌发了写一本游记的打算。

我比不上张基祥老师的心态，他能放得下，而要我画上脸上台表演，我真的放不下面子。他淡泊名利，我也追求淡泊，可我老是发牢骚，总是觉得有人对不起自己。他一直是一副很满足的样子，很少给人讨厌的印象。对他的文字，我有过偏见，总觉得是新闻语言，现在读他的文字，越来越觉得很有味道，白而耐嚼，俏皮活泼，给人轻松感和幽默感，我喜欢。

人呀，一辈子活得很累，累就累在总嫌得到的少。岂不知积累积累，越积越累，越活越舍不得。能活成张基祥老师的样子，永远自然，永远流畅，永远满足，永远快乐，可不是一日之功啊！做人放得下，文字有味道，喝稀饭也来点小酒，神仙的日子，须有神仙的心境啊！

也许是年龄不饶人，我越来越手懒了，很多该写的不想动笔，本想写个千字文，谁知这话一扯就不断头了。

2010年4月22日

注①：本文首发于《左权文学》2015年第四期。

注②：刘有根，山西左权上麻田村人。山西省作家协会会员，曾任晋中市作家协会副主席、左权县作家协会顾问。出版有《太行虹》《漳河浪》《开花调》《点燃黎明》《太行奶娘》《我的左权》等多部散文集。

老张其人

孟振先

"下一个节目——《时装模特》!"

清脆的报幕声刚刚落下,一个模特出场了。他不是人们眼里的细高美女,而是一个个子矮小,其貌不扬,还有几分丑化的模特,红衣绿裤显示出了浓浓的乡村气息,还没等人们看出个名堂来,模特已在三扭五扭的猫步中变成了步履蹒跚的老太婆,瞬间一脱衣服又变成了俊俏羞涩的小媳妇,一直脱了有七八身衣服,每一次都惟妙惟肖,把台下的人们逗得前仰后合,最后竟还原成一个瘦弱的小老汉。文友言称他"骨瘦如柴,短小精干,携带方便",他细长的脸上那一双机灵的大眼睛似笑非笑,是一副让人一看就乐的"幽默大师"相。

这年元宵晚会上让人捧腹的节目是张基祥自导自演

的。在民间文化韵味浓厚的左权城乡，认识老张的人不少。因为他常年活跃在群众舞台上，是个优秀的表演者，还是民间小花戏、表演唱、板话剧的编剧。哪里有热闹，哪里就有他忙碌的身影，或是演员，或是导演，或是编剧，或是评委。能年年给乡亲们带来欢乐，活得也很值了，可老张并不知足。在他的心里，当一个作家的梦已经藏了很久很久。

为了这个梦，他努力了一辈子，也奋斗了一辈子。

爹肚上长大的苦命孩

左权县城南三十公里处有一个偏僻的小山村——桐峪镇南岢沟村。这个仅有六七十户人家的小山村，便是张基祥的家乡。20世纪40年代，父母中年得子，对家里的这根独苗也倍加宠爱。尽管村里生活艰苦，缺吃少穿，但对于年幼的张基祥来说，从来没觉得苦。

不幸的是，八岁那年深秋，他便没了娘，他和父亲只能相依为命。父亲不想让孩子有后娘，四十来岁的他再没娶妻。到了初冬时节，山里已经很冷了。晚上，被窝里一片冰凉，他躺在炕上，蜷缩在薄薄的棉被里一动也不敢动，生怕跑了热气。第二晚临睡时，没想到父亲先躺到他的被窝里，让瘦弱的他爬到肚子上给他暖身子。他天真、开心地看着父亲，父亲心疼地摸着他俊秀的小脸唱起了左权小调："卵石蛋儿开花光溜溜，摸着俺孩儿小脸蛋儿不发愁……"父亲唱一句，他便学一句，没几天，只要是父亲唱过的民歌,他全会唱了。就这样,在爹肚上慢慢长大的苦孩子,度过了温暖的一冬,也受到了学唱民歌的启蒙。

年三十晚上,父子俩坐在土炕上,小炕桌上放着一小壶烧酒,一袋旱烟:"正月里,什么花?人人所爱,什么人同做姻缘同下山来?""正月里,迎春花人人爱,梁山伯祝英台同下山来么依呀咳。"稚嫩的、沧桑的、悠扬的、清冽的歌声夹杂着飘出了农屋,也飘向了远方,有些许忧伤,有些许愁苦,更多的是对新生活的憧憬与向往。基祥望着眼前教他唱歌的父亲说:"爹,唱歌真是高兴!"父亲一边微微笑着,一边把手里的旱烟袋递了过去:"俺孩唱得比爹好,来——吸一口!"从没吸过旱烟的他,半惊半恐地接了过来。犹豫了几次,把嘴凑在石头嘴上,只是那么轻轻地一吸,太呛了,连着紧咳,一把鼻涕,一把泪。父亲微笑着说:"多吸几口就不呛了。"接着父亲把小酒壶递给他:"俺孩喝一口,好东西!"一小口儿下去,那个辣啊,真让他受不了。父亲淡淡地说:"习惯了,就不辣啦。"祖祖辈辈为农的、老实巴交的父亲不懂得给孩子买礼物,把自己的喜好——抽烟与喝酒教给儿子,当作是最好的宠爱。这宠爱,比烟味儿更浓;这宠爱,比酒味儿更醇!

伴着口口相传的左权民歌,伴着这份特别的父爱,基祥慢慢地长大了。

开小灶的师范生

基祥从小喜欢看书,对书还有一种偏爱,因此写得一手好作文。高小时,他的作文经常被老师选出来当范文贴到墙上。到了中学,看到他的语文老师李园澍的文章能时不时地变成铅字出现在《山西日报》时,他先是惊讶,继而崇拜又羡慕。他一有空就缠着李老师给他讲缘由,老师也不断鼓励他:"你也行的,多看书,多动笔就行。这些不算什么,当个作家,自己写书让人看,才是真本事!"老师的一句鼓励话,在基祥的心里扎了根:长大了一定要当个作家!

桐峪镇有个小书店,为了买到书店里上、下两册的《石头记》,他上山挖药材攒足了钱。当他从书架上往下取《石头记》时,新来的售书员没好气地冲他说:"你能看懂?不买就不要动!"这时书店掌柜正好进来:"你别看他是个孩子,这里的书他大多都看过。"看到基祥手里皱皱巴巴的一叠毛毛钱,书店掌柜又从书架上取出《官场现形记》怜惜地对他说:"上、下两册我都送你……"那晚临睡时,他把四本厚厚的、散发着油墨香味儿的新书放到了枕旁。睡梦中,自家老屋后面的破驴圈成了他的书房。驴槽上搁了一块木板成了他的书桌,驴圈墙面用木板和木棍支起来变成了他的书架,书架上摆满了整整齐齐的新书,他看了一本又一本,高兴得合不拢嘴……

十七岁那年,他顺利地考进了平定师范。任课的老师中,有王、侯、曹三位老师是他最敬佩的。他常常在上自习的时候，偷偷地溜到老师的办公室，请他们讲解古文。三位老师有的夸他作文写得好，有的夸他学习用功，有的夸他有文学天赋……一个个对他赞不绝口，最后达成了一致：特批他在晚自习时间可以到老师办公室学习，并轮流给他补习古文。每晚，老师逐篇给他分析讲解古文知识、范文，直到他能准确地把每一篇古文翻译出来。老师们看他身体瘦弱，补完课常常给他煮一碗挂面吃。一年下来，《古代散文选》上、中、下三册，他便学习完了，王老师还把这三本书送给了他。

这三本书一直被他珍藏着，藏在书柜，也藏在心里。随着岁月的流逝，书本早已发黄，但难忘的师生情谊却历久弥新。

"骗"出来的一等奖

1966年的秋天，金黄色的柿子挂满了枝头，张基祥学业有成，回到了家乡，在芹泉村当了一名教师。村里的教学比较轻松，全班也就三十来个人。这时，创作的冲动又在他的心里涌动了。

当时，县文化馆创办的小报为《左权文化》，有八开纸那么大，还是铅印的。他试着写了两段快板和一首民歌，怀着忐忑的心情寄了出去。一个星期后，邮递员找到他所在的学校，把一封信交给了他。他惊喜地拆开，当他看到自己的作品变成了铅字时，他悄悄地流下了开心的泪水。

20世纪70年代，村村都有小广播。当时广播站正缺一名编辑，因为他经常给县站投稿，县里就把他调到了广播站工作。在广播站工作，他一边采写，一边当编辑，幕后的工作虽然辛苦，但天天能写作，工作起来就有了乐趣，忙也心甘情愿。这一忙，就忙了大半辈子，忙到县里成立了广播电视局，他当了副局长。当官也好，不当官也罢，他还是一直在写，一直在编，忙得不亦乐乎。

时间即将跨入21世纪的那年腊月，山西、河南、河北三省的涉县、林县（林州市）、左权县、黎城县四县要在涉县举办一个"三省四县"春节大联欢电视晚会。这样大规模的晚会，对各县来说都是大姑娘上轿——头一回。县里委派他作为四县联合演出的一个节目演员，提前几天去涉县报到。到了涉县，他才明白是被"骗"了：县里是让他来编节目的，不只是来当演员的。这个节目是三省四县大拜年的主打节目，要求幽默风趣，乡土味儿浓郁，时间只有三天。

大拜年，有什么幽默？四个县的人，怎么就凑在了一个舞台上？接下来的两天里，他一个字也没写出来，这可急坏了涉县的领导。晚上，涉县领导放话了："大家都动动脑、动动手，这个节目不能少！"基祥听出了话音，人家已经对他不抱希望了。

晚上，他正在愁眉不展、苦思冥想，送水的服务员来了。"闺女，你是哪里人？""俺是涉县的。""怎么听你的口音像是黎城的？""俺们村里有好几个黎城媳妇，还有左权的媳妇哩，俺涉县的姑娘也有不少嫁到黎城、左权哩！这几个县的话俺都会说！"几句话，使基祥兴奋异常，"四个靓妹回娘家"的题目闪现在他的脑海中。他赶紧拿起笔，仅用了一个多小时，便一气呵成。这个节目最终在"三省四县"的春节大联欢晚会上一举夺魁，获得了一等奖……

获奖的同时，他切身感受到了创作的激情与喜悦，想当作家的愿望又从心底燃起了。

闲不住的追梦人

2006年，张基祥退休了。他由上班时的两出勤，加上午休、晚上，成了一天"四出勤"。年少时当一名作家的梦，他从来没有放弃过，对文学的敬重之情，也越来越浓。

县档案馆里经常出现他查阅古书的身影，省、市图书馆里他也成了常客。怀着对古人的尊重、对文人的敬佩，几年下来，历代文人墨客吟咏辽州山水的诗词佳作，被他收集编译成了《辽阳题咏选注》。紧接着，他的散文集《漫游散记》出版发行。省、市作协吸纳他为会员，他终于圆了作家梦。

梦圆了，他却感觉有些失落。对他来说，这些远远没有表达了他内心的声音，仿佛有种历史使命在驱使着他。经历过半个世纪风雨的他，早已把左权这块红色热土装在了心里。抗战至今七十多年了，能记事的老人大都已经八九十岁了，而这些老人中能清晰地讲述过去的更是少之又少。有时腊月刚接上头，可过了年再去，老人却走了。不能再等了！那年，他成为县老区建设促进会的一员，加入了抢救挖掘抗战史料的行列。下乡抄写碑文时，有的字迹模糊,他就跪着趴着来抄。碑根的泥土和冰雪把字挡了,他就用手刨开来抄。包产到户三十多年,有的碑只有种着那块地的人家才知道。有时,为了查证一块烈士碑,他要到村里跑上好几趟……几年下来,《碧血辽县》《抗战文化》《抗战诗歌选》《永恒的记忆》等一本本厚重的书籍相继面世了。

2012年寒冬,县里有了文联,文友们奔走相告,张基祥的心里顿时一亮,感受到了春天般的温暖。文友们三个一伙、五个一群地聚到了他的家里,话题渐渐汇成一句话:让文学爱好者有个自己的家。

翌年8月22日,正值秋高气爽的好天气,87名文友欢聚一堂,67岁的张基祥众望所归地当选为县作家协会主席。面对大家,他激情澎湃:作为本届作协主席,我要不遗余力、全心全意地服务好全体会员。我甘居幕后,做一个合格的"大衣箱",帮大家扎靠穿蟒、戴冠登靴,竭尽全力推动、支持大家披挂上阵,冲向前台,高举左权文学的大旗,演绎出左权文坛一出又一出精彩的文学好戏、文学大戏来!

文友们有了家,老张的心里还是沉甸甸的。创办《左权文学》,给文友们搭建一个相互交流的平台,成了他心里的又一个梦想。他天天琢磨,日日谋划,在他的努力下,由县文联与作协合办的《左权文学》终于在2014年的春天创刊了。几个有特色的栏目受到了县内外文化人士的赞赏:《辽州高地》为县内作家擂鼓助阵,《往事非烟》宣传左权红色文化与人文历史,《校园文学》重在培养文学新人,《辽州板话》重在挖掘本土文艺人才……

　　老张圆了自己的梦,更圆了县里每一个文学爱好者心中的梦。

　　他的书案前摆的是一摞一摞的书,夜深了,他还在读,天亮了,他还在写。困了,抽支烟提提神,累了,喝口小酒解解乏。老伴陈先凤看着他疲惫的样子,心疼地抱怨:"你比上班还忙哩,也不知道你成天忙甚哩!"他冲着老伴嘿嘿一笑,耍起了孩子似的顽皮:"日日不离烟酒茶,夜夜捧读诗书画,横批:先凤没法儿!"

　　注:本文原载于山西晋中《乡土文学》2015年第三期

脚印印开花故事事多

——记左权县作家协会主席张基祥

乔叶

左权人的开花调让万事万物皆可开花,开出多姿多彩的风俗民情,开出入耳入心的智慧哲理。但脚印能开花的人不多,因为开花的脚印上要有叫得响、能出彩的故事。

在开花调一年年唱绿山川、唱红秋叶的土地上,走出一位民间艺术家、作家、史志专家,他叫张基祥。别看他七十岁的人了,抖开双手甩几下花扇,那派头、那俏气不输给舞台上的小姑娘。

他身材瘦小,一脸寿纹。谈吐幽默风趣,做事雷厉风行。在老年人中显年轻,在年轻人中不显老。只要有他的地方,一准儿不会沉闷。谁遇到悲伤时,他一句知冷知热的趣话,便让人破涕为笑。谁有了开心事，他沉住脸说句吓人的话，当人们品咂出味儿来，顿时开心一片。

　　他终日酒茶相伴，醉比李白；琴棋书画，堪比伯虎。十六岁就想当作家，六十岁才成为山西省作家协会会员；对文学一往情深，却写了三十年新闻；退休后本想正经八百地再写两本自己的书，却编写了一本又一本的史志丛书；坐小车时不觉得自己是官，现在每天靠自行车代步，却为县老区建设促进会副秘书长、县作家协会主席——这两个不挣一分钱的头衔忙得不亦乐乎。他的人生路看似有些步与愿违，竟也走出一个个既叫得响又出彩的脚印。

泪蛋蛋开花志气气高

　　1946年初秋时节，左权县桐峪镇南峧沟村，和所有太行山上的山庄窝铺一样，人们在清贫的安宁中，迎接抗战胜利后的第一个秋天。农历七月初二这天，让村中的一户张姓人家老少欢喜，因为张家在夭折了两个孩子之后，终于迎来了又一个新的生命，他就是张基祥。

　　他在母亲的疼爱中长到八岁，记忆刚刚开始录下人生的印迹，却给他烙下刻骨铭心的悲痛——娘走了。父亲为了不给他幼小的心灵上再留伤痛，把上门说媒的人一个个拒之门外，从此给他当爹又当娘。正是这残缺却又厚重的爱，给他的童年留下了辛酸却又温馨的记忆。

　　老屋的土炕在六十多年的时光中，早已成为那个小山村尘封的一角，但在他的心里却依然温暖尚存。尽管靠柴火连做饭带取暖的土炕上,没有太多的热火气儿,但是有父亲的体温。每晚父亲总要先脱光衣服,躺进他冰凉的被窝里,再让他脱光衣服爬到他的肚子上,然后就给他唱民歌:"卵石蛋儿开花光溜溜,摸着俺孩儿小脸蛋儿不发愁……"沟里的一草一木,一鸟一兽在父亲的民歌里都能开花,给他带来无尽的快乐。他在美好的遐想中不知不觉睡去,醒来时,父亲的被窝已是空的,父亲正用刀劈开水缸里的冰块,给他烧火做饭……

父亲上山下地都是一把好手,但春种秋收,连同烧火做饭、缝缝补补、冬有棉夏有单地全部担当起来,一个山里汉子就着实力不从心了。他清楚地记得,有时早晨醒来,看见父亲在柴火边给他缝棉袄、棉裤上露出棉絮的地方。火光在父亲的脸上跳动,父亲拿针的手是那么笨拙,费上半天劲终于缝好了,就翻过来调过去给他烤。看见他醒了,就一脸笑意地说:"来,趁热给俺孩穿上。"他看见父亲脸上有泪滴闪过,但父亲却强做笑脸对他说:"唉,冻得……"

父亲受再多少的苦,给他的总是笑脸和什么都不怕的表情。为了让他按时上学,每天都要起很早给他缝补、做饭,安顿他去学堂后,再像上了发条似的去做自己的事。当时桐峪村出了个在省里和全国都很有名气的作家贾炳智。父亲听说作家就是每天只看书、写作,什么也不做。父亲还知道左权将军留过洋。因此,父亲一心想把他培养成一个作家那样的人,或者去留洋的人,星期天邻家小孩都上山背柴禾、挖猪菜,父亲从来不让他做这些杂事,只让他爬在炕上写作业。他写完作业就是看小人书。几分钱一本的小人书，是他用父亲让他赶集买烧饼麻糖的钱买来的。为了节省煤油，黄昏灶火上熬着稀饭，他就借着灶火的光亮看小人书。父亲在一旁边抽旱烟边看着他。他在父亲的目光和灶火的光亮中一点也不觉得冷，而且一暖就是一辈子。

  尽管父亲百般呵护着他，但他和别的孩子还是不一样。他很少说话，性格里没有一点点后来的幽默风趣。他个子小，在学校参加劳动，别人能担八块砖头，他连六块也担不动。挖猪菜别人能背起满满一箩筐，他半天连半箩筐也挖不满，即使挖满也背不动。穿的鞋子不是前露脚趾就是后露脚跟。鞋后跟破了自己拿废纸折几层垫在里面。衣服也很少有穿得齐整的时候。诸多不如人，让他时常被自卑所困，他甚至看见个子高的人就有些害怕。唯一能让他抬起头来的就是他的功课学得好。

  他上小学的学校，是一所建在半坡上的三合院，兼顾着四个自然村，离农户都比较远。老师是一个二十来岁的年轻人，见他学习格外用功就把他留在身边做伴。他便有机会读到老师订阅的《新少年报》和《中国少年报》。老师爱写些四句一段的诗词，或豆腐块大小的文章，每次发表后都会拿给他看："看，我写的文章又登在报纸上了。"老师脸上的快乐和骄傲，让他从心里感受到那份光宗耀祖的了不起。

  在小学老师的影响下，他的作文越写越好。上了高小，他的作文每周都会被选出来当范文贴到墙上。比赛评奖时也总能给学校增光。上了中学，他的语文老师李园澍，是一个真正在大报纸上发表文章的行家。李老师的散文时不时在《山西日报》上发表，而且写得特别美。他品读的同时，更加坚定了将来也要写出好文章的决心。

那时他最爱去的地方，就是当时桐峪那个小小的书店，才两间老房子那么大。中间放一张桌子做收银台，三面靠墙的书架上都摆着满满的书。他买得起就买，买不起就看。几分钱的小人书、几毛钱的小说他已经买了不少。为此，他常常看着老屋后面的破驴圈暗暗想，这里要是能做他的书房就好了。驴槽上放一块木板就能做书桌，四面用木板和木棍支起来就能做书架，然后让他拥有看不完的书……

他当时最想买的书就是上下两册的《石头记》。他攒了好久又问父亲要了一些，凑够了几块钱，就往书店跑。当他踮着脚尖把书拿到手时，新来的管理员冲他说："小孩不要动。"他说想买，管理员诧异了："你小孩子家家买大人的书能看懂吗？"这时老掌柜进来说："你别看他是个孩子，这里的书大部分他都看了。"老掌柜见他真买《石头记》，又拿过《官场现形记》上下两册送给了他……

受老师的影响加上看书多，上了平定师范，他的作文在班上仍然名列前茅。由于被选为班上的学习委员，他不得不主动和老师同学打交道，他这才逐渐走出自卑的阴影。他的兴趣和爱好也多了起来，见别人笛子吹得好听，他就学；见别人二胡拉得好，他也学；见美术老师的国画画得好，他还学。让他兴奋的是，他不管学哪样都一学就会。在学校第一次参加文艺活动，他被选中敲扬琴。敲扬琴通常是女生的差事，可艺术团长见他清秀聪颖，偏就看中了他。他穿着白衬衫，打着黑领结，头发梳得油光发亮，坐在舞台中间，那个美气。

他入师范半年后，王、侯、曹三位老师见他有文学天赋，特批他可以不上晚自习，让他每晚轮流到他们家给他补习古汉语。补习的是《古代散文选》上、中、下三册，三位老师逐篇给他分析讲解，他把每一篇文章翻译出来算完成作业。补完课还要给他煮一碗挂面吃了才让他回宿舍。他坚实的古汉语基础就是在那个时候打下的。最后王随理老师把这三本书送给了他，也把一世的师生情定格在他的心里。

从那时起，他就一直在心里对自己说："这辈子如果不在文学上出点成绩，就对不起父亲和老师们的厚望！"

才艺艺开花名声声高

师范毕业后，他顺理成章做了一名乡村教师。每天，他除了兴冲冲地站在讲台上，就是美滋滋地搞他的业余写作。

他第一次试着写了两个快板和一首民歌，怀着忐忑的心情寄给了县文化馆，没想到很快就被采用了。文化馆办的小报叫《左权文化》，8开纸那么大，还是铅印的，采用后寄给了他。他看着小报激动了很久，那一行行文字似乎就是他未来写作之路上的鲜花和掌声。

左权县当时出了个名震山西的劳动模范刘马年。他灵感一上来:"太行山高,漳河水长,刘马年是我们的好榜样……"一首学习刘马年的左权民歌很快唱响全县。意外的是歌曲印刷出来后,词作者也归到了曲作者的名下。他看到后一笑了之,他知道是印刷时出了错。那时候人们根本没有著作权这一理念,他至今也没去纠正。

早年的民歌花戏是实打实的群众文化。六七十户人家的南峧沟村,每年正月都把花戏当成一大盛事。村里挑选身板匀称的七八个人不容易,他被选中是意料中的事。可他想想被画上红脸,穿上红裙绿裤在众乡亲面前扭扭捏捏实在难为情,就叫上一位叫有庆的年轻人躲到了隘口亲戚家。结果还是被村上派人找了回来。还被编进了口头禅:"要甚有甚不短(缺)甚,就短基祥和有庆。"演就演。迈出这一步后,他还开始参与编与导,并且越来越在行,越来越出彩。他也越来越喜欢民间艺术,成了他到哪儿哪儿就红的民歌花戏艺术家。

因为经常给广播站供稿,他当了五年老师后,被调到县广播站,当起了上可访官、下可访民的记者。记者那时候可是令人仰慕的职业,加上这一职业具有阳光追着走、黑暗躲着跑的神圣感,他没有不喜欢的理由。可他分明意识到这离他的文学梦有些背道而驰,但既然走上了这条路,就得干出个样子。这是他的性格。

他采写的稿子得到的奖励一年比一年多,他不仅没有就此满足,反而发现了其中的不足。把事件写成文字,播音员再把文字变成声音,写得再好也总感觉呆巴巴的。如何才能让广播稿出彩呢?20世纪70年代,一次给省电台上报节目时，他做了一次大胆的尝试。他把早晨的鸡叫声，工地上打石头的叮当声，农民的山歌声、欢笑声都录了下来，配上文字精美的广播稿，以录音特写的形式推了出去。当时省电台的编辑们还从未听说过"录音特写"这个名词，一时难以给节目定性。幸运的是得到了省电台一位领导的赏识和认可，听后连连称赞，说这才体现了广播的真正特色。不只把现场气氛传达了出来，还把人们的精神面貌传达了出来，效果远远超过了枯燥的文字稿。他的这一创意，开辟了山西省广播业内录音特写的先河。

温城村早年是左权县的名村。建起电视差转台，也是左权县当时一大盛事。他提议用现场直录的形式，把这一盛事传达给全县听众。在隆重的开播仪式现场，收到山西电视台和中央电视台时，人们激动的欢呼声、鼓掌声、鞭炮声，随着他激情洋溢的声音："我现在是在温城村电视差转台现场给大家报道……"所有激动人心的声音和现场解说同时录入，让全县听众在有线喇叭里第一时间了解到了老区与山外世界连通的盛况。他的又一创意，使广播新闻又增添了新的亮点。为此，他成了晋中地区少数几名中国广播电视学会会员中的一员。他从记者到广播局副局长，可谓一步一精彩。

出众的才艺让他早已成为左权的名人。有一年正月西关村闹红火，村干部点名请他出马编花戏，并当面许诺：如果他能给西关村连夺三年奖旗，他可以享有和村民一样的待遇——批一处宅基地。这可是他求之不得的好事。他先看了一下其他村的节目，掌握了对手们的优势与不足，就知道自己的节目如何才能出类拔萃。西关村的乐器、人马都是叫得响的，他只要在剧情上取胜，奖旗志在必得。新闻工作让他对当时的社情民意了如指掌，编出的节目自然更让百姓喜闻乐见。有了他编的节目，加上文武场的配合，以及演员的发挥，使西关村连夺三年奖旗，村干部兑现了当初的诺言。很多人在城里安家靠单位，靠不上单位靠关系，而他就靠自己手中的一杆笔。

有一年腊月，县宣传部和广播局的领导，把已经退休的他叫到办公室谈话，说山西、河南、河北三省，涉县、林县、左权县、黎城县四县，要在涉县举办一个三省四县春节大联欢电视晚会。县里决定委派他作为演员代表提前几天到涉县报到。他到涉县宾馆住下的当晚，当地宣传部、文化局、广播电视台几位领导给他举行了一个隆重的欢迎小宴会。他问其他三县的同志为何没来？领导说等他编好三省四县大拜年的节目后，再请另外三家演员来。他这才明白县领导把他"鬼哄"来的真正原因。这个节目是本次大联欢的主打节目，要求幽默风趣，给四县观众带来一场真正的精神盛宴。

宴罢客散，他开始为这四家如何以戏剧的形式走到一起大拜年发起愁来。一天过去了，一个字也没写出来。早上和中午服务员把饭菜送到客房，晚上领导来陪他小酌以尽地主之谊。席间有领导问他写得怎么样了？他如实相告。领导说不急，还有两三天呢。第三天晚上，领导又问他写得怎么样了？他说还是什么也没写。敏感的他发现这一晚与前两晚有了本质的不同，前两个晚上领导们轮番给他敬酒，非常热情。而这一晚，他们只顾在一旁说话，好像忘了给他敬酒。他们看似随意地说："大家都动动脑、动动手，这个节目不能少。"其实言外之意是说："这老头恐怕靠不住了。"

就剩最后一天了，他真正感到了压力。如果写不出来，丢的不只是他张基祥一个人的面子，连左权县领导的面子也丢了。他明白，这个节目如果只停留在单纯的拜年上，将达不到晚会要求的效果。要有生动的故事情节、合情合理的人物关系，再串上恰到好处的包袱，才能给观众带来过年特有的喜气和开心。正在愁眉不展之际，送水的服务员和他聊了几句。服务员是黎城县人，说她村里很多女子都嫁到了涉县和左权。就这一句话给了他灵感，服务员一走，他兴奋地拿起笔，《四个靓妹回娘家》仅用了一个多小时，便一气呵成，并一举夺魁……

梦想想开花使命命高

退休几年后，他终于圆了自己四十年前的文学梦。

一本《漫游散记》横空出世，以独特、质朴的思想和情怀，记录了他游历大半个中国的足迹和感受，读来仿佛与他牵手并游，听他畅叙心声。该书荣获晋中市文艺精品奖。他上师范时学到的古汉语知识终于宝刀出鞘，把历代文人墨客吟咏辽州山水的诗词佳作，收集编译成了《辽阳题咏选注》，让诞生在这块美丽土地上的艺术珍品，得以与后人晤面。当他终于成为山西省作家协会会员的那一刻，年过花甲的他捧着少年时的梦想，激动之情久久不肯散去。

他的下一步创作计划早就有了，把六十年来的社会变迁，通过自己的亲身经历，用《往事非烟》展示出来。让年轻人从历史的车辙中解读社会，解读人性。然后再完成一部《辽阳古文选注》。家乡的古文和古诗一样丰富多彩，古诗译文有了，古文译文至今还是空缺。比如清代的《瓮洪山记》写得很美；明代的《高巍文集》内容丰富多彩；还有很多碑碣、墓志铭等等，他要让年轻人从他的笔下，学习到更多本土历史文化的精髓。正当他意欲更上一层楼之际，县老区建设促进会的领导请他出山，和其他几位同志整理一套左权县抗日根据地史实丛书。

这时候他的心思远不在这些史料上，快到花甲之年了，要抓紧时间在文学方面出彩才是。刚刚觉得上道了，又让他退出来，着实有些心不甘情不愿。但他转念一想，传承老区革命传统重在当下，先整理一本，权当尽一份自己的责任。他曾经见过一本叫《血染清漳》的小册子，里面记录了一些日军侵华时期发生在左权的惨案，还有一些烈士英勇牺牲的故事。但他发现，还有很多惨案和故事小册子里没有，而且写得很粗糙，并且没有正式出版，如今几乎快绝迹了，他决定先整理一本《碧血辽县》。

在整理的过程中他意识到，日本侵略者残暴的史料固然重要，但英烈抗击侵略的史料同样重要。他便给原来的书中增加了第二部分"碧血英烈"。在走访一些耄耋老人的过程中，他越来越认识到抢救整理史实的重要性，抗战至今七十多年，能记事的老人大都已经八十多岁了，如今可以清晰地讲述抗战历史的老人更是少之又少。有时腊月刚接上头，想着缺什么过了年再来，可过了年再去，老人却走了。这更让他感觉到史料的可贵和瞬间即逝的可怕。他提醒自己要以最快的速度完成。

这期间，老人们讲述烈士的同时，自然会讲到烈士碑，有的碑还能看清楚字迹，有的只能勉强看清一半，有的碑已经字迹模糊难以辨认了。有一次他去城西乡长城村看刘元龙烈士的墓碑，刘元龙烈士当年牺牲得异常壮烈，为了纪念他，当地人将他就义的山改名为元龙山。可当他来到烈士碑前时，地上只有一堆红土，用红石板刻的碑经不起年久腐蚀已经风化了。他意识到左权县境内的很多抗日烈士碑，如果不赶紧抢救在文字里，恐怕就再也找不到了。他的心里又萌生了第三部分"血铸丰碑"，他要把所有烈士碑用照片和文字记录下来。

为了给每一个烈士碑拍照做记录，他亲自走访每一个村庄每一个墓地。抄写碑文时，靠地面那截不太清晰，他就跪着趴着来抄，碑根有泥土和冰雪，他就用手刨开。年轻人对繁体字认不准，必须他亲自辨认。有时为了一块碑，他要跑好几趟，包产到户三十多年，有的碑只有种着那块地的人家才知道。怕遗漏掉，没有碑的村庄他也要亲自走一趟，要不他不放心。常常时过中午，他们还走在荆棘丛中；华灯初上，他们还在下山的路上。但是他和同行的人都不觉得累，因为一般这个时候，也是收获最多的时候。

通过写这本书他意识到，那段历史还有文化方面没有记录下来，比如赵树理的《小二黑结婚》《李有才板话》，华山的《鸡毛信》，陈毅的《过太行山抒怀》等传世佳作，都是在左权写成的。享誉全国的开花调源于抗战民歌《四季生产》；唱响三晋的左权民歌《杨柳青》源于当年的《土地还家》；发自辽县人民心底的《左权将军》等民歌，已成为中国民歌的珍品。上千首左权民歌当中，就有两百多首抗战民歌，还有许多人物、故事、戏剧、报刊、木刻、板话等等，都值得记录下来。左权县的抗战文化，也是晋冀鲁豫边区的抗战文化。如果他们这代人不去做，后辈们想写都找不到源头了，必须再写一本《抗战文化》。为了掌握更翔实的史料，他亲自走访了远在省城和京城的皇甫束玉、杨蕴玉、李瑞英、翟英、刘江、鲁兮等老前辈，并且得到了老前辈们的倾心支持。

他为这些史料奔波的同时，看到现代文明的飞速发展，使苍茫大山中，那些承载着历史足迹的老村正在悄然消失。中华人民共和国成立以来，左权县在走集体化道路的过程中，一千多个山庄窝铺变成了四百多个村庄；改革开放三十年来，已由四百多个变成了三百多个；撤乡并镇将三百多个变成了二百多个；到现在移民并村后的行政村只有一百多个。曾经的炊烟里不只是一段记忆，一个情结，那里有我们的祖先，我们的根，他要让这根在《左权村寨略志》里活下来……

经他手的书：《碧血辽县》《抗战文化》《抗战诗歌选》《铁证·日军侵华罪证自录》《永恒的记忆》《山水胜迹》《守望文明》《左权之旅》《名木古树图谱》《左权村寨略志》等，一本接一本地面世了。更可喜的是，新世纪出版社已计划用六种文字出版《铁证·日军侵华罪证自录》，让侵华的亲历者自己证明那段历史，让历史来照亮后人前行的方向。

十几年间，十几本书，六百多万字。因为不会用电脑，他全凭手写。如此多产，令年轻的电脑族都望尘莫及。前几年，他还可以在中午小睡一会儿，晚上一直写到深夜。后来眼睛疲劳，晚上写作的时间减少了，午休却取消了。他的床上、桌上时常摆满各种书籍，很多时候，他为了一个时间，一个人名，要不厌其烦地核对多方面的资料。他越写越觉得，肩头的使命远比心中的梦想重要得多。

一位七旬老人，脚踏朝露夕辉，手下一笔一画，操劳了一年又一年，为左权县的红色史志捧出了一颗拳拳赤子之心……

注：乔叶，女，山西左权土门村人。山西省作家协会、晋中市作家协会会员，左权县作家协会副主席。长篇纪实文学《我的左手扶住你的右手》出版后获得广泛好评，继而又有散文集《一盏心茶》问世。

厚重的平常心

乔叶

读张基祥老师的《漫游散记》,感慨颇多。

游历天下是我很早就有的愿望,所以,尤其爱看游记之类的文章,但大都是为游而记。而张老师的游记则不然,他在字里行间对我们这个文明古国、民族文化、人民、土地以及大自然,流露出了太多的热爱、反思及忧患意识,同时又不失美丽、壮阔的景致,而且还具有丰富的地理知识和史料价值。

壶口瀑布雷霆万钧的气势让人惊叹;昭君墓前的重重思绪,令人不由得无限感伤;孔子故里、洪洞古槐下、平遥古城中,处处流露出对我们这个古老民族的热爱;《东陵三思》抒发了一个当代唯物主义者的情怀;晋商大院掠影,民族文化在他翔实的记录中熠熠生辉;对延安的仰慕、对西柏坡的感慨，使年轻人更加认识到中华人民共和国的来之不易；面对红旗渠的壮举，他想到了精神的传承，他要让自己的孙女也被红旗渠的精神所震撼，然后一代又一代……

记得十几年前，听一位专家讲过：好文之人，心与手有段距离，文与读者又有一段距离，一篇文章能在读者心中留下60%的浓度，这篇文章就算写好了。好长一段时间里我把这话当成了真理，但后来，我不把这话当真理了，我认为：能做到心与手零距离，作者与读者零距离，这才证明文章写好了。张老师的心和手始终与读者零距离，这本身就证明了他的文章的质量。

张老师在花甲之年才"我手写我心，我心露我真"，历经沧桑却不曾丢失一颗纯真之心，我们从他的文中也真实地感知到了这一点。每读一篇游记，我都感觉张老师在与我边游边思，边赏边记。他始终在认真记录着收获的点滴，以及心灵的点滴，以一颗虔诚之心为文，这本身就是一种境界。

"朴素美之谓大美也"，古人的话着实道出了美的真谛所在。脂粉的美和内涵的美，哪个更长久这自然不必多说。不自大方能成其大，即使是大树，把它修剪成盆景，那也是造作的美。而即使是小草，只要它胸怀天地，意境也是广阔的。前者是功利心所为，而后者则是平常心所至。把细小的平常心采撷收集起来，就是张老师这本读来很厚重的书。

注：本文首发于山西晋中市《乡土文学》。

喜读《漫游散记》

郝有魁

《漫游散记》是我的同学张基祥出版的一本散文集，全书内容以作者游览祖国名胜为主，另有几篇其他散记。

基祥是我平定师范的同学。早年在校学习期间，他就学习刻苦，成绩优秀，尤其对文学情有独钟。他的文学才华早已显露，几乎每篇作文都很精彩，深得老师的青睐，同学的赞赏。这也更加激发了他走文学道路的热情与信心，孜孜不倦地去阅读大量课外书籍，政治的、历史的，特别是文学的。

一晃，我们都已年逾古稀，相隔整整半个世纪未得见面，2016年我在网上发现了他，于是电话联系，得以重逢，并有幸读到了他的《漫游散记》与《辽阳题咏选注》，喜悦之情，难以言表。他现在已是我省一名作家了，可谓在文学道路上修成了正果,令人可喜可贺,我为有他这样的老同学而感到欣慰,感到自豪。

他在后记中说他的《漫游散记》算不得文学定义中的游记散文,这是他的谦虚之辞。然而在我看来则篇篇都似颗颗明珠,璀璨耀眼;篇篇内容新颖,见解独到;篇篇手法灵活,辞彩华美。不失为精品之作,读来引人入胜,受益匪浅,心有所感,情有所动,就很想谈谈我的一些粗浅体会。

《漫游散记》这本书虽然大多是写旅游景点,但却都是作者有感而发、有独到见解之作。它既不是一般的记事之作,更不是单纯的景点介绍。作者无论赞美祖国大好河山,无论评说史实人物,也无论歌颂祖国建设日新月异、人民艰苦卓绝奋斗,或游览之中,或游览之后,发表自己的见解,描绘秀美山川,都是饱含真情,抒写实感,决不故意做作,无病呻吟。

让我们看看《路之歌》里作者是怎样写自己的小山村——南峧沟的:

这是山西省左权县桐峪镇北十华里的一个小村。这个小村有八十来户人家,南、北、西三面环山,出村东二里,便是桐峪川。村里多是土坯墙、石板顶的房子,依北山而建,一层一层,很是好看。村前一条小河,夏、秋有水,清凌凌的。春天迎春花、山桃花漫山遍野,房前屋后的桃花、杏花、梨花花团锦簇,空气中充满着花的芳香;夏日,树木、青草、庄稼,浓绿、淡绿、浅绿,像是一片绿色的海洋;秋季,一串串葡萄、一枝枝黄杏红桃、一树树大红苹果,逗得人口水直流；深秋，落了叶的柿子树上，堆满了火红的柿子，远看真像一簇簇红火焰。我们的小山村，实在太美了！

这里所描绘的小山村你不觉得很美吗？你会由衷地感到美。然而那小小的山庄不就是一个"大多是土坯墙、石板顶的房子"的小山村吗？掩卷而思，你会想到小山村山美、水美、景美，而作者热爱自己土生土长的家乡的情感更美。这是他热爱家乡真情实感的倾吐与宣泄！若不是他饱含热爱家乡之情，小山庄不也就是那么一个灰头土脸的普通山村吗？

《大草原与昭君墓》这篇散文，前一部分写大草原的壮美，后一部分写昭君墓带给人们的思考。谈到昭君墓，只不过是那么一个大土丘，似乎也没有什么"看头"，但让作者"感受更深"的，恰恰是这个大土丘——昭君墓。这个昭君墓使作者想了很多。

他想到了自古及今对昭君的不同评论，探讨了昭君出塞的真正原因，最后得出了"昭君既非两族战乱的祭品，亦非平边的功臣，实乃时事造就的一代名妃"的结论，这个结论我倒觉得值得商榷。昭君自愿出塞，后人除赞叹昭君的美丽，更钦佩她的勇敢。毕竟她为边境安宁，献出了自己的一生，献出了美丽，献出了情感，献出了终身。

作者"站在墓顶，遥望广阔无际的大草原，向北为大漠，望南为中原，世事越千年，造就了多少千古风流人物，而纤纤一女子，竟在浩浩中华史册中，留下了永不磨灭的光辉一页，也实为对昭君永恒的安慰与纪念"。这样，就非常自然地道出了我们今天游览昭君墓、瞻念王昭君的人文意义。

　　随着国家的繁荣昌盛，人民生活水平的不断提高，人们外出旅游渐成时尚。但旅游带给人们的感受却大不相同。

　　当我们站在壶口瀑布前，看到滔滔黄河水汹涌澎湃时，大概都会感受到黄河的力量之大，但是作者联想到黄河"像我们的中华民族，历经曲折和磨难，甚至血与火的锤炼，最终必将向着更加美好的未来挺进"。读到此，我不禁联想到中国共产党领导的红军二万五千里长征，想到林县人民劈山引水修建红旗渠的奇迹，想到中华民族、中国人民从新民主主义革命到社会主义革命和建设，再到改革开放，前赴后继，继往开来，哪一个阶段不是如此曲折艰难、波澜壮阔呢？因而感到作者的联想是那么入情入理。

　　到孔子故里游览的人数恐怕难以用数字统计了吧？但游览之余有何感想，实在是一个值得我们好好思索的问题。《孔子故里游》的感想，给人的启发应该是十分深刻而意义重大的。

　　当作者游览了孔庙、孔府、孔林之后，"站在孔子墓前，想想孔庙之宏大，孔府之豪华，孔林之蓊郁，不由得陷入苦苦思索之中。孔子生前没有什么大的影响，但他绝没有想到死后会有如此殊荣。庙，本为供奉神佛祖先或至圣至贤之地；殿，乃君王办公、栖息之地。孔子既有庙，府中还有大殿，其地位已经等同神明"。在某一时段，手中握有公权力的人，可以呼风唤雨，驱使人们听任他的摆布，活着的时候，尚且没有任何生杀予夺权力的孔子，他的思想何以能成为封建社会两千多年的"主教",成为两千多年中华民族的"道德规范"?其道理应该说是不言而喻的。正如作者引用一句名言所说:存在的便是合理的。他进而认为长期存在的,更是有一定合理性的。孔子的思想尽管不完美,尽管有不足,甚至有错误的地方,但我们"去其糟粕,取其精华","择其善者而从之,其不善者而改之",这正是我们对待孔子应该采取的正确态度。在这里,作者首先肯定了孔子是一个"伟大的思想家",其次是个"伟大的政治家",最后说他是一个"伟大的教育家"。这些思辨是多么深刻,多么合理。唯其这样深入思考,游览古迹,凭吊古人,才有真正的意义。

作者游览,所到之处都能有如此深入的思考,因而篇篇都觉得沉甸甸的,很有分量。初读《东陵三思》,觉得写了那么多的建筑形制,建筑术语,对外行人来说似乎有点茫然,但读完后,你就会豁然开朗,觉其深意。"时值下午三时,我们席地而坐,稍事休息,面对如此宏大、豪华、壮美的皇帝陵群,我非但没有丝毫兴奋之情,反而陷入苦苦思索之中"。"首先,我想到,皇权至上,霸道至极。""我又想,历代帝王均是自掘坟墓,自取灭亡。""最后,我又想到,历史到底是谁创造的?"哦,到此我们才知"三思"才是作者要表达的主旨!又如游孟姜女庙想到修筑万里长城无可比拟的艰辛;探苏三监狱想到"刁民可恨,贪官更毒","贪官不除,世无宁日";访洪洞古槐想到古代"移民"的意义等等,这些感想对我们今天游览这些景点都会大有启发。

《漫游散记》这本书可读性很强，还体现在它涉猎广泛，随时引经据典，因而使我们觉得有一种厚重凝练之感。

　　首先，书中引用了大量古今诗文，增强了文章的表达效果。比如，《壶口观瀑》写到黄河的巨大力量时引用了沈琨的散文："这是一种凝聚的力，喷发的力，一种奋勇抗争的力，因而也是一种可以排山倒海的雷霆万钧之力！"接着写到彩虹引用了明代张应春的《咏壶口》"水底有龙掀巨浪，岸旁无雨挂长虹"的诗句。这就进一步烘托出了那种人间罕见、壶口独有的真情实景。又如《精致苏州》中说到苏州城西的寒山寺、铁岭关以及枫桥一带的自然美景，自然就想到了唐代诗人张继的《枫桥夜泊》，作者引用原诗后有一段对诗意的解说，这段话与诗搭配起来，你就会觉得有一种诗配画的高远优美意境：

　　随着乌鸦的啼鸣，圆圆的月亮渐渐没入西边的天际。沿岸的黛瓦粉墙渐渐模糊，只留下纸窗中透出的隐隐亮光。往来穿梭的渔船、小舟，静静地停靠在河岸旁边，点点渔火，暖不了秋霜的寒夜，静静的流水，流不尽游子的思念，唯有那寒山寺传来的幽幽绵绵的钟声，荡起了船上人儿的心扉。

　　类似的引用还有很多很多，如《回望扬州》中贺敬之在"史可法纪念馆"的题词："史可法，人可法，书可法；史可法，今可法，永可法。"《太行明珠左权县》中陈毅的《过太行山抒怀》的诗句："黄河东走汇百川，自来表里太行山，万年民族发祥地，抗战精神又此间。"这些引用都恰到好处地表达了作者想要表达的思想感情。

140 / 张基祥 著

其次，书中根据需要穿插了适当的故事或传说，既增加了厚重感，又使文章曲折生动。比如作者在《海南双飞记》中写到"鹿回头公园"时，讲述了黎族青年射鹿的传说，既使人了解了美丽的传说，又顺手交代了公园名字之由来。在《访洪洞古槐》中，作者讲述了北方人走路"爱背手"和大小便都说成"解手"的故事，让人读起来饶有兴趣，并且表达了作者急于寻根问祖的心情。还有像《海天佛国普陀山》中的"不肯去观音"、《游孟姜女庙》中的孟姜女的出生、《平遥三题》中的"坐姑姑""睡婆婆"、《七彩云南八日游》中日本人不能登玉龙山、《五台山夜话》中五台山名称来历等传说，《红旗渠礼赞》中桑茂林儿媳、王二子媳妇因水而自尽的故事等等，都很生动感人。

再次，不少篇幅中涉及诸如园林，寺庙，陵墓，石窟，城墙，石、木、砖雕，民族服饰等等，如果没有丰富的知识储备，真是难以说得清楚。而作者不论哪一方面都能做出恰当的交代说明，这样既使懂行的人一目了然，也使一般游人不至于如坠云里雾里。

综观《漫游散记》全书，我觉得篇篇独具匠心，处处引人入胜，作者十分讲究艺术构思，注意语言锤炼。其实，他之所到之处，不少地方我也去过，有些地方还不止去过一次，也曾有过一些感想，但却不能像他那样行云流水地形诸笔端。我想，这正是作为一位作家不同于我们一般人之处吧！

首先，我们看全书各篇的标题命名，就十分讲究，非常精准，可谓画龙点睛。《精致苏州》《印象杭州》《回望扬州》中三个相似的南方城市,根据作者不同的感受,所写各有侧重,各有特点。苏州的美,就美在"精致",尤其是巧夺天工的园林,就连寒山寺、铁岭关、枫桥的自然美景也美得"精致"。《印象杭州》中作者说来到西湖,"本当浓墨重彩地描绘一番它的美景。但说实话,西湖美是美,但在心中留下印象的,让我久久不能忘怀的,常常萦绕在脑际让我不断思索的,却是断桥、岳坟、秋瑾墓三个地方"。在文章的最后,作者说"游西湖仅仅半日,这便是它留给我的印象"。简单明了点出题目。《回望扬州》开头写道"扬州一游,已过数年,却一字未写",结尾又写道"我终于游览了扬州,我更是永远地回望扬州"。这里首尾照应,点明题目。李健吾有《雨中登泰山》,写出了雨中登泰山的特点,作者有《夜登泰山》,则写出了夜登泰山的趣味。《五台山夜话》前半部分写游览五台山各处,后半部分用较多笔墨写作者与一僧人的深夜长谈。最后写道:"和僧人是夜谈,今日五台山申遗成功,兴奋之余,灯下又一笔写下此文,故名'五台山夜话',以资纪念。"结尾将文章命名的缘由交代得一清二楚,使人顿感释然。

其次,全书说是散记,其实每一篇都不是随意记录,都是经过精心构思而成。最典型的要数《七彩云南八日游》,先简要交代八日游程,然后分"初识云南""梦幻丽江""玉龙奇观""壮哉石林""饱览风情"六个小标题,较详细地写了游览情况。其中,"初识云南"从"植物王国"、"动物王国"、少数民族聚居地三方面写出了"彩云之南有云南,云南境内色彩斑斓","七彩云南"名不虚传。"梦幻丽江"

写作者晚上游览丽江，古城的繁华、水城的特点、民风民俗等等，都在月色朦胧中，真真叫人有梦幻般的感觉。"玉龙奇观"写了玉龙山的奇特，"壮哉石林"写了石林的奇特及"阿诗玛"的传说。最后"饱览风情"写了观看少数民族表演，走进少数民族家里做客。前后照应，结构严谨。

最后谈谈这本书在语言上的一些特点。本书在语言上调动了各种艺术手法，使文章生动活泼，优美动人。以《白洋淀赏荷》这篇散文为例，全文饱含感情，形象生动，使人读起来真是赏心悦目。

芦苇，一片连着一片；荷塘，一个接着一个。小船儿荡漾其间，向东向西，向南向北，左转一个弯，右拐半个圈，还是芦苇，还是荷花，没边没沿，无边无际，真如进入水乡泽国。这，就是我心仪已久、相见恨晚的白洋淀。

作者开篇就是一段优美的描写，用对偶、反复等手法写出了芦苇的广、荷花的多。

站在小山上，四周的荷花尽收眼底。那翠绿色的大荷叶，像一个个绿色的大碗朝天而立，你挨我，我挨你，把水面遮得严严实实。一朵朵浓淡不一的荷花亭亭玉立在荷叶之上，像天际下凡的仙子翩翩起舞。那盛开的花朵中间淡白，那刚开的则全朵粉红，那含苞待放的则是浓浓的玫瑰红。翠绿的荷叶，粉红的荷花，像千军万马排兵布阵，齐刷刷、娇滴滴、绿艳艳一大片，甚是好看壮观。

这一段对荷花的描写色彩绚丽，层次分明，比喻恰当，非常生动。后面对芦苇的描写也十分生动：

看完了荷花，再看芦苇。芦苇好像没有什么可看的。

但这成千上万亩的芦苇，在这般浩渺的湖泊里，只要有一丁点儿泥土，就一股劲儿地挤出地面。那芦苇花儿，在一片片绿苇之上，白白的一层，就像少女披上了白纱。苇叶儿和风细细低语，芦花儿闪着片片银光，小船在苇巷中穿梭来往，留下的水纹一圈圈一圈圈地开放。冷不丁，不知从哪儿窜出的一对鸭儿，无顾无忌地游了出来，把水面搅得像花儿一样，使这一色的芦苇地充满了生机。

全篇这样的描写很多，结尾把先烈用鲜血换来的平静，不露声色地描写出来，更见精彩：

白洋淀的荷花开了一季又一季，白洋淀的芦苇长了一茬又一茬。荷花，依然那么艳丽；芦苇，依然那么茂盛。

让我们再看看作者在《平遥三题》中，对双林寺罗汉殿的十八罗汉像的描写吧：

"哑罗汉"结跏趺坐、目光凌厉、眉头紧蹙、若有所思、嘴巴紧闭、欲言无语，心中愤懑，溢于言表；"镇定罗汉"温文尔雅、双目有神、口唇微张，好像正在讲述什么；旁边的"降龙罗汉"身材伟岸、正冠端坐、目光凝视、眉头微竿，使人感到法力超凡，神气逼人；"迎宾罗汉"彬彬有礼；"醉罗汉"东倒西歪；"病罗汉"脸色苍白，左手拄杖，右手托在"矮罗汉"肩上，从角门蹒跚而入，步履艰难，却又表现出入得佛门的欣慰模样……

如果没有细致的观察，缜密的思考，没有得心应手的调动语言的能力，肯定不会描写得如此绘声绘色，准确细腻。类似的描写还有很多，如《七彩云南八日游》中对石林各种形态的描绘，用了一连串比喻排比句，简洁凝练，读来如行云流水，形象生动。

总而言之，这本书写得很好，我觉得值得一读，特别是青少年读后定会大有裨益。可能由于校对、印刷的原因，书中有几处错字，我已为老同学一一列出，附于文后，不再多叙。

注①本文首发于2017年7月5日《今日左权》报，《左权文学》2017年第三期转发。

注②：郝有魁，山西省和顺县人。和本书作者为山西省平定师范同班同学。平师毕业后，即长期从事教育工作。

初识张基祥

王跃东

8月23日,晋鸿、巧儿和我到左权参加晋中文联举办的笔会,其间有幸认识张基祥老人,甚是欣喜。可惜仅仅是初识。

张基祥,左权人,现年68岁,其身材矮小,骨瘦如柴,满头白发,却十分干练,是个闲不住的人,这就是他给我的第一印象。我深知自己的性格,向来寡言,总是把热情埋于心中,用冷眼看着世界。所以,我总是默默地站立一旁,很少言语。而张基祥老人恰恰相反,他是个很健谈的人。当我知道左权作协成立仅两天,他就是受命于危难的作协主席时,不禁由衷地敬佩。说起来,我对世外了解很少,也极少走动,有点井底之蛙的感觉。或许是物欲横流所产生的负面影响,对人的不信任感,让我惶惶不可终日。即便是涂鸦的几点文字，也惹得狼狗咬出一身的血污，岂能不迷茫？更痛苦的是故友疏远，使我被迫包于蚕茧之中而不能自拔，这种性格注定悲哀、凄凉、沉默，有时期待爆发，却十分茫然。就是这种心态，远离沟通与交流，却让我认识了这位乐观而又孜孜不倦地致力于文学事业的老人。

那是在晚餐时间，我依旧在一边独饮啤酒。在酒足饭饱之际，略有肚胀之感。这时，张基祥老人端着半杯白酒坐在了我身边。按政策规定，此次群英会是不允许席上上白酒的，老人自己掏腰包买了白酒。我嗜酒如命的毛病，没能抵住诱惑，老人几乎把半杯酒全倒进了我的杯中。我看得出来，老人似乎喝多了。所以，尽管肚子有点涨，还是硬撑着边喝酒边与老人闲聊。也许是老人健忘，也许是醉了，我说我爱写词，他总是说我是写小说的，而写小说正是我的愿望。在谈话中，老人谈到了他的儿子为其书《漫游散记》写了序；谈到了他酷爱写作的志趣，儿子的支持；谈到了他从小丧母，自幼嗜好烟酒等等诸多事情。最后，老人慷慨地签名赠书。在老人的追索下，自卑的我向老人留下了我同学的手机号，因为那里放着我的十几本书，算是回赠。这就是我与老人初识的情况。分手后，我回到了客房，心中则想，但愿继续交往。

翌日，我们参观荷花、八路军总部及莲花岩。张主席是组织者之一，自然跑在前头。他精神矍铄，热情好动，全然不像是老人。其多年好友说，若再年轻几岁，他会手舞足蹈的，真是个闲不住的人。但给我印象最深的，是在麻田参观八路军总部。解说员讲解时，他不时提醒着，总是嫌讲解员没有将八路军与左权县的传奇故事联系起来；他不时插上几句，讲左权县的战役、开会地址、鲁艺分校的文化人在左权县等等。这下可苦了讲解员，同时我们也认识到，老人对左权县是那么的熟悉、挚爱。左权县能有这样的文化驱导者，真是令人敬佩而且羡慕不已。由此，我本以为原本就不认识的老人，或许会仅限于初识，现在却一心想了解这位令人敬重的老人。于是，一有空我就拿起《漫游散记》，认认真真读了起来。

我越读越爱不释手，其文笔的优美、极富内涵的情感，深深地吸引了我，不禁让我竖起了大拇指。还有他对父亲的那份爱以及对祖国的那份情，都涓涓地从笔下流进了心田，流进了人的灵魂。我不管他过去怎么样，单就他现在对文学的那种精神，以及他对祖国大好河山与故乡的那份爱，就值得我敬重。我仿佛觉得，我们是忘年交，是知音，更是知己。与他的坎坷相比，我真是小巫见大巫了。但其坚韧精神，是我的楷模。我现在的笔锋，也偏向于游记散记，偏向于尘外。因而总是喜欢在休息日，到办公室安静地书写灵魂，并一直坚持着。细想来，每个人都有自己的路，而且并不是每一条路都是一帆风顺的。由此我想，凭着老人无限的热忱，他定能与同仁把左权的文化发扬光大，这也正是我们应当学习的。

忽然，好像有一道灵光从眼前闪过。我想，但愿这次初识，不是终点，只是开始。

注：王跃东，山西榆社县人。酷爱文学，出版有诗文集《幽轩聆涛》和诗词集《晓月凤曙》等。

名胜所在 贵乎心得

高富生

你的游记使我想起清末寒士沈复的《浮生六记》中的《浪游记快》说:"余凡事喜独出己见,不屑随人是非……莫不存人珍我弃、人弃我取之意。故名胜所在,贵乎心得。有名胜而不觉其佳者,有非名胜而自以为妙者。"这种议论先甭管对不对,起码是自家心得。记游文字最忌堆砌山水。于山水之间时有新发现,于名胜之外另辟新路,于风景中切入人事言行,有镜头感,写得坦白,有所闻所见。

注:高富生,山西左权突堤村人。曾任左权县广播电视局局长等职。现为山西省作家协会会员、左权县作家协会副主席。多篇散文、诗赋在报刊发表。

"趣"人张基祥

侯俊伟

开宗明义，此"趣"乃"乐观、有情趣、故事多多"之谓，非"打趣、逗乐"之意。以"趣"破题，并非我有意为之，而是"雅"到骨子里的张基祥老师本身就非常有趣。

相识日久，我与他老少相宜，颇为相洽；相谈月深，我与他无话不讲，很是相融；相交年长，我与他情谊相通，甚是相厚。我无生花之妙笔，却难抑不吐不快之心绪，一夜辗转反侧，晨起便有此文。

他是"苦"人一个，降生在一个还算美丽的小山村——南峧沟。年幼丧母，在目不识丁的父亲的看护下成长。再未续弦的父亲，用满腔的慈爱培养了他与人为善的性情。在他十一二岁时，正值全国闹粮荒，一次他独自一人出村走了七八里路到镇上，回家时肚饥难耐，挖路边别村生产队田里的红萝卜充饥，却愈加饿不能挨。遂拐入路边姑妈家中，寻饭食填肚皮。办集体食堂吃大锅饭的年代，几近食无余粮的姑妈，看着饿得少气无力的侄子，心疼不已。遂掀开炕上的破席，翻开土坯，拿出藏匿甚久视为宝贝的数斤好面（白面），挖出一半为他做了一锅汤面。饭熟后，他迫不及待，快如闪电，一口气吃了三碗。姑妈怕侄子把肚子撑出毛病，眼含泪水忙说："慢点吃，慢点吃，一锅面都是俺孩的。"直到五大碗汤面下肚，他才肚里有粮心里不慌地放下碗来。直看得姑妈眼泪汪汪，目瞪口呆。在那个捉襟见肘的年代里，他吃了一顿这辈子感觉最香最饱的饭，这让他记忆犹新。在他说来是那样轻松，在我心里却显得如此沉重。对于我们1970年以后出生的人们来说，我们的国家、人民曾经受过的苦难，仿佛就是一个故事，或者一场梦，只能听老一辈人娓娓道来。后来他上了平定师范，再后来他成了人民教师，再后来他走进了县广播站，再后来他成了县广播局副局长，过上了幸福的生活。

他是"乐"人一个。个头不高消瘦精干，满腹机趣。他交友甚广，有政府之要员，有农村之布衣，有学富五车的学人，有胸无点墨的浪子，有耄耋之年的长者，有咿呀学语的孩童，有同年之谊，有忘年之交，甚或与吾县之"丐帮帮主"銮民相遇时敬烟问好，也颇相宜。他贪恋杯中之物，以至三顿可无饭，却不能不小斟三杯，二两有余。微醺时，烟雾弥漫中，谈笑风生，下笔成文，一挥而就，甚是自得。儿子张雪平笔下的他：好交友，嗜烟酒，性大方，乐助人，有求必应，有难必帮，有酒必到，常常忙得一塌糊涂，忘了心中的宏图大愿。吾因帮他出书，没少叨扰，两个小炒甚或糖拌西红柿，便杯来酒往，相谈甚欢。他得意之时，言称我为小兄弟，吾却不敢忘形，长幼有序，遂以叔侄而论。有人笑称他是"三没干部"，写了一辈子广播稿，自己没播过；写了一辈子讲话稿，自己没讲过；当了一辈子局长，从来没正过。从他口中道来，让人忍俊不禁。在各种场合，他是中心，善言趣话，让人乐而忘忧。

他是"直"人一个。在平定师范，他应该是品学兼优的学生。但在那个特殊的年代里，因为他"傻"话直冒，以至学优未必"品优"，成为老师眼中的问题学生。学校响应毛主席的号召，发展体育运动强健学生体魄，便在操场挖出一个近20平方米深约两米的大坑，灌满水后便成游泳池，供学生锻炼游泳。正值夏日，天长水臭，眼见池中浊水，学生望而生畏，未有入池者。师大怒曰："水怎么会臭，是思想上臭了。"张答："不是水不臭，不惧其臭，水才不臭。"师竟恶之。学校掀起学毛著热潮，老师要求非毛著不读，张却自认为毛著要读，各类名著也要读，还作文阐述自己的观点，遂被视为"另类"。虽是学毛著之能手，学科之代表，却是问题多多之学生；虽多次要求进步申请入"团"，却因"思想落后"，直至毕业也未获组织批准。他爱读书，甚爱古文，语文老师王理甚喜其好，便提供便利，指点其学有所成，打下了古文底子。毕业时，王老师将珍爱的古文读本签名相赠，希望他能够持之以恒，学有所长，至今让他念念不忘。他从教转行走进广播系统工作直至退休，儿子雪平在描述父亲的这段岁月时写道：

"不善投机，不懂钻营。干工作，自己先上；涨工资，别人先抢；要提拔，有人作梗；要调动，单位不放。"字里行间可见其品行为人。

他是"雅"人一个。身居广播新闻队伍堪称元老，一辈子精专新闻，获奖无数，成为中国广播电视学会的三名晋中会员之一，恭入晋中广播电视学会、新闻工作者协会理事之列；生于民间艺术之乡，一辈子爱好花戏，能编会演，兼通音乐，吹拉俱能，写出剧本百余，在县境之外也小有名气。人言称其"文人"，他恨声名不符，无一部文学"大著"以供佐证。退休之后，遂心上长牙，伏案苦研，查经据典，五年修成一部《辽阳题咏选注》，惊羡乡人。区区不才写诗赞曰：

一生为文羞浮名，

伏骥老枥斧凿勤。

五载血凝古诗注，

留得辽阳千秋声。

他游历祖国各地，将其感想诉诸文字，便有散文集《漫游散记》问世。至此，他总算不枉"文人"之名，年过六旬将近七秩才圆了作家梦。加上他主笔完成的《碧血辽县》《左权旅游》以及《左权县人大志》，再算上他正在"秘密"写作的《往事非烟》，也算成果辉煌。以至乡人老友《人民日报》高级记者段存章说他直到现在才知道自己是干什么的，老时才找准位置，左权有煤矿、铁矿，还应该有"金矿"，他就是创造并挖掘金矿的人。

如今他是"忙"人一个。亲朋好友办事，必请到场，主事主持，一人多能；医院挂职，调解医患纠纷；老年体协，荣任秘书之长；老促会里，理事著书；春节文艺，写剧参与；邻里娱乐，揪其凑数；常有酒场，每请便至；常有会场，建言献计；退而不休，发挥余热；老而弥坚，著书立说。

就在文章收尾之际，忽然想起他在生活中的一个细节，不得不补录于此。2010年春节前后，他的大腿根部皮下长了一块一指头肚大小的"肉疙瘩"，医院之同事为其进行手术，并送检化验。在等待结果的当天夜里，他疑心病变一宿未眠，因为他还有不少未了之心愿，心想如果病重就得加快工作进度，半年内完成其所有心愿。直至七日后医检证明平安无事，虚惊一场，还被人"敲诈"一顿酒席以庆新生。一个个性豁达、心态平和之人，竟现"老小孩"之状，让我莞尔。乐之余，想及世人，面对生死，又有几人能若无其事？张基祥者，俗世一常人也，遂释然。

全文无"趣"，满怀敬意。文字粗陋，难以尽情尽兴，不如人意处，还望吾师、吾友、吾叔张基祥先生原谅。谨以此文，表达一个而立已过未达不惑之后辈，对花甲早过、古稀不足之前辈的钦敬，以慰两人老少忘年之谊。

2010 年 11 月

父 亲

张雪平

  不知这是第几次提笔，只知这次绝不会轻易将笔搁下。尽管你意识到自己很难游刃有余地舞弄手中那支轻巧的金笔。你不知该如何在有限的篇幅里突显父亲的形象。你又一次如此强烈地感到自己的笨拙与苍白。但你相信，你不会把拿起的笔再次放下。
  曾经无数次品读罗中立的《父亲》，曾经无数次捧阅朱自清的《背影》，也曾被意大利的亚米契斯描摹的父子之爱感动得几欲掉泪。从每一位"父亲"的身上，你都依稀可以看见自己父亲的影子，每每让你怦然心动，黯然神伤。
  父亲的爱是汪洋恣肆的大海，你是浸润其中的一尾游鱼。这仿佛注定你只能感受，只能承泽，却无法言说，无从言说。

　　你的父亲八岁丧母，你三岁时，父亲的父亲也溘然辞世，从一个牧羊者的孩子孤身奋斗为县城某局的副局长，约略可以概括父亲大半生的人生轨迹。但政治上的穷达宠辱父亲似乎并不在意，如果懂得或刻意投机钻营，父亲如今或许并非如此。父亲在意的是文字上的建树，搞了二十余年的新闻工作，在省地新闻界有一定的影响，这才是父亲聊以自慰和引以为豪的。

　　仅靠着父亲一人的力量，你们全家从山村迁居县城。父亲又倾尽所有，为你和小弟二人办妥婚事。你在小弟完婚当天的日记中，写下了这样的句子："一个没有防备和算计的父亲，可能建造不了一座宫殿，但他有一样东西会使儿子感到自己仿佛置身于一座温暖的宫殿。那就是爱心。"也就是从那一天起，你明显地看出了父亲的老态。满口的牙齿脱落殆尽，所剩无几。岁月的飞刀更在父亲的脸颊上刻出了条条沟壑。

　　就这样，父亲把全部的精力投入到基层新闻工作中，把所有的爱倾注在儿孙身上，致使他在文学创作上没有更大的收获。父亲的心境，你能读懂，父亲久埋心里甚至连他也淡忘的宏愿，你更知晓。你总这样想：父亲无须为没能出一册书而憾恨，父亲本身就是一本厚实的书，一本平易朴实却耐人咀嚼的书，你读千遍也不厌倦。令人欣慰的是父亲退休后，终于有了得偿夙愿的时间和精力。散文集《漫游散记》、诗注《辽阳题咏选注》相继出版。倾注大量心血汗水撰写左权抗日根据地史料丛书，《碧血辽县》

《抗战文化》等分量厚重,广为传播。特别是《铁证·日军侵华罪证目录》一书被列为"献给世界反法西斯战争胜利七十周年"重点出版书目,并被译为英文、日文面向全球出版发行。

你书柜中的书不少是父亲为你选购的,父亲用无言的行动与柔和的目光,毋庸置疑地将对你的殷殷希冀递达于你。在你已为人父已近二十七岁生日时,还送你一件礼物——用当时几乎相当于全家一周菜金的钱为你购买了一册书,且在扉页上写下了沉甸甸的滚烫的激励之话,让你汗颜,让你战栗。父亲给予你的,是整个世界!

忘不了这样一对父子的故事:一百多年前,清代考场。林则徐的父亲把儿子驮在肩上步入考场。考官即景生题,出一上联道:"子把父作马。"骑在父亲肩上的林则徐妙语答对:"父望子成龙。"可以想见林父当时的心情,欣然,陶然,怡然……你常这样自忖:父亲的期望是一道无形的弓弦,你这支射出去的箭,能否到达父亲理想的境地?

还记得有年春节,你和妻子精心为父亲做了一身西服,这可能是养育你多年的父亲得到的首次报偿。你惊异地发现,父亲穿上西装竟显得那样年轻!腰板笔直,面颊上泛着红润的光彩。你懂得了,一辈子付出爱的父亲其实更需要爱的补偿!在爱的滋润下,父亲将永远不会衰老,永远不会。你为以往每一次无论在言辞上还是在行动上对父亲的灼伤懊悔不已,痛心不已。

写到这里,你放下手中的笔,轻轻地放下,轻轻地踱到屋外初春的阳光下。醉人的暖意笼罩着你和你周遭的景物，有微风柔柔飘过，抚摸着你一头崭新的黑发。你听到了体内血液汩汩流淌的声音。你知道。那是父亲之所赐！一滴晶莹剔透的清泪涌出眼角，挂在你的腮边。在阳光的照耀下，那泪珠五彩缤纷，光芒四射。

  注：这是我长子张雪平写的一篇散文，发表于《左权文学》2016年第四期《辽州高地》栏目里。雪平是山西省晋中市作家协会会员、左权县作家协会常务理事，多篇散文、诗歌、小说在报刊发表。父子俩经常谈文论诗，亦为"文友"，故将此文也收录于此。

我书之(前言)序、后记

《漫游散记》序

张雪平

父亲自幼好读书，爱写作。师范毕业当孩子王没几年，调入县广播站当编辑、记者。以笔立身，以文为生，是父亲儿时的志向，也是父亲数十载工作生涯的写照。但让父亲心有不甘的是，几十载舞文弄墨，却没有留下多少"自己"的东西。究其原因，约略有三：

一为敬业。大半生伏案，几十年笔耕，为他人做嫁衣，衣带渐宽终不悔。皆因太过专一，终至无力他顾。

二为生计。家穷底子薄，几十元工资多年一成不变，养家糊口，劳神费神，提笔为文，难有兴致。

三为性情。父亲好交友，嗜烟酒，性大方，乐助人，有求必应，有难必帮，有酒必到，常常忙得一塌糊涂，忘了心中宏图大愿。

离岗之后，终感时光之短暂，生命之无常。方才真正开始写一些自己喜欢的文字。不为别的，只为圆梦。对父亲而言，读万卷书可能没有做到，行万里路肯定绰绰有余，能写出这本《漫游散记》，父亲可以聊以自慰了。尤其让父亲及全家高兴的是在这本册子付梓之际，父亲编著的《辽阳题咏选注》也同时正式出版。这是父亲最为看重的事情。此外，还有父亲擅长编撰的左权小花戏等演唱材料、数十篇散见于报纸杂志的散文随笔，儿子、儿媳也在加紧整理之中。这些文字，不敢说是父亲呕心沥血之作，但确也颇耗父亲精力。如今部分文稿已经结集成书，这在别人看来可能小事一桩，不足挂齿，但作为儿子，却感到可喜可贺。脑海中于是又蹦出了下面的文字：

"立德立功立言三不朽"，曾是中国古代知识分子追求的最高理想境界。

就立德而言，父亲不善投机，不懂钻营。干工作，自己先上；涨工资，别人先抢；要提拔，有人作梗；要调动，单位不放。但父亲顺其自然，随遇而安，无怨无悔。为人之正直、处事之刚强、心态之平和、个性之豁达，无论世人如何评价，儿子都视其为楷模。

就立功而言，父亲工作勤奋严谨，倾心尽力，把最好的年华全都奉献给了广播电视事业。左权广播电视事业从无到有，从小到大，是父辈一帮人及其后来者共同努力的结果，但说父亲功不可没，也不为过。父亲其时在全省广播系统可谓"名人"，省台多次要调父亲可为资证。

就立言而讲，父亲这一代人，其成长的背景和生活的年代决定了他们很少也很难从自身的角度来质疑和思考一些问题。但这本游记中的文章确实饱含着父亲的真情实感。即使一些看来空洞的话却也发自内心。无论岁月蹉跎，风刀霜剑，父亲都不曾失却一颗纯真之心，也算一幸事。内容优劣，倒在其次。好我所好，爱我所爱，我手写我心，我心露我真，不亦乐乎？

儿子为父亲的书写序，不知有无先例，何况自知笔拙，心中不免惴惴。但只要父亲乐意，还管它什么先例，怕它什么顾虑？是为序。

2009 年 11 月 20 日

《漫游散记》后记

收在这本小册子里的二十多篇文章,总名曰"漫游散记",意指"胡游乱记"之意。算不得文学定义中的游记、散文。因为散文形散而神不散,看似聊天漫谈,实在是作者有感而发、有道而传,呕心谋篇布局,沥血斟字酌句之作。而游记类散文往往或以时空为序,或以景点落笔,将所见景致淋漓尽致地描绘出来,间或还有作者的独特见解,使读者身临其境,有所获益。

本人学识浅薄,文笔笨拙,何况年已花甲,更感才思枯竭。所写文章,既无文采,更无风格,何以赶鸭上架,自讨苦吃?

锦绣中华,幅员辽阔。白雪皑皑、森林莽莽的东北大地;小桥流水、楼台亭榭的江南秀色;黄沙碧水、绿树红瓦的沿海风光;椰林海滩、蓝天白云的南国景致;奔腾的黄河、浩荡的长江,神奇美妙的四大佛教名山;横空出世的雄伟五岳，西湖太湖的荡漾碧波……名山秀水数不胜数。

雄伟的万里长城，壮观的秦陵秦俑；无数的地上古建，无数的地下珍藏；古今名人故居墓地，帝王将相争斗战场；历代劳动人民创造的石刻、泥塑、彩绘、壁画；各朝文人墨客所留的题咏、趣闻、足迹……人文景致观不胜观。

绚丽的自然风光，丰富的历史遗迹，再加上众多的革命圣地，960万平方公里的土地上，几乎处处都值得一游，处处都值得观瞻。

半生忙于工作，不得闲暇，离岗休息之后，或组织安排，或自费旅游，才得以饱览祖国的大好河山，旖旎风光。激动之情，按捺不住，便"老夫聊发少年狂"，提笔将所见、所闻、所想记了下来，不揣浅陋，示于诸君。让游过者，同我交流思想；让未游者，与我分享快乐，仅此而已。篇幅体例文风也不求统一。有的以纪实为主，如《海南双飞记》；有的以抒情为主，如《白洋淀赏荷》。虽说是散记，好像随便记录了一些东西，但毕竟属于旅游方面的散文，所以在写作过程中，也颇费了一番心思。如果按照足迹描述景点情况，则成了景点说明汇集或导游词；若以议论为主，则成了评价景点的文章，都将背离我的初衷。将二者有机结合起来，既让读者对我所游览之景点有大致了解，又明白我在游览过程中的所思所想，力争写成情景交融，知识性、趣味性兼备，名副其实的游记类散文，是我努力的方向。我的基本做法是：对景点描述，要抓住重点、特点，但不处处写到；游览前、中、后的情感变化或所感所思，也因景点不同而各异，绝不无病呻吟，妄加评论。努力这样做了，但效果如何，还请读者评判。

　　随着国家的繁荣昌盛，人民生活水平步步提高，人们外出旅游，渐成时尚。谨以此书献给读者，若能供读者坐游卧游消遣、外出旅游参考，吾心足矣！

　　另外，还有五篇小文，是近年来回顾世事之作，不是游记，但确是散记，也收于书尾，聊以纪念。

　　成书过程中，文友侯俊伟、霍云林等人提供了不少好的修改意见和建议。县委办公室的刘丽霞利用工作闲暇时间帮忙打印了原稿。在此一并致以由衷的谢意。

2009 年 7 月 29 日

《辽阳题咏选注》序

——愿留好诗在人间

李左红

　　《增广贤文》中有一句话叫"人生不满百，常怀千岁忧"。字面意思是：世人能活到一百岁的都不多，却常常忧忧戚戚，好像自己要活一千岁一样。世人常为什么而忧？小到柴米油盐、衣食住行，大到金钱地位、名利荣誉，如此等等，不一而足。本书作者张基祥老人也有忧虑，但和别人不一样。他忧什么？他忧辽州古诗会因时间流逝而消亡散佚，忧左权文化会缺枝短叶。为此，他以花甲之年，苦心孤诣，寻章摘句，从历代《辽州志》及一些其他资料中选择163首"辽州籍"古诗进行了注释，于是便有了我们今天看到的《辽阳题咏选注》。

回到县里工作的几年间，常常有一些同志来找我谈创作和出书的事。他们谈的更多的是对左权"草根"文化的认同与炽热情感，以及为此进行的力所能及的追索与努力。我和他们一起兴奋着、激动着，也一次又一次被他们感动着。我感觉，他们是在用脚掌亲吻太行热土，用手指感温漳河清流，经年累月，不离不弃，用至诚至爱浇灌着故土文化的蓓蕾，然后捧出灼人心肺、暖人心怀的透亮的结晶。他们用行动诠释着对故土文化的认同，表达着对传承、弘扬、发展左权文化的责任与自觉。张基祥老人便是这其中的一位。

穿越时空隧道，历史在岁月的深处闪闪发亮。古诗文因其创作年代久远，在语法习惯、语音字义等方面与现代文字有一些差异，造成了后人在阅读、理解上的一些困难。也正因为如此，许多现代读者对古诗文产生了"望洋兴叹，隔河难渡"的遗憾，也使许多好诗佳作冷冰冰地躺在古籍善本中"孤芳自赏，蒙尘覆埃"。张基祥老人躬身实践，身体力行，将辽阳古诗一一注释，为今人品读古诗提供了便利，架设起过往与现实对接的桥梁。凭借这一栈道，那些诸如古辽阳历史、地理、人文、典故的东西纷沓而至、扑面而来。历史有了温度，现实增了厚度，历史与现实在这一时刻获得了生命的升华。

"好诗功夫在字外"，我在关注《选注》价值与意义的同时，更关注《选注》以外的东西，那就是作者个人品性的东西。我感觉，《选注》一书体现着作者三个层面的东西：其一是"新闻人"的敏感。老张致力于新闻工作三十余年，有着观察、体验、感悟生活的独特触角，为此他能得人之先，捷足先登，在容易被人忽略的地方着力用墨并有所成就。其二为老龄人的风采。"苍龙日暮还行雨，老树春深更著花""老牛自知夕阳晚，不用扬鞭自奋蹄"，可以说是对他最好的注脚。其三为"铺路人"的从容。正如他在《选注》后记中写的："我愿把此书作为有识之士校正、修改、加工的一片园地，倘有一日，一位或数位今人或后人加以校正并重新刊印，纵然九泉，亦当含笑。"自觉担当传承文化的"责任人"以及"新闻人"、老龄人、"铺路人"，他给予人们的既是《选注》这一本难得的好书，更是"好书"之外的真品格、好性情。

"五年辛苦不寻常，愿留好诗在人间"，我想这两句诗或许能概括张基祥老人的心境。但愿有更多的人能去阅读它、了解它、品味它。

2009 年 12 月 2 日

注：李左红，山西省左权县人。时任中共左权县委常委、县委宣传部部长。先后曾任左权中学校长、县政法委书记、县政协主席等职。爱好写作，常有散文作品在报刊上发表。

《辽阳题咏选注》前言

　　山西省左权县虽处太行腹地，山大沟深、交通不便，但历史悠久，文风颇盛。1986年城北文化遗址出土的石斧、陶片和1988年桐峪镇马家坪黄龙洞出土的新石器时代骨质箭镞等，标志着4000年前即有人类在此地繁衍生息。左权县春秋时属晋，战国时期初属韩、后属赵，秦时属上党郡。东汉末年始置河县，之后历代隶属多变，几易其名，有辽阳、辽山、辽州、辽县之称。明洪武元年，升辽州为隶州，辖榆社、和顺二县。自隋开皇之后三次为州治所在，累计长达1291年。左权县因其背依太行，俯瞰华北，扼险居要，素有"晋冀锁钥、山西屏障"之称，历代为兵家必争之地。抗战期间，八路军129师、八路军前方总司令部、中共中央北方局等首脑机关在此驻扎长达五年之久。1942年9月18日，为纪念同年5月25日在麻田附近十字岭上壮烈殉国的左权将军，辽县易名左权县。

张基祥　著

由于长期为州治所在，历代名人、名将往来，留下不少诗文。以诗歌、散文、民歌、民谣为主的民间文学活动，自宋代始就较为兴盛。宋人张仲尹在《辽阳城》一诗中写道："圣朝文教今沾被，弦诵家家礼乐全。"历代成书的诗文集就有常景星的《辽阳痴士诗钞》、刘体恒的《枣香馆诗存》、王光晟的《旧兰诗草》、王绶的《箕山菊花吟》、王居正的《月轩诗草》、王镜澄的《辽山诗纪》等二十余部。中华人民共和国成立之后，左权县被誉为民歌之海、花戏之乡，并被国家文化部命名为"中国民间艺术之乡"，自是由于其深厚的文化底蕴使然。

左权历代诗文著述虽多，但由于印刷不便，流通范围很小。一些诗作只散见于各代《辽州志》中，但也由于诗作中繁体字、异体字甚至废弃不用之字、词充斥其间，令人很难读通、读懂，大有名存实亡、面临失传之虑。为此注者从历代《辽州志》和其他资料中选出诗作 163 首，进行了注释。这些诗作文学水平参差不齐，良莠间杂，但它们毕竟是这一方水土滋养出的小草与鲜花。正是从这些地域性的诗作中，才可领略各地风俗民情及文化，进而汇聚成中华民族浩瀚无际的诗歌海洋。所以《选注》虽只限"辽阳"，恰似项链之一珠，自有其价值。

选诗原则：为真实反映历代文风、学风、诗风及风俗风貌，一般所见之诗均被选入，但明显低劣而无社会及文学价值的诗作或篇幅过于冗长之作则未被收入。

注释方法：把繁体字一律改为规范的简化字；把异体字一律改为现世通用之字；把废弃了的字能用现代字准确

代替的则代替，一时无法考证的则依原字录入。对于难读难懂的字、词或用典的字、词，除注释外，还尽量注明出处。因此，本《选注》不仅可以供读者欣赏辽阳历代诗作，还可以使读者增加些许历史、地理、人文、典故知识。

　　注释完成之后，送给一些文友诗友指正。韩卫平等诗友均提出应写出译文，这使我感觉为难。诗和画一样，均讲究个意境。有些诗句可用口语表述，有些则只可意会，不好言传。况且诗中不少字、词、句之间，有跳跃，有典故，还有作者天马行空的想象与思维，更难用口语表述出来，加之自己才疏学浅，勉强译出，唯恐毁了原诗寓意。但加上译文使今人读得更为方便之说也很有道理。为此，我采取了一种折中的办法，即为每首诗附上本诗大意，简单解释一下而已，算不得较为规范的译文。

　　注译者知识浅薄，加之资料匮乏，错、讹之处一定不少。敬请各位读者批评指正。

2005年盛夏于竹枝居

注译者的心里话·《辽阳题咏选注》代后记

1966年我毕业于山西省立平定师范,文化程度,实为中专。工作之后,虽自修了汉语言文学专业全部课程,并通过了国家相关考试,但毕竟不是科班出身。古代汉语、古典文学知识没有功底,历史知识、现代文学知识也很浅薄。完成《辽阳题咏选注》实为蚍蜉撼树,自不量力。何以自出难题、自讨苦吃,原因有三:

一、保留。左权境内古诗,仅散见于《辽阳志》内,印本极少,重新刊印,以便流传。

二、传承。唐诗宋词、元明杂剧、明清小说,均为当时文学艺术之巅峰。明清时代的诗歌,远远落后于小说,且咬文嚼字、晦涩难懂。辽阳明清诗篇,更是难入大雅之堂,但其毕竟是传统文化、地域文化的一部分,注译之后,中等文化水平之人也能读懂弄通，便于传承。

三、求证。正因注译者水平低下，本书错讹之处一定很多。修改病句首先要有病句，批改文章首先要有文章。我愿把此书作为有识之士校正、修改、加工的一片园地。倘有一日，一位或数位今人或后人加以校正并重新刊印，纵然九泉，亦当含笑。

成书过程中，中共左权县委书记孙光堂、左权县人民政府县长王兵为本书题词，县委常委、宣传部部长李左红为本书作序，原政协文史科长张银祥、县志办主任刘伏生为本书提供资料，原太行师范副校长程建明对本书做了校正，县政协主席、词人韩卫平、县政府网站编辑侯俊伟、县通讯组副组长陈晓文等为本书提供了不少好的修改意见和建议，县委办几位同志数遍打印书稿，在此一并致以由衷的谢意。

53岁离岗休息，继而正式退休，不觉又是十载。吃着党和人民的俸禄，实不愿也不敢赋闲在家。除了做些力所能及的社会工作之外，我这个没有什么文化的半拉子文化人，还想为左权文化事业的发展做一点小事、实事。2004年8月动笔，2005年6月完成注释。后进行校正。特别是根据一些友人的意见，又加了译文。时而夜以继日，时而停停顿顿，历时五年，终成此书，也算是对左权人民乳汁与小米养育之恩的一滴回报，同时也是"人老心不老，老牛自奋蹄"的一种自慰。

闲言碎语，权当后记。

2009年5月

《走进左权》丛书总序

中共左权县委书记 王 兵
左权县委副书记、县长 赵宏钟

在左权这片土地上工作,我们时时为身边发生的一些变化感到欣喜激动,比如《走进左权》文化丛书的出版。

左权是一方厚重的土地。祝融筑城,东汉置县。历史上曾几易其名,有辽阳、辽山、辽州、辽县之称。1942年9月为纪念在此殉国的八路军副总参谋长左权将军,辽县易名为左权县。四千年的历史积淀,绵延为一幅纵贯时空的恢宏长卷。这是一方英雄的土地。抗战时期,八路军总部、中共中央北方局、一二九师师部等150多个党政军工商学机关单位团体在此驻扎五年之久,朱德、彭德怀、左权、邓小平等老一辈无产阶级革命家曾在这里运筹帷幄,决胜千里。当时仅有7万人的辽县,就有1万多人牺牲、1万多人参军，全民抗战支前，老区民众用热血谱写了慷慨悲壮的革命史诗。这是一方灵秀的土地。大自然鬼斧神工，造化出 800 余处自然景观，既有峰峦叠嶂的雄浑，也有如梦水乡的轻灵。"开花调"旋律优美，"小花戏"舞姿俏丽，被文化部命名为"中国民间艺术之乡"。奇山秀水让人心旷神怡，人文民俗让人如痴如醉。这也是一方充满希望的土地。左权县是国家扶贫开发工作重点县之一，曾经为革命事业做出重大牺牲，长期以来饱受贫困制约，迫切需要改变面貌，追求幸福富裕生活的老区人民渴望与时代同行。进入"十二五"时期，左权县坚持以科学发展观为统领，提出了"加快老区崛起，再造两个左权"的发展目标（到 2015 年，全县地区生产总值、财政总收入等经济指标比 2010 年增长两倍），大力实施项目带动、开放促动、城乡联动、人才推动"四大战略"，加快推进"能源工业强区、核桃产业大县、山水宜居名城、特色旅游胜地、和谐幸福家园"五个重点建设，经济社会发展跃上了新的台阶。老区左权正以朝气蓬勃的崭新姿态，在转型跨越的征程中不断向前迈进。

  尽管我们对这片土地非常熟悉，也很了解，但是翻看《走进左权》这套丛书，还是感到耳目一新、心头豁亮，对左权有了更为全面甚至是全新的认识。我们暂且不论内容，单是五个分卷的书名——《历史风物》《山水胜迹》《文化艺术》《古今贤杰》《今日左权》，就有一种想要走进去一探究竟的冲动。

  这套丛书的五位著者，也都是我们左权县知名的文人。

张基祥 著

他们以独特的视角、严谨的文风、清丽的笔触，较为全面、系统地记录和介绍了左权的历史、人物、旅游、文化和时代发展变化。这套丛书不仅是左权人认识自身的一面"镜子"，更是外来人了解左权的一扇"窗户"，对于进一步宣传推介左权，打造文化名片，推动老区崛起具有重要的历史意义和现实意义。

  我们真诚地希望以这套丛书的出版为契机，吸引各方贤朋良友走进左权，了解左权，观光旅游，投资合作，共谋发展。

《走进左权》丛书后记

《走进左权》文化丛书终于和大家见面了,我们感到非常欣慰。

左权县历史悠久,文化灿烂,是块山川秀美、人杰地灵的土地。特别是抗战期间,左权因时势使然,登上历史前台,谱写了军民浴血奋战、众志成城、保家卫国的光辉篇章。革命胜利以来,左权人民始终高擎太行精神的旗帜,与时俱进建设美好家园,经济社会发生了翻天覆地的变化。特别是21世纪以来,左权充分发挥资源优势,在"加快老区崛起,再造两个左权"宏伟目标的引领下,为把左权建设成为"能源工业强区、核桃产业大县、山水宜居名城、特色旅游胜地、和谐幸福家园"而努力奋斗!

今日左权,高歌猛进;

今日左权,意气风发。

为了更好地宣传左权、推介左权,使社会各界更好更全面地了解左权，2011年，我们启动了《走进左权》文化丛书编撰工作。在丛书的定位上，我们坚持以左权丰富的历史文化资源、独特的自然地理风貌和多姿多彩的风俗民情为主要内容，集思想性、科学性、资料性于一体，旨在弘扬左权优秀地域文化，培育和谐左权文化之魂，铸就跃升发展的力量源泉。可以这样说：这套丛书是全县风光、风物的集中展示，是左权有形、无形资产一次文学化的盘点。它不只是引人回顾左权这片土地曾有过的光荣和骄傲，更是激发人们汲取和弘扬这片土地孕育的精神和文化，从而更加自信地面对今天、明天。它不只是一个充满亲切、热爱之情的乡土教材，更是启发思考、探究左权历史，催人自省、促人奋发的心灵鸡汤。它不只是供人阅读、品赏或收藏，更是打开左权人智慧、力量之门，让新的神奇像春花般怒放，让左权大地展现时代发展的绚丽辉煌。

为了编撰好这套丛书，我们成立了编撰委员会，确定了编撰提纲，聘请左权县内具有一定资历、一定文化水准的五位同志分别担纲撰写，前后历时一年有余，后经编委会多次讨论修改，并征集老领导、老同志及社会各界意见，最终确定书稿。中共左权县委书记王兵，县委副书记、县长赵宏钟十分关注此书，多次对此书的编撰提出意见，并亲自为丛书作序。共青团山西省委副书记、左权县原县长刘娟在左权工作期间，亲自安排部署丛书编撰工作，并做出批示意见。中国外文局作为左权县扶贫单位，多年来为左权老区脱贫致富做出了巨大贡献，在文化扶贫、智力扶贫上更是不遗余力。这套丛书的编辑出版，特别委托新世界出版社担纲，体现了对丛书编撰工作的重视和厚爱。新世界出版社高度重视这套丛书的编辑出版工作，为我们选配了高素质的编辑人员，历时近半年，对丛书的文字、图片、整体风格、排版装帧进行了精心设计修改，2013年7月正式定稿，交付出版社进行编审。现在丛书终于"走出深闺"，以款款盛装和大家见面。我们说，《走进左权》文化丛书，是左权文化的一次集中展示与宣传，它，凝聚了众多人士的心血与智慧；它，承载着弘扬、传播、宣传左权文化等多重使命；它，将带着左权16万人民的问候，"飞"向全国各地，在更大、更广的范围内展现今日左权的繁荣昌盛。

值此书成之际，谨向为丛书编撰付出辛勤劳动的中国外文局、新世界出版社、中共左权县委宣传部、左权县志办、左权县摄影家协会，以及为丛书付出辛勤劳动的领导、同志等表示衷心的感谢！

《走进左权·山水胜迹》前言

左权之美，美在步换景移，处处如画。自然风光既有北国之雄，又有南国之秀；既有奇山，又有秀水。

左权之美，美在有丰富的历史遗存、人文景观。唐宗宋祖之遗物，革命圣地之遗存，遍布全县各地。

左权之美，美在有时代气息。转山公路四通八达，乡村城镇化，县城园林化。文化广场、休闲公园游人如织，住宅小区高楼林立……

本书分六个部分：

《诗画山水》主要内容为古人古诗咏辽州。

《百里画廊》重点介绍左权县城南奇峰林立的壮观景象。

《龙泉圣境》重点介绍龙泉国家森林公园的各处自然景观、历史遗存和优美传说。

《紫金千秋》除描述左权县城东紫金山秀丽风光之外，

还介绍了我国元代著名科学家郭守敬等创建书院、观象台等情况及相关传说。

《革命圣地》主要介绍八路军总部、一二九师司令部等革命遗址。

《古州新景》概览式地介绍左权县城乡，特别是左权县城改革开放以来的巨大变化。

上述六部分加少量附录，粗略地向读者展示了左权山川风光、人文景观的大致风貌。

还需说明的是：《龙泉圣境》一节的大部分内容，来自左权县政协文史科科长张玉德同志《龙窑寺游览区导游》一书。本书的插图作者大都是左权籍的摄影家和摄影爱好者，并由中国摄影家协会会员、左权摄影家协会名誉主席邢兰富同志和左权县新闻中心主任李四新同志统筹安排。全部书稿由左权县委宣传部陈浩同志打印。作为本册作者，借此向他们表示衷心的感谢！

2013 年 8 月

《碧血辽县》序一

——太行精神万古传

中共左权县委书记 王兵

今年是中共中央北方局、八路军总部等机关进驻左权70周年。作为以左权将军英名命名的左权县老区和老区人民，十分珍视这一血染的荣耀，一批批后来人秉承先烈遗志，弘扬太行精神，拼搏进取，取得了革命、建设一个又一个胜利。

左权县原名辽县，地处太行山主脉西侧，位置独特，居险扼要，历来是兵家必争之地。抗日战争全面爆发后，中国共产党领导的八路军东渡黄河，挺进山西抗日前线。辽县这个山区小县应历史之选择，走上了中国的政治舞台，成为太行革命根据地的腹心，成为华北抗战的指挥中心。

八路军总部、一二九师等150多个党、政、军、财、文、学、商机关单位在辽县驻扎五年之久。朱德、彭德怀、杨尚昆、左权、刘伯承、邓小平等一大批抗日精英汇集于此，领导和指挥华北军民同日本侵略者进行了艰苦卓绝的斗争，书写了争取民族独立和人民解放的壮丽篇章，铸就了传之久远、光照千秋的太行精神。

英勇抗战铸忠魂，名彪青史耀千秋。八路军副参谋长左权将军把鲜血洒在了这片土地上，辽县因此易名为左权县。左权人民为中华民族的独立和解放做出了巨大的贡献和牺牲。据记载，当时仅有七万余人的辽县，就有一万多人牺牲（包括被日军残杀及冻饿而死等），一万多人参军参战，一万多人参加各种革命工作。期间从老区人民身上所折射出来的英勇无畏、坚韧不拔、甘于奉献、敢于牺牲的特质，正是太行精神的核心内涵。

铭记左权县战火纷飞年代的历史贡献，铭记硝烟烽火中在这块热土上的浴血搏杀，让太行精神万古流传，是我们的职责。左权县老区建设促进会勇于担当此任，经过一年多的不懈努力，《左权抗日根据地史料丛书》中的两本已经脱稿，确实可喜可贺。此丛书真实地再现了抗战时期根据地军民与侵略者进行殊死搏杀的场景，是太行革命根据地与敌斗争的缩影。同时，也是一部研究根据地军民抗战历史的力作，对进一步研究中国抗日战争史、弘扬优良革命传统、打造红色文化品牌、推动老区科学发展具有重要的历史意义和现实意义。

为有牺牲多壮志，敢教日月换新天。左权人民秉承光荣传统，思穷图变，锐意进取，老区发展步伐不断加快。尤其是进入21世纪以来，全县上下认真贯彻落实科学发展观，经济社会大步跨越，跃上了全面、协调、持续、快速的科学发展平台，树起了改革超前、发展迅猛、人气旺盛、前景美好的崭新形象，其深刻变迁和发展模式被专家学者称为"左权现象"。左权老区发生的翻天覆地的巨变，是全县人民发扬不怕困难、艰苦奋斗的太行精神和勇于创新、敢为人先的时代精神的真实写照和真实体现。

在中共中央北方局、八路军总部进驻左权70周年之际，希望以《左权抗日根据地史料丛书》出版为契机，进一步引深左权抗战历史研究，让更多的人铭记左权光荣的革命历史。以史为鉴，以史育人，激励左权人民弘扬光荣的革命传统，让太行精神代代相传。

《碧血辽县》序二

——昨天,绝不能忘记

左权县老区建设促进会会长　皇甫建伟

公元 1942 年 9 月 18 日,在中国的版图上,首次出现了"左权县"这个县名。

这个县,遍布着老一辈无产阶级革命家、抗日英雄运筹帷幄、奋勇杀敌的行踪足迹;

这个县,浸染着鏖战太行的无数革命先烈的鲜血;

这个县,寄托着老区人民对喋血清漳、以身殉国的左权将军的无限追思。

左权县,原名辽县。1937 年 7 月 7 日,抗日战争全面爆发。当年的 11 月 15 日,刘伯承、张浩、徐向前率领的一二九师司令部进驻辽县西河头村。1940 年 11 月 7 日,八路军总部、政治部、后勤部在彭德怀副总司令、左权副参谋长、罗瑞卿主任、杨立三部长的率领下进驻辽县，辽县便成了华北的抗日指挥中心和抗日根据地的政治、经济、军事、文化中心。

抗战期间，历史选择了左权，左权人民也为中华民族抗战的胜利做出了特殊的、不可磨灭的历史贡献。当时，仅仅七万多人的小县，就有一万多人参军参战，一万多人参加各种革命工作，一万多人光荣牺牲（包括被日军残杀及冻饿而死等）。左权成为"华北抗日游击战争的发祥地""华北抗日战争的根据地""华北抗日民主根据地乃至中华人民共和国人民民主政权建设的策源地"。这一无与伦比的特殊贡献，无疑是用巨大的代价和牺牲换来的。

人类的历史是漫长的，但人生却是短暂的。抗日战争时期那些血腥惨案、激烈抗争的亲历者、见证者多数已经离世，在世的都已是耄耋老人。70年前发生在中国大地上的那场大劫难，仿佛已经烟消云散。

然而，中华民族的英雄儿女用血与肉谱写的壮丽诗篇，绝不应当在历史的长卷中被埋没。

左权人民的牺牲与奉献，绝不应当在岁月的流逝中被淡忘和堙没。

因为，正义的战争，是人类的骄傲；非正义的战争，是人类的隐痛。

因为，今天的幸福来自昨天的牺牲，美好未来的开创，依然需要从先辈的精神中汲取力量。

为了加快革命老区的经济发展和社会进步，从国家到地方，普遍组建了各级老区建设促进会，旨在推动革命老区赶上或超过发达地区的水平，以共享改革开放的丰硕成果。促进革命老区发展，老促会担负着调查研究，建言献策，定点帮扶，兴办实事，协助各级党委政府从政策上、资金上给予大力支持和帮扶的重任。但准确地再现当年抗战的艰辛历史，彰显老区的历史功绩，以激发老区人民开拓进取、奋发有为的创新精神显得更为重要。

左权县老区建设促进会源于这种理念，在人手少且年龄偏老、经费紧缺等多重困难情况下，决心编写一套《左权抗日根据地史料丛书》，用生动的、具体的、鲜活的、更加系统的史实，把当年的历史重新呈现在人们面前，深切缅怀先烈建立的不朽功勋；号召老区人民继承和发扬英勇顽强、艰苦奋斗、不怕牺牲、勇于奉献的老区精神；激发老区人民进一步解放思想、开拓进取，在改革开放、科学发展的道路上奋进的动力和活力，让先烈鲜血染红的土地，展现出更加艳丽的新颜。

在丛书的采写过程中，去冬还和我们侃侃而谈的当年往事的见证者和亲历者，今春再次造访时，他们中的一些人已经溘然离世，这使我们更加深刻地认识到这项工作的重要性和紧迫性。在采访的过程中，在历史的遗迹前，编写者的心灵受到了一次次空前的震撼。那血淋淋的惨案，那壮怀激烈的抗争，使这些年过花甲之人，决心让自己的晚霞再现光华，让自己的晚年更有意义，不辱使命，写就此书。历经一年，初见成效。我们面前的《左权抗日烽火》《碧血辽县》就是丛书中的两部。我们还将继续努力，为促进革命老区经济社会又好又快发展做出更大的贡献，以告慰先辈，启迪后人。

青山作证，高风起太行，金石为开人共仰；

绿水含悲，忠骨留清漳，精神不朽日辉煌。

昨天，不应忘记；昨天，不能忘记。

让先烈功勋，载入永恒的史册！

让太行精神，铭记人民的心中！

2010年6月

《碧血辽县》前言

这是一本难以卒读的书，因为它充斥着太多的血与泪，我们不愿回忆这段历史。

这是一本值得一读的书，因为它充满仇与恨，我们不能忘记这段历史。

在艰苦卓绝的抗日战争中，山西省辽县（今左权县）境内的党、政、军、民做出了巨大的贡献，同时也做出了重大的牺牲。

1937年7月7日，卢沟桥事变爆发，全面抗战开始。同年10月，八路军一二九师工作团到达辽县，11月5日，八路军一二九师师部移驻辽县西河头村。1940年11月7日，八路军前方总部到达辽县大林口，次日进驻武军寺，1941年移驻麻田镇。1940年中共中央北方局也进驻辽县。抗战期间，八路军总部在辽县境内驻扎五年之久，辽县境内驻扎的党、政、军、经济、文化、新闻机关单位以及兵工厂、被服厂、制鞋厂、造纸厂等部门多达150多个（处），辽县成了华北地区抗日战争的领导中心，是抗日战争时期的"实验县""中心县"，被誉为太行山上的"小延安"。

辽县人民在中国共产党的领导下，和八路军一道对日本侵略者进行了长期的、艰苦卓绝的斗争。在抗日战争的艰苦岁月里，这个仅有七八万人口的小县，先后有一万多名青年参加了民兵自卫队、八路军、决死队，一万多名干部、战士、民兵、群众牺牲于战场，殉难于日伪军铁蹄之下。

中华人民共和国成立以后，虽然在各个历史时期，左权县党史办公室、县志办公室都编写过抗战时期的许多资料，并出版了一部分专著，但是还没有一部比较全面系统的且印刷质量较好的专著，系统地介绍抗战时期我县境内的英烈（包括部分牺牲于我县境内的外籍英烈）与敌斗争的壮烈伟业、发生在辽县境内各地的血腥惨案以及后人为纪念他们的英勇事迹和继承他们的革命精神而修建的烈士园、纪念馆、纪念亭、纪念碑、烈士墓等相关情况。

本书通过"血染清漳"、"碧血英烈"、"血铸丰碑"三部分，较为全面、系统地介绍了惨案史实、英烈事迹和纪念英烈建筑物的情况。本书的宗旨一是为了缅怀先烈，牢记苦难，启迪后人；二是使这些珍贵的史料能够永久流传。

为了抢救、整理、保存珍贵的抗日战争史料，中共左权县委、左权县人民政府决定重新编写抗日战争时期史料性质的系列书籍，除调查访问极少数健在的当事人或知情者外，主要还是依据现有的相关资料。本书英烈部分的资料，主要来自1995年左权县党史研究室、左权县民政局、左权县教委编辑出版的《左权抗日英烈传》一书；惨案部分的资料，大量采用了左权县党史办程文华、邢晓寿、霍云林编写的《血染清漳》（未正式出版）一书。两书的编写者通过认真、细致的调查，为我县收集、整理了大量的抗战史料，是本书惨案和英烈部分的主要参考资料，在此郑重加以说明。

  由于年代久远，许多当事人已经谢世，再加上资料缺失、编者水平有限，本书错漏之处一定难免，敬请知情者批评指正。

2009 年 7 月 15 日

《碧血辽县》后记

中共左权县委、左权县人民政府历来十分重视革命史料的收集和整理。

二十多年来，左权县组织人员先后出版了《左权抗日英烈传》《中共左权县历史大事记述》《留得清漳吐血花》《八路军总部在麻田》《太行雄魂》《八路军总部在左权》等著作，编印了《左权县革命斗争回忆录》《辽西抗日烽火》《血染清漳》等史料集。此外，政协左权县委员会还连续编印了十几辑《左权文史资料》。

原左权县人大常委会主任、现左权县老区建设促进会会长皇甫建伟同志，主动请缨，组织人员，筹措资金，决心编辑出版一套比较全面、系统地反映左权抗战的系列丛书。2009年5月13日，中共左权县委办公室、左权县人民政府办公室发出《关于编写〈清漳血泪〉〈辽阳抗日烽火〉〈左权奶娘〉三本抗战历史书籍征集史料的通知》之后，这项工作便正式开始。

《碧血辽县》是左权抗日根据地史料丛书中的一部。本书较为全面、系统地反映了发生在左权大地上灭绝人寰的惨案，军民和日军顽强斗争的史实以及后人为纪念先烈而建立的亭、堂、馆、碑等的基本情况。

由于人力和时间有限、资料缺失等诸多因素的制约，加之年代久远，当事人、亲历者几乎均已离世，编者水平有限，本书缺失之处或应当进一步考证之处在所难免，敬请知情者批评指正。

在编撰本书的采访、调查过程中，编者更感收集、整理革命史料的重要性、迫切性。去年初冬，还和我们侃侃而谈的长者们，今春再访，他们中有几人已悄然离世！因此，我们深感更应抓紧时间，收集、整理出更多的珍贵的革命史料来，无愧于逝者，更无愧于未来！

山西省新闻出版局、山西人民出版社迅速将此书列入出版计划，并在保证质量的同时，加快出版速度。责任编辑孔庆萍主任为本书出版的相关事宜付出了大量心血，郝建云、孙冰洁为本书的校对付出了辛勤劳动，在这里我们不仅由衷地表示感谢，而且对他们的敬业精神，也发自内心地感到钦佩！

本书成书过程中，得到了中共左权县委党史研究室、左权县县志办公室、左权县民政局、左权县教育科技局、左权县文物局等部门和各乡镇党委、政府、老促会以及不少老同志的鼎力相助，梁生仁、刘凤来、刘晋海、邢兰富、赵天年、郝红东、霍彦明等同志为此书提供了珍贵的图片、资料,张浩为本书打印了初稿,胡德荣、郝志栋、霍旭红、郭彦华参与了本书的校对,在此一并致以衷心的感谢!

2010 年 7 月 21 日

《抗战文化》前言

  抗日战争是一段特定的历史时期；
  火红的抗战文化，是一种特殊的文化现象。
  在血与火的洗礼中，在硝烟弥漫的战场上，在一切为了抗战的敌后根据地，此起彼伏的抗战歌声，高亢激昂的戏曲锣鼓，丰富多彩的文学作品，传遍千家万户的报纸、刊物、传单，组成了一台威武雄壮的抗战历史大剧，绘成了一幅雄浑壮美的抗战历史画卷。火红的抗战文化，真的是红红火火。
  烈士的鲜血染红了左权大地；
  烈士的鲜血更是染红了永载史册的抗战文化。
  我们不能忘记这段历史时期；
  我们不应忘记这种文化现象。
  左权县原名辽县，1942年9月18日易名为左权县，1941年9月因对敌斗争需要，辽县西北部地区划为辽西县，

1945年11月与左权县合并。为叙述方便，本书所述内容为1942年9月18日前的称为辽县或辽西县，之后则称为左权县，综述抗战内容的统称为左权县。左权县的抗战文化，是太行山革命根据地的抗战文化，是晋冀鲁豫边区的抗战文化，因而也就是中华民族抗战文化的重要组成部分。左权县的抗战文化活动，和各抗日根据地、和抗战指挥中心的延安的抗战文化一脉相承。文艺的提高与普及，文艺的欧化和民族化、大众化、通俗化之论争，同时在各根据地激烈地进行。通过广大文化工作者的努力实践，通过毛主席《在延安文艺座谈会上的讲话》的正确指引，根据地的抗战文化终于走向了为抗战服务，为工农兵服务的正确轨道。抗战文化终于和抗战大业以及人民大众紧紧地融入到一起，产生了波澜壮阔、民族化、大众化、通俗化、群众性的抗战文化。左权将军、《新华日报》社社长兼总编辑何云这"一武一文"在辽县牺牲，而众多战地新闻工作者和文学艺术工作者们，更是用他们的汗水甚至鲜血染红了抗战文化。

这本《抗战文化》，就是力图真实、准确、全面地记录这段历史时期在左权县（当然也涉及太行山根据地，晋冀鲁豫根据地）所产生的文化现象。

作为意识形态的文化，是一定的社会政治和经济的反映，又对一定的社会政治和经济产生巨大的影响。文化的发展，还具有历史的连续性。中国共产党十七届五中全会指出："文化是一个民族的精神和灵魂，也是国家和民族振兴的强大力量。""充分发挥文化引导社会、教育人民、推动发展的功能，建设中华民族共有的精神家园，增强民族凝聚力和创造力。"因此，发掘传统文化的精华，特别是发扬抗战文化的精神，就具有重大的现实意义和深远的历史意义。

　　本书所指的"文化"，仅指文学艺术和新闻方面。再具体讲，则只限于抗战期间，左权县境内的歌舞、戏剧活动、新闻出版工作以及部分文学作品创作情况。

　　左权县境内特有的民歌，源远流长。抗日战争时期，由于八路军总部（及其政治部、后勤部、卫生部）、中共中央北方局、一二九师师部、太行区党委、太行军区、晋冀鲁豫边区政府等党、政、军机关先后驻扎在左权县，左权县成了华北敌后抗日的指挥中心、晋冀鲁豫抗日根据地的腹心地区。全国各地大批文艺工作者云集于此，广泛开展抗战文化活动。在他们的影响下，当地的文化教育工作者、民间艺人，为配合抗日救亡工作，旧调填新词，或者加工整理提高旧曲再填新词，使左权县的民歌焕发了青春，为宣传抗日、团结人民、打击敌人做出了巨大贡献。

　　由左权县传统的民歌孕育出的"辽州文社火"，即唱民歌加舞蹈，后又加入简单剧情，逐渐发展成了"小花戏"。为适应全民抗战宣传工作的需要，本县内的文化教育工作者们对"小花戏"进行了大胆的创新与改造，用这种形式宣传抗日、宣传劳动生产、宣传《新婚姻法》和《土地法》，被人们称之为"新花戏"。中华人民共和国成立之后，逐步发展为誉满全国的"左权小花戏"。

　　山西、河南为中国北方戏剧大省。左权县地处晋、豫、冀三省交界处，晋剧、上党梆子、上党落（lào）子、武乡秧歌、襄垣秧歌、豫剧、武安落子等剧种在本县农村剧团中均有。抗日战争期间，境内各种剧团和八路军党政军剧团达70多个，为宣传抗日做出了特殊的贡献。

由延安和大后方来到太行山的一大批作家、诗人，创作了大量诗歌、散文，在报刊上发表了大量的报告文学、战地通讯。以赵树理为代表的一些作家，还创作了通俗化、大众化的抗战小说，在边区引起了轰动。

以《新华日报·华北版》为代表的新闻媒体、新闻机关，如《胜利报》《抗战报》等，抗战期间也在左权县境内开展了大规模的宣传攻势，并发生了数十位新闻战士牺牲于一役的抗战新闻史上罕见的惨案。

左权县抗战文化波澜壮阔，左权县抗战文化内容丰富，左权县抗战文化史实众多。本书酝酿讨论之时，有两种意见：一种意见是在广泛收集相关资料的基础上，全书一律由编者编写，不要形成"资料搬家"。一种意见是尽量录入原始资料，才有"史料"价值。权衡再三，编者采取了折中办法，即通过历史资料的收集，对在世当事人、知情人的采访，对左权县境内服务于抗战的民歌（包括歌谣）、小花戏、戏曲、部分文学作品和新闻工作做一个概况式的介绍，使全书形成一个有机整体，并穿插附录一些当事人的回忆录等相关资料，以体现其"史料"价值与历史的真实性，此为上册。下册则为抗战诗歌、民歌的选录。

由于时间久远，当事人、知情人大多离世，资料收集较为困难，许多相关重大事件、重要人物、有影响的文学作品一定会有遗漏。但编者以为：有缺失的资料集，总比没有要好得多；况且通过此书，会有一些人拾遗补阙，那就更令人欣慰了。

2012 年 5 月

《抗战文化》后记

在编写《左权抗日根据地史料丛书·抗战文化》时，从思想上酝酿，到资料收集，到初稿写成的整个过程，也正是编者对根据地抗战文化认识逐步深化、逐步提高的过程。

左权县是太行抗日革命根据地的中心，也是晋冀鲁豫边区的中心，因八路军总部和中共中央北方局在左权县驻扎，左权县也就成了华北抗日的指挥中心。因此，左权县的抗战文化是各根据地抗战文化的重要组成部分，而且左权县的抗战文化至少在晋冀鲁豫边区起到了引领作用。

准确把握艰苦卓绝的抗战时代脉络，把左权县抗战文化置于整个根据地抗战文化的大背景下，而且要反映出左权县抗战文化的特色，是写作本书的重大课题；全面、真实地反映左权县抗战文化全貌，是写作本书的历史责任。

所以，编著者深感担子沉重。

首先感谢中共左权县委、左权县政府提出编写《左权抗日根据地史料丛书》的重大而正确的决策。

感谢左权县老区建设促进会各位副会长和各位理事的积极支持和帮助。

特别感谢李修仁、刘江、鲁兮、皇甫束玉等革命前辈、左权县抗战文化的亲历者们热心的指导。刘江、鲁兮、皇甫束玉三位老前辈为本书提供了大量的、珍贵的历史资料，而且还为本书题词写诗，这对编著者无疑是极大的支持和鼓励。

感谢《人民日报》高级记者段存章、文友高富生、作家侯俊伟、左权县老促会副会长兼秘书长宋保明等同志，在本书的策划、资料收集、谋篇布局甚至写作方法上，给予的认真、具体、无私的帮助。

感谢收藏家王艾甫、魏建忠及皇甫束玉为本书提供了大量的历史图片资料。

感谢本书内容所涉及的诸多著作的著述者，为我们留下的珍贵的大量翔实的史料，让编著者享受了他们辛勤劳作的成果。

本书的出版，凝聚了众多人的心血。本书的不足，则是编著者思想理论水平不高、文字驾驭能力不强，特别是资料掌握还十分不足（时间较为久远也是重要原因之一）造成的。除了感谢，还有惶恐。但是，组织上的决策，老一代的支持，同辈的倾心帮助，使编者树立了信心，历经一年多时间，终于完成了书稿。

本书的出版，还要感谢数易其稿的全部文字打印者张浩同志，更要感谢我们中共左权县委原县委书记、现任山西新闻出版局局长林玉平同志的大力支持，感谢山西人民出版社的领导和本书的责任编辑、封面设计谢成等同志付出的辛勤劳动。

2012 年 5 月

《抗战诗歌选》前言

抗日的烽火燃烧在太行山上，抗日的歌声回响在清漳两岸。

编写《抗战文化》一书时，无数抗战诗歌让我们热血沸腾；无数抗战民歌让我们激情澎湃。

这是时代的诗，这是时代的歌，这是那个时代的最强音，这是那个时代的战斗号角，这是那个时代的匕首和投枪。

这些诗、歌、歌谣弥足珍贵，于是便有了这部左权的《抗战诗歌·民歌选》，作为《左权抗日根据地史料丛书·抗战文化》的姊妹篇。

每个时代的诗歌，必定具有那个时代的鲜明特色。抗日战争时期的左权县（1942年9月18日前为辽县、辽西县），是八路军总部、中共中央北方局、一二九师司令部的长期驻扎地，这里便成了华北抗日根据地的指挥中心。我八路军党、政、军一代英豪，跃马扬鞭，驰骋沙场，以大无畏的革命乐观主义和革命浪漫主义精神，在马背上、在行军途中、在煤油灯下，吟诵出了不朽名篇；无数抗战文化精英，用心、用鲜血，谱写了壮丽的史诗，这就是本书的第一部分：抗战诗歌选。

左权民歌，是中华大地上一支瑰丽的民间文艺奇葩。左权民歌，是数百上千年来，左权人民喜怒哀乐的心声。火红的抗战文化，为劳动人民心底流淌的歌，注入了新的活力。它由潜流、小溪，变成了滔滔之水；它由低吟、浅唱，变成了高昂的怒吼。这就是本书的第二部分：左权抗战民歌选。

皇甫束玉，是抗日战争的亲历者，是左权县抗战文化的践行者，也是左权人民的优秀儿子。他用歌谣的形式，全面记载了左权县抗战时期的各个重大事件，成为革命史诗，成为传统教育的极好教材。于是就有了本书的第三部分：左权抗战歌记。

诗言志。抗战时期的诗、歌、歌谣，传达出的是中华儿女誓死不当亡国奴的决心和信心；传达出的是抗日根据地军民团结如一家的豪迈气魄和气概；传达出的是左权人民抗战必胜的战歌和赞歌。这是宝贵的民族文化财富，更是宝贵的民族精神财富。

2012 年 5 月

《抗战诗歌选》后记

抗战期间，长期在左权县战斗、工作、生活，或短期逗留的老一辈革命家朱德、彭德怀、左权、刘伯承、陈毅、罗瑞卿、陆定一等，在根据地写下了不朽名篇；而董必武、叶剑英、薄一波、张际春等则为悼念左权将军等革命烈士，写下了战友之情、革命之谊的光辉诗篇；奔赴左权抗日根据地的大批热血青年诗人，将他们的诗发表在《新华日报·华北版》等根据地的报纸杂志上，写在根据地的墙壁上，"发表"在大会前、山庄的街头、饭场甚至战场上（朗诵），根据新华出版社出版的郭正义主编的《浩歌赋太行》和《新华日报》《胜利报》以及辽县《抗战报》等资料，我们收集、整理出其中 77 篇，作为对老一辈革命家和无数革命战士的永久纪念。

流传久远的左权民歌，在抗战期间，旧调填新词，八路军战士和根据地老百姓迅速传唱，使古老的民歌，焕发出革命的异彩，成了动员、组织、发动广大军民齐心抗战的有力武器。1987年5月，左权县党史办公室、县志办公室由程文华、李秉一、范培荣，根据1945年、1946年左权县文委会编印的《左权小调集》、皇甫束玉的词稿《在太行山上》、1949年左权文化馆编印的《左权小调选辑》、1959年左权民歌编委会编印的《左权民间歌曲选》等，通过互相核对，在皇甫束玉、刘耀黎、杨凤鸣、岂登考、杨令意、钟明锋、赵联庆、武全忠、周左峰、王保牛以及王天贵、杨文等同志的支持与帮助下，编选出一本《左权抗战民歌选》，内部刊印。本书第二部分就是以此内部资料为主要依据，又加入1986年左权县政协《左权文史资料》第七期相关内容14首整理而成，共计117首。

生于左权县东隘口村的皇甫束玉，在他77岁高龄之时，几乎将左权县抗战的重大史实，均用歌谣的形式记录了下来。这是他在诗歌写作上的创新，也是以诗记史的创举。这些歌谣是革命的史诗，是左权抗日根据地的斗争实录，更是革命传统教育的极好教材。虽然它写于1995年，但它实实在在记载了抗日战争时期左权县的革命斗争史实，也是左权抗日根据地史料的珍贵组成部分，经皇甫束玉的同意，我们将这108首《左权抗战歌记》全文录入，并收录了几篇相关附录。

综上所述，这本书，是老一辈革命家和无数抗战诗人的心血凝就，是程文华、李秉一、范培荣、杨凤鸣等无数同志集体劳动的成果，是皇甫束玉的传世名作。本书编选者仅仅是把这些诗、歌整理编纂在一起，并通过和相关资料比对，进行了校勘而已，特郑重加以说明。

感谢左权县委、县政府对本书出版的大力支持。

感谢左权县老区建设促进会全体老同志的帮助和指导。

感谢张浩同志数遍打印书稿。

特别感谢中共左权县原县委书记、现任山西新闻出版局局长林玉平同志及山西人民出版社的大力支持，感谢本书的责任编辑和封面设计谢成等同志为本书出版付出的辛勤劳动。

2011年12月初稿，定稿于2012年5月

《永恒的记忆》序一

——让太行精神代代相传

中共左权县委书记　王　兵

左权县委副书记、县长　赵宏钟

左权县老区建设促进会的同志们,在人手少且年事已高的情况下,克服重重困难,历时五年时间编撰《左权抗日根据地史料丛书》,力求再现当年抗战的艰辛历史,彰显老区的历史功绩。这套丛书的出版发行,必将激发老区人民开拓进取、奋发有为的创新精神,以此告慰先辈、启迪后人。

左权县,在艰苦卓绝的抗战史上,占有重要而光辉的一页。1937年7月7日,抗日战争全面爆发,当年11月15日,刘伯承、张浩、徐向前率领的第一二九师司令部进驻辽县

（今左权县）西河头村。1940年11月7日，八路军总部、政治部、后勤部在彭德怀副总司令、左权副参谋长、罗瑞卿主任、杨立三部长的率领下进驻辽县。此后中共中央北方局也进驻辽县，辽县便成了华北抗日的指挥中心，华北抗日根据地的政治、经济、军事、文化中心。刘少奇、朱德、任弼时、彭德怀、杨尚昆、左权、邓小平、刘伯承、李雪峰、杨秀峰、徐向前、聂荣臻、薄一波、罗瑞卿等一大批老一辈革命家都曾在此运筹帷幄，其中多位首长在左权战斗和生活五年之久，共和国的"十大元帅"中就有6位曾在此战斗和生活过。

英勇抗战铸忠魂，名彪青史耀千秋。作为抗日根据地的腹地，左权人民为中华民族的独立和解放做出了巨大的贡献和牺牲。当时仅有300多个村庄的县份，就有150多个八路军机关团体在此驻扎，几乎村村都保护过八路军机关团体的党、政、军人员；左权作为一个山区小县，全民投入抗战，而且付出了重大牺牲。抗战中牺牲的八路军最高将领左权，最高文职官员、华北新华日报社社长兼总编何云，以及无数八路军将士，血洒太行，铸就丰碑。在这块红色的土地上，谱写了军民并肩齐战斗、誓死卫国保家乡的壮丽诗篇，也铸就了英勇无畏、坚韧不拔、甘于奉献、敢于牺牲的太行精神。

为有牺牲多壮志，敢教日月换新天。左权人民秉承光荣传统，思穷图变、锐意进取，尤其是进入21世纪以来，经济社会全面协调、持续、快速发展，老区左权发生了翻天覆地的变化。目前，全县人民大力弘扬太行精神，朝着

"加快老区崛起，再造两个左权"的目标，加快建设能源工业强区、核桃产业大县、山水宜居名城、特色旅游胜地、和谐幸福家园。

历史是一个民族的记忆，是一个民族对自己的精神定位。太行精神永远是老区人民的宝贵财富、精神支柱、力量源泉。让我们借助《左权抗日根据地史料丛书》出版的契机，进一步引深抗战历史研究，深入挖掘太行精神内涵，让光辉的太行精神代代相传。

《永恒的记忆》前言

一

二十世纪上半叶,一场空前惨烈、旷日持久的侵略和反侵略战争在中华民族的国土上展开。日军灭绝人寰的罪恶行径,不仅给中国人民、亚洲人民,甚至也给日本本国人民,造成了历史性的大灾难、大伤害。

战争的硝烟还未散尽,刻骨的伤痕还未抚平,日本右翼分子,特别是现政权的政要们,又企图否认历史,篡改历史,甚至又欲侵略扩张,公开制造"购岛"丑闻,公开否认"东京审判"结果,即公开为二战定论翻案,公开向全世界爱好和平的人民叫板,妄图重温军国主义美梦。是可忍,孰不可忍!中国人民不答应,亚洲人民不答应,就连有良知的广大日本人民也不会答应!

历史不应忘记,历史不能忘记。

不忘国耻,不忘仇恨,不是为了报复,不是为了算账,而是为了总结、回顾历史的经验教训,而是为了和平,为了中日两国的友好和平,为了亚洲人民的友好和平,为了全世界人民的友好和平。

全世界都要和平,坚决反对和制止一切非正义的战争。

谁否认侵略战争的罪行,谁想挑起新的侵略战争,谁就是全世界爱好和平的人民共同的敌人。

正视历史,才能反思当今,才能共创人类美好的未来。

二

卢沟桥事变一声炮响,中华民族掀起了全民抗战的浪潮。位于太行山中段的山区小县辽县(即今左权县),因一二九师师部、八路军总部、中共中央北方局、太行区党委等长期进驻,建立"三三制"民主政权的晋冀鲁豫边区临时参议会也在辽县召开,这里便成了华北抗日的指挥中心,华北抗日游击战的发祥地,晋冀鲁豫边区的腹心地。辽县人民更是地不分南北、人不分老幼,全民投入抗战支前:妇女儿童站岗放哨;广大群众为部队送军粮、捐财物、做军鞋;许多妇女还用自己的乳汁哺育了八路军的子女……

本书以王艾甫收集到的辽县抗战时期的实物、图片、文字资料,反映了辽县全民抗战的真实历史。

由于辽县当时是华北抗日的指挥地,是晋冀鲁豫边区的中心县、实验县、模范县,辽县抗战实录,也就是真实的中华民族全民抗战的缩影。

三

红色收藏的最大价值就在于以史为鉴,教育、启迪、激励后人。公之于众，不忘历史，牢记历史，继承和发扬老一辈革命家艰苦奋斗、勇于奉献、敢于牺牲的革命精神，弘扬热爱祖国、保卫祖国的民族气节。

一位普普通通的退休干部、退伍老兵王艾甫，毕其半生精力、财力，收藏到数以万计的抗日战争藏品，更难能可贵的是他不仅举办了"辽县抗战纪实馆"，而且利用藏品向广大群众，特别是广大青少年进行爱国主义教育。今天，我们把王艾甫部分藏品公之于世，将在更大范围内引起反响和震撼。

左权县人民，永远不会忘记日军对我中华民族的血腥蹂躏；

左权县人民，永远不会忘记用鲜血染红太行山的无数革命先烈；

左权县人民，永远不会忘记父辈为民族解放战争的奉献与牺牲；

左权县人民，更希望这种扭曲的历史不再重演。

在钓鱼岛争端成为举世瞩目的事件之时，在日本右翼分子妄图复活军国主义之时，此书的出版将给人们以很多启示、警示。

2013年8月

《永恒的记忆》后记

左权籍收藏家王艾甫先生,收藏有大量抗日藏品,还有左权县全民抗战的大量实物、图片、文献资料。

左权县老区建设促进会会长皇甫建伟认为:在钓鱼岛事件被全球关注之时,作为华北抗战指挥中心——八路军总部所在地的左权县全民抗战藏品,也正是中华民族全民抗战的实证。通过这些实证让我们永远记住这段不堪回首的历史,团结起来,反对一切非正义战争,维护世界永久和平。为了扩大宣传,让藏品从展馆走向社会,于是策划编辑一本《左权抗战实证》,作为《左权县抗日根据地史料丛书》之一予以出版。

原以为王艾甫先生关于抗战的藏品很多,编辑此书难度不大,但实际操作起来正好相反。这是因为:王艾甫此类藏品有数千件之多,几乎件件珍贵,每件都难以割舍,从中择"优",实在为难。但鉴于篇幅,特别是本书的主题所需，只能忍痛割爱，挑选500余件，通过分年和分类编纂，终于编成此书。

在编辑过程中，王艾甫先生不仅展示了其全部藏品，而且详细介绍了每件藏品的价值和意义，为我们提供了极大的方便。

辽县抗战纪实馆工作人员刘丽莎女士，工作极其认真、负责，在图片选择、编排中付出了大量心血。

本书的出版，山西新闻出版局、山西人民出版社给予了大力支持，特别是中共左权县委原县委书记、现任山西新闻出版局局长林玉平同志以及山西人民出版社编辑部主任孔庆萍、装帧设计部主任谢成、印制部主任赵宏生及本书责编蔡咏卉等同志付出了辛勤劳动。在此表示衷心的感谢。

左权县老区建设促进会张浩同志，也为本书的出版做了大量工作。

成书过程略记于上，为后记。

2013年4月1日初稿，定稿于2013年10月

《铁证·日军侵华罪证自录》序
——维护抗日战争及世界反法西斯战争胜利的历史正义

吕耀东

在纪念中国人民抗日战争和世界反法西斯战争胜利70周年之际,由王艾甫、戴姝瑶和张基祥编著,新世界出版社出版的《铁证·日军侵华罪证自录》一书,戳穿了日本保守派政要否认军国主义侵略罪行的谎言,有力地回击了日本右翼势力掀起的历史修正主义逆流。更重要的是,再次向国人展示了日本军国主义侵略者践踏中国大好河山、蹂躏我中华儿女的斑斑劣迹,警示国人牢记屈辱悲惨的历史遭遇,缅怀卫国先烈,弘扬以爱国主义为核心的民族精神,创造和平发展未来。

近年来，日本国内美化军国主义侵略历史、谋求修改"和平宪法"和挑战世界反法西斯战争胜利成果等政治右倾化趋势日益显现。可以说，通过否认军国主义侵略历史和世界反法西斯战争的正义性，重新恢复日本因"二战"战败受挫的"自信心"和"爱国心"，是日本右翼保守势力渴望成为政治军事大国的心理预热。遵循这样的逻辑，日本首相频繁参拜供奉甲级战犯的靖国神社，借右翼团体编撰的"新历史教科书"否认军国主义侵略历史和世界反法西斯战争胜利成果，就成为日本政治右倾化的必然。

首先，日本右翼保守派政要以参拜靖国神社的形式为侵华甲级战犯"招魂"。靖国神社曾是日本军国主义对外侵略的精神支柱，其内现今供奉着246万个日本阵亡者灵位，其中1000多个灵位是"二战"中的甲级、乙级和丙级战犯，包括东条英机、土肥原贤二、板垣征四郎和松井石根等罪大恶极的14名甲级战犯。靖国神社的宗旨是宣扬和灌输"皇国思想"，进行军国主义精神教育。日本军国主义者曾在这里举行颂扬侵略战争的祭祀活动，日本青年在奔赴侵略战场前到这里参拜并互相发誓，"死后进靖国神社"成为他们在侵略战场上鼓舞士气的强心剂。如今，靖国神社的所有活动、展品、饰物、雕刻等无一不是在颂扬军国主义，宣扬"侵略有理"。

日本战败后，在美军占领当局的指令下，靖国神社由"国家机构"变成了宗教法人。但是，随着冷战的开始，美国对日本军国主义者采取了"怀柔"政策，大批战争罪犯重返政界和商界，形成了强大的历史翻案势力。1957年，甲级战犯岸信介转身出任日本首相，不久便参拜了靖国神社。1978年10月，靖国神社在举行例行"秋祭"时，公然把东条英机等14名甲级战犯的灵位放进靖国神社供奉，以"昭和殉难者"加以祭祀。从此，参拜靖国神社和为"二战"战犯"招魂"相关联。1985年8月15日，中曾根康弘首次以"内阁总理大臣"的身份正式参拜了已供奉甲级战犯灵位的靖国神社，他的做法遭到中国、韩国、朝鲜等亚洲国家的强烈谴责，此后，日本历届首相暂停以首相身份参拜靖国神社。但是，事隔11年之后的1996年7月29日，桥本龙太郎又一次以首相身份正式参拜了靖国神社。小泉纯一郎在任日本首相期间更是变本加厉，竟然在2001年8月13日到2006年8月15日先后6次参拜靖国神社。可见，日本国内的政治气候逐渐向参拜靖国神社"合理化"的方向发展。日本学者依田熹家表示，"小泉首相的靖国神社参拜，应主要作为政治问题考虑，应该作为包括日本的整个亚洲的问题来进行批评"。但是，2013年12月日本首相安倍晋三不顾国际社会的强烈反对，再次以首相身份参拜靖国神社。他还表示：小泉参拜靖国神社"目的是向为我们国家献出生命的人表达尊崇的心情"，并质疑"东京审判"的法理依据，认为"'甲级战犯'存在着误解"，"因为战犯在国内法上不是罪犯"。值得注意的是，这样的政治诉求对于日本保守派新生代政治家群体来说往往是超党派的。

　　事实上，国际社会对日本军国主义侵略战争的罪行早有定论，不容翻案。日本是"二战"的发起者和战败国之一，远东国际军事法庭已对日本战犯进行了正义审判,这些都是不争的事实。日本首相参拜美化殖民和侵略战争的靖国神社,严重违背了日本政府就侵略历史对亚洲及国际社会的反省与承诺,这种违背人类良知、国际正义的恶劣行为,严重伤害了"二战"被侵略国家的民族感情,亚洲各国人民对日本首相参拜靖国神社表示强烈愤慨和坚决反对,是天经地义的。

其次,日本政府屡屡以充满谎言的"新日本历史教科书"误导日本下一代。日本审定中学教科书的责任机关是日本政府文部科学省,教科书书稿一经审定合格,文部科学省就给相关出版社发出"合格"通知书,出版社便可拿着样本上市征订、印刷和出版。按照批准程序,日本文部科学省多次给右翼团体"新历史教科书编撰会"的"新历史教科书"发放"通行证",审定该历史教科书中否认日本殖民和军国主义侵略历史的内容为"合格"。例如,日本文部科学省相关部门审定通过该教科书中将侵华日军侵略华北改为"进入华北",把对中国进行全面侵略改为"全面进攻",把在侵华过程中推行的杀光、烧光、抢光的"三光"政策改为由于中国"抗日运动的展开,迫使日本军队保证治安"。只字不提日本曾侵略过中国及亚太地区众多国家,甚至将发动"太平洋战争"标榜为"正义""解放亚洲"。这样的"审定"纵容了右翼团体"新日本历史教科书编撰会"继续篡改历史、美化军国主义侵略罪行。譬如,将日本有预谋发动的"九一八"事变污蔑为由中方引发;以质疑30多万被害者人数来否认南京大屠杀的事实存在,将南京大屠杀以"南京事件"一词轻轻带过，极力否认侵华日军在南京犯下的滔天罪行，甚至还鼓吹"东京审判"的合法性有待定论。该教科书还突出"二战"日本的受损失程度，鼓吹"造福"亚洲，把日本在中国台湾的殖民统治和对中国东北地区的武装占领美化为"致力于当地的开发"，并把侵略东南亚说成是给亚洲各民族带来独立的契机，不仅将中国的固有领土钓鱼岛说成是"日本领土"，而且还企图否认中国对台湾的固有主权。

  从 20 世纪 50 年代以来，在日本右翼势力的鼓噪下，一批旧外交官、旧军人乃至战犯以撰写秘录、传记、回忆录、历史著作以及发表手记、日记等形式，否认侵略，美化日本军国主义。他们大肆抨击"受虐"历史观，认为这种历史观使得日本人丧失了"自豪感"和"爱国心"，"皇国史观"又开始死灰复燃。日本的一些中学历史教科书不断被修改，删除了有关"战争反省"等内容。冷战后，"新日本历史教科书编撰会"等右翼团体频繁出版新编的历史教科书，极力宣扬和美化殖民和军国主义侵略历史，力图向日本青少年灌输"皇国史观"。

  日本文部科学省一贯采取征集民间编撰的历史教科书书稿的方式，在书稿经过相关审查后，最终批准和放行，可是其中的一些历史记述严重失实，尤其是由"新日本历史教科书编撰会"编撰的"新日本历史教科书"肆意歪曲历史，鼓吹军国主义侵略有理，但日本政府相关部门却视而不见。日本政府还辩称，这些教科书不是国定教科书，不能进行政治干预。日本文部科学省以送审的历史教科书书稿是民间编撰为由，大量掩盖日本军国主义侵略罪行。而事实上，在2014年年初，日本文部科学省修改了作为教科书编写指针的初、高中"学习指导要领"解说书，明确要求在涉及近代史时能够尊重政府观点和意向。2015年4月6日，日本文部科学省公布的2016年春季将采用的初中教科书审定结果中，明确了"在历史、领土问题上要反映日本政府的统一定解"。这表明日本政府要在教科书中反映其历史修正主义观点。日本有些出版社迫于政府方面的压力，部分教科书在历史问题上再现倒退表述。例如，就"南京事件（即南京大屠杀）"，将现行版本里日军"杀害了众多俘虏和居民"修改为"波及了众多俘虏和居民，出现了众多死伤者"；另有教科书删除了"日军的暴行遭到谴责"的表述，等等。日本文部科学省积极利用审定教科书的权力，表达日本政府对于日本近代史的观点，已经导致不少日本下一代不知或不愿承认日本曾对他国犯下的殖民及军国主义侵略罪行。

  日本政府借口历史教科书是民间学者编撰，把歪曲历史的责任推给一些民间学者，极力淡化其内容纲要均须交文部科学省审批的程序，纵容"新日本历史教科书编撰会"歪曲历史事实，这是近年来日本教科书问题愈演愈烈的根本原因。近年来，日本右翼团体充满谎言的教科书之所以会获准通过，根本原因就在于日本政府没有在教科书审定中采用正确的历史观，反映了日本右翼保守派政要为殖民及军国主义侵略历史翻案，挑战世界反法西斯战争胜利成果的图谋，若日后"新日本历史教科书编撰会"的"新历史教科书"采用率提高,将会有更多的日本青少年被灌输错误的历史观,其后果值得警惕。

再次,日本右翼保守势力以"历史修正主义"挑战世界反法西斯战争的胜利成果。否认殖民和军国主义侵略罪行,挑战世界反法西斯战争胜利成果,正是日本保守势力"历史修正主义"在日本政治层面的现实存在。为了摆脱"战败国"形象,成为所谓"正常国家",日本保守派政要将否认军国主义侵略历史、制造与邻国的领土纠纷和修宪作为政治与外交的主题。日本保守派政治家中曾根康弘在《日本二十一世纪的国家战略》一书中对于历史问题的看法,反映出日本保守主义的历史观。他一方面承认过去的战争是一场错误的战争,另一方面又从结果上为战争的非正义性辩解:"大东亚战争是一场错误的战争,是不应该进行的战争……然而,从结果论的观点来看,或许也是在借日本之手使民族运动高涨,导致了独立国家的剧增。"这种自相矛盾的观点,在日本保守派政要的实际言行中处处可见。中曾根康弘首开以首相身份参拜供奉甲级战犯的靖国神社的恶例,小泉纯一郎屡屡步其后尘绝非偶然,安倍晋三参拜靖国神社的行为更是有意为之。澳大利亚学者加文·麦考马克在《附庸国:美国怀抱中的日本》一书中评价安倍说:"实际上他的政治声望建立在历史修正主义、否认战争责任的立场之上。"安倍挑战世界反法西斯战争胜利成果、解禁集体自卫权和"创制新宪法"等执政理念,正是其历史观的具体表现。安倍等日本保守派政治家否认殖民及军国主义侵略历史的政治诉求,是为了恢复因"二战"侵略他国而"丧失"的部分国家对外职能，成为所谓"正常国家"，最终使日本成为政治军事大国。因而，修改宪法、争取加入联合国安理会常任理事国并谋求废除《联合国宪章》中的"敌国条款"，就成为他们落实日本国家战略构想的具体步骤，成为整个日本保守派政治家群体的政治逻辑和政治主题。然而，关于"二战"的责任问题仍然是无法回避的课题，他们在历史责任问题上的态度，势必造成与中国、韩国等受害国的冲突和纷争。

尽管安倍在多边国际场合屡屡表示能够就"历史问题"认同反省殖民和军国主义侵略罪行的"村山谈话"，寻求实现与中韩"对话"，但却以否认殖民及军国主义侵略历史、参拜靖国神社的实际行动，不断恶化周边关系。在以安倍为代表的保守势力看来，承认日本军国主义侵略和殖民历史并一再地向亚洲国家谢罪是"自虐"行为，将会影响日本的国际形象，妨碍日本成为政治军事大国。因此，日本政府屡次审定通过篡改历史的教科书，导致日本国内淡化否认甚至美化殖民及侵略历史的极端民族主义思潮不断蔓延滋长，遭到中韩等受害国的强烈谴责和国际社会的质疑。如果日本以"历史修正主义"谋求"正常国家"，不仅会失信于亚洲邻国和国际社会，也是在挑战世界反法西斯战争的胜利成果。对于日本保守派政要的这类言行，中国和俄罗斯作为"二战"反法西斯战线的主力军、维护世界和平的倡导者，必须以实际行动有力回击。否则，如果任其否认侵略历史，颠倒黑白，颠覆世界反法西斯战争得来的胜利成果的话，势必会加剧日本"历史修正主义"势力抬头，给亚太地区乃至世界造成新的不安定因素。

总之,中国人民抗日战争和世界反法西斯战争统一战线的胜利成果来之不易,中国、俄罗斯及英国、美国、法国等作为世界反法西斯战争统一战线的一员,应该警惕日本右翼保守势力否认和挑战世界反法西斯战争正义性的错误言行,积极维护世界反法西斯战争胜利成果及世界和平与发展,防止日本否认甚至美化军国主义侵略罪行的"历史修正主义"继续泛滥。

《铁证·日军侵华罪证自录》一书,正是基于日本军国主义侵华的历史事实,发出的维护抗日战争和世界反法西斯战争胜利成果的"盛世危言",值得国人阅读、珍藏和铭记。

注:作者吕耀东为中国社会科学院日本研究所研究员、外交室主任。

《铁证·日军侵华罪证自录》后记

——王艾甫与他的抗战收藏品

山西省左权县的王艾甫是一个极其平凡的人。他是一个普普通通的退伍老兵、退休干部和民间收藏爱好者。

王艾甫又是一个极不平凡的人。他执着于收藏,倾尽毕生的精力和财力,收藏品达13大类数十万件,成为山西省的收藏大户之一,因此被推举为太原市收藏协会会长。更为不凡的是,他不是为收藏而收藏,而是为了让其藏品发挥出最大的社会效益。

王艾甫自筹资金10多万元,把红色收藏办成辽县抗战纪实馆和国防教育展,并亲自担任讲解员,让数十万人民群众,特别是青少年接受了革命传统教育。

王艾甫还是电影《集结号》的主人公原型。当他看到解放战争中84份"烈士阵亡通知书"后,心在颤、手在抖:

自己是退伍老兵,这84名烈士就是他的战友,84份"烈士阵亡通知书"散落民间,就意味着84位战友的魂灵至今还未回家!于是,他高价购买了这些"烈士阵亡通知书",在烈士所在省市地区刊登广告,并自费行程数万里,走访烈士故乡,为烈士们"寻亲",让一个个烈士"回归故里"。

全国各大媒体纷纷报道了王艾甫的感人事迹,他的故事被写成纪实文学,拍成了电影、电视剧。他先后荣获全国全民国防教育先进个人、第二届中国十大老年新闻人物提名奖、魅力山西十大公益事业功臣、上海市真情和谐2006年年度人物、2006年山西十大新闻人物等数十项国家、省、市、县授予的荣誉称号和奖项。

如此看来,王艾甫就绝不仅仅是一位收藏爱好者了!

在王艾甫的收藏中,最具有历史意义的是他的抗日战争收藏品。其中,既有在日本本土目前都难得再见的《中国事变画报》(这是由日本官方和日本朝日新闻社在"七七事变"爆发后,为宣传日军侵华战绩而出版的画报),还有山西省左权县全民抗日的大量实物、图片和文献资料。

围绕着这些抗日藏品,还发生了一件真实的令人深思的事情。

2005年5月31日,山西省对外联络处的同志引领曾于山西战场参战的日本老兵奥村和一参观王艾甫的抗战收藏品。当奥村和一看到《中国事变画报》时非常震惊,因为这个画报在日本也很难见到。奥村和一指着一张张照片,对随行记者一再说这就是当时的真实情况,当看到日军胸前挂着两只鸡的照片时,他说:"这些鸡是从中国老百姓那里抢夺的。"记者问:"你自己也有这样的经历吗?"奥村和一说:"有。那时作为新兵刚刚来到山西,平日里长官就命令士兵们去抢夺老百姓的钱财和猪、鸡等可食之物。那会儿老百姓家也没什么值钱的东西,回来长官还会在衣服里面搜寻,如果拿不回什么值钱的东西,就会被长官训斥: 混蛋!当时自己是个新兵,也没什么经验,而且老百姓家中大多被抢得空无一物,鸡什么的又到处乱跑不好抓。拿不到东西回去无法交差,好不容易抓到了两只小鸡,拿回去,结果仍挨了长官的骂。"

当奥村和一看到日军杀害中国老百姓的照片时,心情沉重地说:"我们进入村庄的中队,把村庄里的老百姓全部集中起来,并把他们捆绑在一起,然后点火烧死他们。看着那熊熊火焰,我自己也非常不明白,那是怎么一回事?长官说我们是来守护、解救中国人的,却如此残害中国人。"

奥村和一还说,日军一再宣传共产党抓住俘虏要统统杀掉,因此许多日军宁可自杀也不当俘虏。他被俘时已经身负重伤,在担架上几次想自杀,但手脚都不能动弹。他口渴难耐,便示意抬他的八路军战士,战士一晃水壶,壶中无水。正巧不远处有卖西瓜的,那个战士自己掏钱买来西瓜,打开后一口一口喂到他嘴里。此情此景让他热泪盈眶。"一个西瓜改变了我的人生。"经过八路军对他的教育,奥村和一加入了"反战大同盟",后来为中日友好做了大量工作。

多年来,奥村和一始终和日本右翼势力做斗争,并来华进一步搜集日军侵华的罪证。当他看到王艾甫收藏了那么多《中国事变画报》时，一再表示：当年画报宣扬的"战绩"，正是日军侵华的铁的证据！

中国外文出版发行事业局在左权挂职副县长的黄守业慧眼识珠，认为在钓鱼岛事件被全球关注之时，在日本右翼势力抬头、企图否定历史的形势下，日本国内自己出版的画报图片正好是日本侵华的有力证据。于是，我们便决定策划出版一部《铁证·日军侵华罪证自录》，以揭露日本复活军国主义的狼子野心，号召全世界爱好和平的人民团结起来，反对一切非正义的战争，维护世界永久和平。我负责为此书选图和撰写文字。

在编辑过程中，王艾甫先生不仅展示了其相关的全部藏品，而且详细介绍了每件藏品的价值和意义，为我们选择素材提供了极大的方便。原以为王艾甫先生收集的《中国事变画报》相当齐全，编辑此书的难度不大，但实际操作起来正好相反。这是因为图片有数千幅之多，几乎幅幅珍贵，每幅都难以割舍，从中择"优"，实在为难，鉴于篇幅，只能忍痛割爱。其间，辽县抗战纪实馆的工作人员刘丽莎女士工作极其认真负责，在图片的选择、编排中付出了大量心血。通过分类编辑，经过两个半月的努力，我终于编成了此书的初稿。

由于编者年事已高，加之背景资料的缺乏，初稿仅为资料而已。中国外文局新世界出版社的编辑又专门邀请中国抗日战争纪念馆的专家对书稿进行了讨论和审读，邀请北京周报社日文专家翻译了《中国事变画报》的大部分文字为编辑提供参考，聘请在中国社会科学院近代史研究所学习深造的戴姝瑶对书稿进行了重新整理和编撰，责任编辑李晨曦也付出了辛勤的劳动，由此才有了现在这本《铁证·日军侵华罪证自录》。在此，对上述单位和同志表示衷心的感谢。由于画报年代久远，个别文字无法辨认，我们虽然尽了全力，仍恐有错误，还请读者不吝相告。

　　王艾甫其人其事和本书的成书过程略记于上，为后记。

2014 年

不能忘却的红色村寨

——《村寨记忆》代前言

左权县,是一座没有围墙的抗战纪念馆,几乎每个村寨都有抗日故事。

因为,当时仅有300多个村庄的左权县,就驻扎有150多个党、政、军机关团体。这些机关团体还要因战况形势而转移,这样驻扎的村庄先后就有200多个,占到全县村庄的三分之二。根据地人民男女老少齐出动,全力以赴为抗战,为此做出了巨大贡献,付出了重大牺牲。

部分敌占区村庄,人民群众在日军铁蹄的践踏之下,更是受尽欺凌,因此也进行了更为艰苦卓绝的斗争。

编写这部《左权抗日根据地史料丛书·左权红色村寨》,就是要把全县抗战期间,各个村寨强敌压境的悲惨遭遇和在共产党、八路军领导之下可歌可泣的抗日英雄事迹，简略地记载下来。前事不忘，后事之师，牢记国耻，奋发图强，为早日实现中华民族伟大复兴的中国梦而努力奋斗，此其一。

其二，左权县先后有过《永乐大典·辽州志》和明成化、正德、万历，清康熙、雍正、嘉庆、光绪年间撰修的七部《辽州志》。中华人民共和国成立之后有1999年版《左权县志》，总体记述了全县地理环境、风俗民情、政治、经济、军事、文化等情况。之后陆续出版的《左权县人民代表大会志》《左权县政协志》《左权县教育志》《左权县文化志》《左权县交通运输志》等，则较为系统地记载了各个部门或行业的情况。近年来，左权县先后又出版和内部印制了《北街村志》《梁峪村志》《桐峪村志》《蛤蟆滩村志》《寒王村志》《东隘口村志》等十几部村志，但仍无一部记述全县全部村庄情况的综合性著述，本书则意图弥补这一缺憾。

三、随着城镇化建设的步伐加快，合并村组、移民并村以及其他原因，一个又一个村庄悄悄消失了。我们不能让历史的尘埃将它们掩埋，那里有许多乡人甜蜜或苦涩的记忆。我们借助于文字、图片而记载、而流传，让后人知晓：噢，我们的左权，原来有这么多村村寨寨……

本书为《左权抗日根据地史料丛书》之一，所以主要记述各个村寨抗战期间的简要情况，而各村寨独特的文物、古迹、人文景观及历史变迁、民间传说等，则以《附录》的形式简要介绍。这样，就可以给后人以内容更为全面一些的全县村寨概况了。

蓝天、白云、青山、幽谷、清溪、飞瀑、石板屋……

这些都是我们每个太行山人刻骨铭心的记忆。

不要让祖祖辈辈生存的村落与我们渐行渐远，从而留住乡愁，或许是处于村落急速消亡时期的我们的一份责任。

说明本书编写宗旨，以代前言。

2017 年 10 月 15 日

《村寨记忆》后记

本书初看难度似乎不大，因为各个红色村寨是现实存在的，简要介绍一下抗战情况即可。实际编写起来，困难重重。一是时隔七十多年，对抗战情况熟悉之人均应在85岁以上，了解当时情况的知情人已经很少；二是时过境迁，随着社会的发展，不仅许多山庄窝铺、自然村，就连当年的一些行政村也因撤村并组、移民搬迁，土地增减时拆除房屋、复修耕地等原因而不再存在。

随着城镇化建设步伐的加快，一些山庄窝铺、自然村，甚至一些行政村逐步消亡，功能逐步现代化的大村镇相继出现，这是社会的进步，但同时也是编写此书的重要性和迫切性所在。在本书编写过程中，编委会认识到在一部书内展示全县各村简况，是本县史无前例的，如能把各村的名胜古迹、名人轶事等尽量简洁地介绍于内，则更为理想，这就进一步增加了本书内容的广度和难度，但笔者认为这样的"附产品"也很珍贵。因而我们知难而进，坚定不移地，而且尽可能少留遗憾地完成了此部书稿。

首先是以皇甫建伟为会长的左权县老区建设促进会各位领导决心完成此书，尽管经费紧缺，仍然安排车辆，历时近两个月让拍摄村寨照片者跑遍了全县385个先后立过行政村的村寨，一个不少地圆满完成了任务。这是本书弥足珍贵的第一手资料，也是左权县有史以来第一次将全县各村（缺失全貌是少数）用照片形式展示在一部书内。我们不能把历史拉到现在，但是我们却可以把现在留给历史。再就是本书的编写得到了各乡镇、城区和县档案局、土地局等有关部门和多位同志的大力支持和协助。

特别是各乡镇人大主席亲自安排部署专人对各村寨基本情况进行调查，为本书提供了大量的第一手资料，他们是：麻田镇王海波、桐峪镇雷建红、龙泉乡朱万文、辽阳镇张润民、寒王乡梅世明、羊角乡刘瑞琴、拐儿镇曹志强、芹泉乡刘庆林、粟城乡王云田、石匣乡王旭东。

在本书图片的拍摄过程中，各乡镇还派专人，同拍摄者翻山越岭，深入各村，寻找最佳角度，为本书图片的拍摄提供了极大支持，他们是麻田镇刘彦伟，桐峪镇吕瑞华，龙泉乡李静、石峰、彭登辉、赵明，辽阳镇张鑫、李文，寒王乡万军、曹军，羊角乡李政，拐儿镇豆世修，芹泉乡刘庆林，粟城乡连爱民、杨少波，石匣乡张凯丽。

此外还有多位热心老乡为我们带路，才找到十几甚至二十几年已无人居住的或已消失、或位于深山老林中的"村庄"。

还要感谢县国土局局长王东光和王立波两位同志,将十几个移民后恢复耕地的村庄原照片提供给我们,弥补了一大缺憾。

特别感谢司机皇甫旭兵同志,开着车爬坡下沟,历尽艰险。为了拍摄村庄全景,拍摄者几乎每个村都要爬到村对面的高山之上。他说:张老为拍照片,七十岁的人了,每天爬十几个山头,中午还不休息,只要车能开到,就不让张老再多走一步。凭着他在部队多年开车练就的高超技术,只要能放下车的路,他就想方设法开到目的地。期间,去羊角乡的小寺上村,附近村民说小寺上已多年无人居住,原有一条大道也年久失修,路面坑洼不平,且乱石滚滚,皇甫旭兵硬是凭着过人的胆量和精湛的技术,把我们带到已经无人居住、位于大山沟深处茂密森林中的原来的"村庄"。去石匣乡的安阳岭要爬大山,没有车走的路,他就骑自家摩托车,带着笔者来回骑行60多华里。其中还爬越了十六华里崎岖不平的山路,圆满完成了任务。最惊险的是去寒王乡的大南沟,他又骑着摩托,带着笔者,爬上红岩岭,在岭头上又向北行数华里,然后沿着十几年已无人行走的山路向深沟骑行十几华里,中途连人带车数次跌倒。历经三个多小时,终于到达了已近二十年无人居住的大南沟村。他自豪地说:"咱们说好一个村不能少,咱们做到了!"但是,我们二人已无力推摩托车原路返回了!"这是沟底,总要有沟口!"我们顺沟推车而行,竟然到了和顺县境内的阔地村!就这样,我们经和顺县的许村,左权县境内的拐儿、芹泉、粟城到辽阳,整整经过两县五个乡镇才返回县城，午饭吃在了下午四点多！

山区的村庄，大都在树木掩映之中，树叶一大，就拍不到村庄了。为了争时间，赶进度，整整两个月，司机和拍摄者均是起早贪黑，中午绝不休息，终于胜利完成本书最为重要的第一手图片。要说此书成书过程历尽千辛万苦，甚至千难万险，真的毫不为过。

还要特别感谢左权县老区建设促进会办公室的张浩同志，数十万字的书稿，上千幅照片，他日夜加班，打印和整理，为书稿的完成做了大量认真、细致的幕后工作。

最后还要感谢山西人民出版社装帧设计部主任谢成、印制部主任赵宏生及山西新华印业有限公司攸文艳、康海云等同志为本书付出的辛勤劳动。

初稿完成于 2016 年 7 月，定稿完成于 2018 年 8 月。

《东隘口村志》后记

我是南峧沟村人,我们村距东隘口村仅五华里。我八岁丧母后,童年、少年的缝穿就全靠嫁在东隘口村的二姨,而上高级小学的两年,就住在二姨家里,东隘口村有我不少同学、朋友。因此,我对东隘口村是比较熟悉的。

但是,要写一部《东隘口村志》,光凭这点是远远不够的。因为我对东隘口的历史和现状,还是不够了解。长期在左权县担任要职的东隘口村人皇甫建伟,早就策划写一部《东隘口村志》,而且谈到能写的村人都在工作岗位上,想让我完成这项任务,我一直未敢答应。2012年5月20日,时年95岁的东隘口村人皇甫束玉在晋中师范高等专科学院过生日时,郑重地希望我完成这一任务。面对德高望重,而且为我编著《抗战文化》提供了大量珍贵史料,并为该书题诗的老人,我不得不答应了。

历时两年多,在皇甫束玉老前辈的支持下,在皇甫建伟的积极组织与东隘口村村领导皇甫晋华及村人的积极配合下，终于完成了初稿。

一部村志，要尽量将本村的过去和现在的事件及人物较翔实地记载下来。为此，主编皇甫建伟、皇甫晋华多次召集在外老干部、本村历任村干部、老党员、老村民，召开资料征集座谈会；向在外人员发放征稿信件；在本村大喇叭上多次广播相关通知；初稿写成后，皇甫建伟不仅一字一句审校初稿，而且还逐一向在本县的老干部以及各姓氏的长辈们征询了意见。

本村在县内的老干部魏永增、岳明兆、皇甫凤悟、李文兆等都校阅了书稿。在职干部魏树斌、张彦红、张东伟、皇甫锐宁、皇甫庶一、皇甫红波在搜集资料和图片中做了大量工作。2014年5月31日，皇甫建伟主持召开了在县城的村中有关人员审稿会，对初稿中仍需增补、修改之内容提出了更加详尽的意见，编撰人员随即进行了认真落实。本书可以说是集体劳动的一个重大成果。

由于牵涉时代久远，农村的文字资料缺乏，本书缺失、错讹内容不在少数。一本有缺陷的村志，总比没有要好得多，也就大胆地将这部村志付印了。

感谢不少老同志，特别是老村民皇甫效仁为本书提供了大量珍贵的文字资料和口述史料。

感谢左权县编制委员会办公室主任、摄影家邢兰富同志拍摄了隘口村全景及编委会、编写组合影等图片。

感谢隘口村赵红牛提供生产、生活工具等实物，为本书图片的拍摄提供了方便。感谢左权县老区建设促进会副会长兼秘书长宋保明同志,为本书提供了部分生产、生活工具用具照片。

感谢左权县老区建设促进会的张浩同志打印了几经修改的全部书稿。感谢山西基因印刷服务有限公司薄慧霞同志的精心编排,使本书得以圆满面世。

蜗居杂记（下册）

张基祥 著

山西出版传媒集团
山西人民出版社

目 录

往 / 事 / 琐 / 记

3 / 我的先辈

7 / 父亲

13 / 二姨

17 / 母亲

20 / 我的初中生涯

24 / 我的几位恩师

29 / 平师读书趣事二则

35 / 一桩公案五十年

　　——由葛葆庆《谈理想》想到我的《谈读书》

39 / 浓浓左权情

45 / 四十余载知青情

51 / 遥望首都哭皇老

漫 / 游 / 散 / 记

61 / 漓江的自然美

65 / 岁月——莲花庄园散记

69 / 北郭晴岚圣境游

73 / 晋中行散记

79 / 石匣乡记

文 / 史 / 小 / 记

83 / 我和左权小花戏

89 / 西关村的吹打和西关小花戏

99 / 小花戏脚本浅议

心 / 事 / 速 / 记

109 / 新春漫笔

112 / 致敬！左权摄影界的朋友们！

115 / 四季好读书——荣获"全国书香之家"感言

118 / 荣任首届左权作协主席表态发言

122 /《铁证·日军侵华罪证目录》一书新闻发布会
　　　上发言

126 / 在皇甫束玉和夫人李淑贞骨灰安放仪式上的发言

129 / 为元宵社火节点个赞

133 / 我自豪，我的幸福家园
　　　——为《今日左权》年终文学版而作

137 / 太行浩气化锦绣——为《十字岭》期刊而作

140 / 山村盛开幸福花

144 / 恬淡递真情

147 / 梦想成真　继续前行

史 / 事 / 铭 / 记

153 / 一腔热血化碧涛——记新闻女烈士黄君珏

159 / 太行山里一家人

168 / 永远的刘马年——《山西日报》发表长篇通讯《操心操在路线上》的前前后后

176 / 赵树理轶事二则

182 / 加藤女士的跨海寻找

190 / 钱信忠和八路军卫生部在左权

198 / 慷慨输将　忠义可风
　　——左权东隘口村皇甫家族家风考

205 / 左权将军殉国地——山西左权县十字岭中华英烈公祭活动祭文

附录：诗作数首

211 / 百里画廊随吟四首

213 / 沙河公园即景四首

215 / 游蜀偶得五首

217 / 贺皇甫老九十六岁寿辰三首

往 / 事 / 琐 / 记

  平凡如本人的经历不值一提,
但平凡人经历的时代值得一记。
  往昔岁月的酸甜苦辣、喜怒哀乐,或许多多少少都牵挂着时代的风风雨雨、起起伏伏,或让人不屑,或让人一笑,或许还会让人潸然泪下……
  人说:往事如烟。既为烟,则自然烟消云散。其实:往事非烟,一些往事,让人刻骨铭心,永世难忘。
  于是,我便陆陆续续开始写作《往事琐记》。其中,一些回忆,让我深切地感受到人情亲情的温暖;一些回忆,则使我感到啼笑皆非的凄苦。让我不知所措,让我倍感委屈,有时也觉得我当年在别人眼里确实是"恨铁不成钢"。
  往事非烟,每每想起,五味杂陈,不吐不快,写出来便释然。
  倘若这些陈芝麻烂谷子的小文,能引起读者一些思索,那就更合我意,也不枉我一笔一画写出。

我的先辈

1946年7月29日，农历七月初二。

傍晚，牛羊进圈时分，山西省左权县南峧沟村的窑上，一个农家小院的两间西屋里，一声婴儿啼哭，一个平凡家庭的平凡儿子，而且一辈子平凡的我，来到了人间。

祖父张建业，生于1878年，娶妻成氏。原籍河南省林县（今林州市）任村镇南荒村（今南丰村）。因林县连年旱灾，民不聊生，百姓便一拨一拨地逃到山西太行山一带开荒种地。林县人说：山西的大山里有荒坡，有水，能养人。于是，亲朋好友互相转告，我祖父便携妻带子，和南荒村一带二十多户人家同时逃荒到了辽县（今左权县）的南峧沟村。

进了南峧沟，没有南峧沟。这里是桐峪川西南边一条大沟。进入沟内，从沟口向后，依次有蔡家垴、梨树坡、窑上、沙凹四片居民区，每片也就是七八户人家。大沟再往后，又分了两道大沟，两道大沟内又岔出不少小沟，几乎每条小沟内都有一两户，最多三四户种山地的人家。这四片和十多个山庄窝铺就统称南峧沟村。

祖父选准了名叫东圪道的一条沟，好像和沟的主人订立了租赁协议后，就在这条沟里用石头垒墙、石板盖顶，修起了三座石屋，开荒种地，扎下了"根基"。

祖父张建业，是地道的农民，不知怎么还识点字。如同他的"官名"一样，还有一点建功立业的志向。带领儿女们打拼了几年，竟在南峧沟的中段置办了一些田产。特别是买下了梨树坡一块"三亩地"，先在地东头盖了两串院，东院有北、东、西三座房，安排老大（林县人称儿子按排行前面再加个老字）和老四居住。西院还多了南房，安排他老两口和老三、老五、老七居住。窑上盖了一个小院，安排老二、老六居住。这就是说全家搬到了"村"里了。祖父计划在三亩地上一字排开，再盖五串院，将来他的七个儿子一家一串院。

为实现这个宏大的计划，祖父认为光靠种地不行，还得打工经商搞养殖。于是他安排老大经商，收购当地的核桃仁、花椒、柿饼运到天津卖掉，再采购些针线、洋布、火柴、煤油等日用小百货回到老家来卖，据说这叫"跑天津"；让身体强壮又机灵点的老三、老六到榆次铁路上打工，挣点现大洋；安排老五放羊，一为卖羊毛、羊绒，二还可以攒羊粪做肥料；老二、老四、老七和他专职务农，老四文化最好，兼做记账管家。

由于祖父治家有方，里有里，外有外，很快便有了更多的田产。不仅有成群的羊,还养起了牛、驴、骡,成为全村的"上等户"。在他八十大寿之日,大摆酒宴庆贺。他身穿寿衣,端坐在东院正面的太师椅中,前面铺一排新苇席,在司仪的喊声中,亲友晚辈四人一排,对他行三叩头礼,真是既威风又排场,在我心里留下了深刻的印象。

可惜好景不长,家中出了一件大事:我七叔和七婶吵了几句,七婶便回了同村不同"片"的娘家,据听说,她娘说嫁妆短一件不给补上还有理了?不但不劝和,反而劝女儿:"你回去喝毒药死了吧!你要死了,我让他家给你唱七天大戏,好穿好戴好打发!"我七婶竟言听计从。七婶自尽后,七叔请人再三说和不成,便在村外一空地上搭了戏台,请了大戏。唱戏的、七婶家人及她家八竿子都打不着的亲戚,当然还有邻里众多帮忙做饭的,每天有二百来号人大吃大喝,还安排几匹骡子专程到武安阳邑购置白面。折腾了半个来月才将人安葬,家里欠下一大笔外债,只好变卖田产补空。

祸不单行,老三老六在榆次火车站打工,省吃俭用攒了几块大洋,压在枕头底下,却不翼而飞,弟兄俩一路讨吃一路哭着回了老家,老五又突发疾病而亡。随后战争爆发,老大的买卖自然也不能再做。

如此一来,家贫如洗。土改开始,全家以贫农而光荣自居。

笔者附记:家长里短,有何意思?殊不知这就是中华人民共和国成立之前,农村农民生活的真实写照。人们在逃荒、种山地、置田产力争丰衣足食的同时，也有了务工、经商的意识。而不可抵御的天灾，根深蒂固的封建迷信思想，突然而至的人祸等都使一般的老百姓，很难富得起来……

        2017 年 8 月 15 日

父 亲

　　我八岁那年,母亲因病去世了。她还生过一个比我大的儿子,一个比我小的女儿,都夭折了。自然,我就成了父亲倍加宠爱的娇养子。母亲养育了我八年,自然恩爱于我,但我心里不记得,脑里无印象。我只知道我有一个既是父亲又是母亲的父亲了。

　　父母和我原来住在南峧沟村窑上的半拉子院中,因为只有东、西、南房,北边是在大土崖根挖的窑洞,已经坍塌。我二大爷的儿子一家住东屋、南屋,父母和我住两间西屋。

　　在这个屋子里,我只记得两件事:吃麻糖(即油条)烧饼、吃核桃。隔个三天两日,桐峪镇上便有一个担着麻糖的人来沟里叫卖。父亲在家,一定给我买几个,父亲不在家,那个人也总要先递给我吃,然后再拿几个放到我家里。原来,这是父亲和他定好的,见了面算账就得了。村里人都说：这是吃麻糖烧饼长大的小孩。两间西屋，进门左边一间是大土炕，两间房子中间是一根木梁，木梁上吊着一个笭筐，笭筐底上有个小洞，笭筐里装满核桃，门背后竖着一根长棍。我想吃核桃，拿棍子照笭筐底上的小洞一捅，就会掉下几个核桃，我便能砸开来吃，那就是我儿时在同龄人中难得的"零食"了。

大概是母亲去世的前一年还是当年，我不记得了。父母和我搬到了梨树坡东院的东屋里。我四大爷四大娘都已过世，我是他们的"一门两不绝"的"顶门儿子"，于是我就继承了他们东院的两间北屋、两间东屋的遗产。母亲就是去世于这里的东屋。

对于母亲，我印象中只有两个镜头。其一，母亲因病躺在大炕上，我在炕前看她，她说："孩儿呀，给娘把尿盆倒了吧！"我说："不管！"拿上小鞭就出去玩了。其二，母亲下葬，因为我二姨闹事，直到天黑才出殡，父亲抱着我在前面走，大伙儿打着麻秸火把，把母亲"明丘"（即不挖墓穴，地面铺一层石头，棺木放上。四周垒上石头，顶上盖上石板，待丈夫去世后才可取出和丈夫共同入葬）。

后来我才知道：母亲属猴，去世于1953年农历九月二十一日，年仅三十四岁。死于肺结核，人称肺痨，当时属不治之症，而父亲属鼠，那年只有四十一岁。

父亲正当壮年，人生得精悍，样样农活都会，是种庄稼的好把式。隔三岔五就有人上门为他提亲，父亲先是婉言拒绝，后来竟态度蛮横地将来人驱逐出门。有一个故去丈夫的外村妇女，带着两个几岁大的女儿住到了南峧沟村亲戚家，就又有人给我父亲牵线。我还偷偷去看了她娘仨，那妇女和和气气的，两个女儿虽然脸脏兮兮的，却也挺可爱的。我就想，后娘能给我做饭，还凭空有了两个小妹妹。可父亲说："不行！一下添三张嘴，咱养活不起，再说俺孩可不能有后娘！"原来，他是不让我有"后娘"，发誓不再娶妻。他一日三餐为我做饭，衣服脏了为我洗。做衣服、缝鞋袜这些缝缝补补的事，就靠六里地外的我姑姑，三里地外的我二姨。

那时的冬天，家中只用柴火做三顿饭，锅台叫"过炕火"，就是做饭的烟火通过土炕再经烟筒出去，土炕就会稍有些温度。两个人的饭，能用多少火？夜晚家中真可谓冰冷。两扇木门外没有门帘，早上起来水缸的水冻住，还得用刀劈开。父亲每天晚上总是先脱掉裤子进入被窝，把我脱个精光放在他的腿上，给我讲故事，唱民歌，然后他脱去衣服躺在被窝里，把我放到他肚子上，继续为我唱"逃难逃在外呀，娃娃抱在怀……"直到我两眼睁不开，才稳稳地把我放在他暖热的被窝里。

也就是从那时起，父亲教给了我三样"本事"：抽烟喝酒唱民歌。父亲每天晚饭后，都要闷头抽几袋旱烟。他抽罢，把烟叶再装进烟锅里，点着，让我抽。我一抽呛得直咳嗽，他说，一直抽就不呛了。老中医说他胃寒，每天晚上喝点烧酒好。他就每天晚上喝几盅烧酒。只要他喝，就总要倒上半盅让我喝，我说辣，他说一直喝就不辣了。后来我才知道这是父亲在"娇养"我。以致现在有人夸我能喝酒，我就"自豪"地说："我八岁就开始喝酒了！"

其实这"本事"来得心酸。

上了高小,父亲把我送到离学校仅一里地的东隘口村二姨家食宿。上初中,就在学校食宿。父亲不再为我做饭,就承包了农业社村后的一条沟地。因为农业社一天三出勤,顾了做饭就误了上地,很矛盾。承包山地后,做饭和干活的时间,就由他自己安排。吃了早饭上山,中午在山沟破房中做点饭,晚上再回家。农忙时,就干脆吃住在山上。每年除交足农业社承包的粮食外,多余的粮食和地里种的南瓜、豆角、西葫芦全归自己。他根本吃不了,就给我姑姑和二姨送去,有时还送给邻居们。后来又去给农业社放羊,图个自在,与大山为伴,与羊群为伍,渴了喝口山泉水,饿了啃口冷干粮,闷了,在山头上大吼几声"开花调"。

其实父亲没有再成家,内心还是很孤独的。一个秋天的晚上,父亲带我到桐峪镇看了一下午的戏,在集上吃了晚饭,又带我看夜戏。父亲看戏从不到人群当中,因为他主要是让我看。他总是让我骑到他脖子上,他搂住我的双腿,我抱着他的脑袋。不是在人群的这个边,就是那个边,或者在人群后边。我看台上很清楚,又不挡别人看。父亲能不能看到戏台,我不知道。

戏演完了,大概到了半夜十一点半的样子。我和父亲随着人流步行回十里地外的家。向北走了三里,就是三里庄,那里有我姑姑家。父亲问我:"咱去你姑姑家吧?"我答:"嗯。"我当然很乐意,少走六里路,还能早点睡觉。

叫开姑姑家的门,姑姑和姑父已经躺下。一盘大炕,还有老大的空位,还有闲被褥。父亲坐在炕沿上和他俩说了一会话。父亲说:"我走啦!"我姑姑说:"慢点啊!"记得我姑父还说了句"半夜啦,住了吧!"父亲说:"不用!"拉上我就走了。

大道上已空无一人,月亮照得大道黄黄的。父亲一声不吭,只能听见父子俩的脚步声。又走了三里地,拐进庄稼地里的近道。小道容不下并排的两个人,他没有按惯例背上我,只是说:"头哩走!"我提心吊胆地在一人高的玉米地中间的小道上向前走。突然,庄稼地里"唰"的一声不知窜过个什么东西,我吓了一跳,本能地退到父亲跟前。他却恶狠狠地说:"吃不了你!走!"我委屈地又走了起来。刚走了十来步,父亲突然温和地说:"孩哟,不怕,爹背上俺孩儿。"骑在爹的脖子上,我一阵心酸。我知道,姑姑没拦住我爷俩住宿,父亲是多么失望!我虽然平生挨了父亲第一次也是最后一次训斥,但我并未生气,却觉得姑姑太不对了。

我考上平定师范后,每年八月十五前后,父亲总要求人打一个小木箱,装上自制的"细月饼"给我寄去。他还亲自到平定师范看了我一次,说是想知道我的学校是什么样,看看我吃的饭和住处。近二十年饮食不规律,那时他的胃病已经很严重了。父亲回去后很快就是星期天,我带父亲到阳泉医院看病,医生给开了几片胃舒平了事,我还到照相馆给父亲照了张二寸黑白免冠照,这就是父亲留下的唯一照片。

平定师范毕业后的当年秋天,父亲给我举办了婚礼。那时"文化大革命"刚刚开始,婚礼十分简单,由驻村工作队干部主持开了个简短的小会,亲友们中午吃了一顿大米饭后,婚礼就告结束。

父亲爱我爱得深沉,为了向人夸耀我的"能耐",把我费心走后门给他买的火柴、香烟都原价甚至低于原价卖给了邻居们。我很不理解,狠狠地埋怨过他。这在《漫游散记·读书买书上学路》中已有记载,此处就不再细述了。

在我二儿子出生前9天,即1970年农历三月初四,父亲就永远地离开了我们,去世时虚岁五十九。安葬他后,二儿子来到人间,他没有见过他的爷爷。

2017年8月15日

笔者附记:人都说母爱伟大,父爱呢?比山高,比海深,但却在不言中。

二 姨

我对我二姨的印象，首先是恨，后来是爱，然后是永远的怀念。因为她在我的心中，就像母亲一样。

我八岁那年的一个秋天，母亲因病去世。出殡那天，东隘口村的我二姨，也不知嫌父亲给母亲置办的衣服被褥不好，还是想让父亲再给棺木里添置点什么，父亲不允，便拦着不让起丧。舅父虽为"人主"的头儿，也做不了二姨的主。经多方协商，天黑之后才谈妥。邻居亲友们打着麻秸秆儿的火把，父亲抱着我走在棺木前头，将母亲安葬在村对面一个山凹之中。

村里人说我二姨真蛮横，我也觉得二姨太狠心，让我爹为难，还让我娘出丧搭了大黑。

我稍微大点后，二姨向我解释说：娘家太穷，我母亲的父母早亡，三个妹妹跟着哥嫂过活。在南峧沟蔡家垴，有一处东房三间、南房三间的半串院子。东屋北山墙紧靠土崖，山墙上开了个小门，土崖中打了窑洞。舅父舅母住窑洞，姐妹三个睡东屋南头的通间大炕。而南房则是舅父的婶子一家居住。

一家五口，几亩不产粮的沙土地，舅父不是种庄稼的好手，还有点懒，地里缺粪土，每年粮食不够吃。野菜瓜果顶半年粮。小米稀饭中偶尔煮几粒黄豆，姐妹们都舍不得吃，吐在手里，再装在衣兜里，到野外拾柴或摘菜时再作为零食慢慢"品尝"。数九寒天，没有好鞋袜。姐妹们拾柴时脚冻得生疼，便干脆脱了破鞋破袜，互相把脚伸进对方的裤筒里取暖。

母亲叫银花，是三姐妹中的老大。为能活命，十二三岁便到本村张家当了童养媳。嫂子们都是明媒正娶，自然不把这个童养媳放在眼里，全把她当作"小受苦"，一大家子的饭让她做。个子小，端锅还得踩上小板凳。她未来的男人，就是我的父亲，比他大八岁，二十岁左右的青年人，怎会待见这十二三岁的小丫头？自然也不会为她撑腰。

正式结婚后，母亲生了个儿子，夭折了。生下我后又生了个女儿，也夭折了。从此她就卧病在床。人们说，得了痨症的女人，生的孩子一换性别，就会要命。真假不知道，反正她虚岁三十四时就病故了。

二姨和我说：你娘一辈子没好活过。她走了，最后一次了，我就是惹下你张家人、全村人，也要给你娘再争些好穿戴，盖在身上也行。说着，二姨已经泣不成声。我才好像明白了二姨的良苦用心。

我三姨叫锁花。找了两个婆家，均因年小不知世事被撵出家门，后又嫁给南峧沟村西圪道的李牛锁。恰逢抗日战争爆发，李牛锁当兵后，一去再无音信。三姨每日以泪洗面，同时一天三次烧火做饭，烟熏火燎，不久竟双目失明了，只好又回到大哥家。后病逝，年仅二十九岁。

就数我二姨命大，她叫桂花。从小也是作为童养媳被送到了东隘口岳家，婆母特厉害，常把她抱起来就扔到了院子里，不让吃饱，还尽给派活，受尽了虐待。丈夫岳邦栓也与她没有感情，参加了革命工作，离开家乡再没返乡。二姨生性泼辣，又赶上八路军来了时兴自由婚姻，八路军和群众让虐待童养媳的老婆娘戴高帽游了街，还让我二姨自由选择，嫁给了一个老实厚道的退伍军人苏良贵。夫妻互敬互重，一生贫穷却有了家庭的温暖。二姨八十五岁时寿终正寝。

这都是后话。再说我丧母之后，二姨隔段日子就到我家，洗我和父亲的脏衣服，然后就是缝缝补补。活少，她当天就回了东隘口；活多，她就住到我舅父家，第二天再接着干活。

二姨每次给我缝衣服上的破洞，总是泪流满面。她看到我鞋后跟磨的两个圆洞，圆洞上有我折叠多层的纸片为垫时，更是痛哭流涕。

我上高小，学校在西隘口，和二姨家隔河相望，仅一里多地。父亲便安排我在二姨家吃住，和东隘口的小孩们一同上下学。这两年，我就像又有了母亲。

上初中后，离我家和东隘口都是十华里，便在学校吃住。有一年冬天，桐峪中学学生到白家庄修滩造地，也是让学生"学农"。路过东隘口我去看了看二姨,她说,你返回来千万千万来二姨家,二姨给你带点好吃的。傍晚我如约去了二姨家,她马上给我煮饺子吃。我怕赶不上同学们,自然是狼吞虎咽,急急忙忙吃完就要走。谁知二姨早就煮了一锅饺子冻在那里,给我装了满满两衣兜。我双手按住衣兜就去追赶同学。后来二姨说,兜里饺子太满,肯定掉在路上了。第二天一大早她从大门口一直寻找到大街上,果然拾了五六个冻成铁蛋的饺子。

参加工作后,每逢节假日,我一定会买点礼品去看我二姨,这是她最高兴的时候。她或者炒一大碗鸡蛋,或者炒一大碗猪肉片,拿出一瓶酒,两个小酒盅,我喝这一盅,她就倒上那一盅,鼓着我吃,看着我喝,直到喝得我面红耳赤……

2017年夏

笔者附记:中华人民共和国成立之前,穷的男方怕娶不上媳妇,穷的女方少一人减一张嘴,于是便有了"童养媳"。《妇女自由歌》中唱道:"旧社会黑咕隆咚,妇女在最底层……"共产党、八路军来了以后,才废除了"童养媳"制度。

母 亲

  我在文章中多处提到父亲，后来还专门写了《父亲》《二姨》，却没有写母亲。因为在我八岁的时候，母亲便因病去世，母亲真的没有留给我多少印象。在《父亲》一文中，我这样写道：

  对于母亲，我印象中只有两个镜头。其一，母亲因病躺在大炕上，我在炕前看她，她说："孩儿呀，给娘把尿盆倒了吧！"我说："不管！"拿上小鞭就出去玩了。其二，母亲下葬，因为我二姨闹事，直到天黑才出殡，父亲抱着我在前面走，大伙儿打着麻秸火把，把母亲"明丘"（即不挖墓穴，地面铺一层石头，棺木放上。四周垒上石头，顶上盖上石板，待丈夫去世后才可取出和丈夫共同入葬）。

  后来我才知道：母亲属猴，去世于1953年农历九月二十一日，年仅三十四岁。死于肺结核，人称肺痨，当时属不治之症。父亲属鼠，那年只有四十一虚岁。

母亲短暂的一生，却受尽了磨难，是"贫穷"二字，夺去了她美好的人生。她的经历，也许和当时许多同龄女子一样。在那时，也许还是一种普遍的社会现象，所以，我还是应当把可怜的母亲记载下来。

母亲生于南垴沟蔡家垴赵家。她父亲是从河南林县（今林州市）赵家曼逃荒到山西的，弟兄三个，他为长子，生下一子三女后，夫妻双双便先后离开了人世。

母亲的哥哥赵银存婚后，还养育着三个妹妹，银花（即我母亲）、桂花和锁花。一家五口，仅有几亩长不成庄稼的沙坡地，糠菜半年粮，常常填不饱肚子。

母亲的母亲是南垴沟姓成家的六闺女，而我奶奶，即我父亲的母亲，是成家的大闺女。大闺女和六闺女合计：赵家太穷，五口人活不了；张家弟兄七个，也不好找媳妇，干脆把银花给了我家六孩（即我父亲）当了童养媳吧！两家一拍即合，于是，我父亲的六姨成了"丈母娘"，我母亲的大姨成了"老娘娘"，当地人称"姨做婆"，姨兄姨妹成了两口子。

母亲属猴，生于1920年，1931年12岁时到张家做了童养媳。五个嫂子明媒正娶，全把我母亲当作烧火丫头使唤。那时我父亲也就二十来岁，哪会把十二岁脏兮兮的小姑娘看在眼里？和我母亲也几乎不搭腔。

1938年4月14日，日军第一次占领辽县（今左权县）县城之后，辽县县城周围便成了敌占区。日军频繁到全县各地，特别是由八路军和共产党开辟为根据地的东南乡一带"扫荡"。年仅十六七岁的母亲刚"梳了头"，即由"童养媳"正式成为我父亲的妻子不久,就经常和大人们一起到村后大山里东躲西藏,过不上个安生日子。

  1945年1月,左权县解放。左权人民才得以安心休养生息,母亲却因小时候营养不良,少女时又不堪重负,加上过早生育,身体已经染疾。1953年农历九月二十一日,年仅三十四岁的母亲便离开了人世……

2018年夏

我的初中生涯

我的初中三年,可不是简单地在课堂上学习的三年,情况复杂多了。不信,我就给你讲上几件事儿。

劳动建校

1959年夏,我考入桐峪初中。学校设立在桐峪西街最西头的老爷庙里。这里原来是"左权县第三民族抗日学校",老百姓叫"三民校"。这可是个有名气的地方。1941年7月7日至8月15日,著名的晋冀鲁豫边区临时参议会在这里召开。会议开了整整四十天。开国将领彭德怀、左权、刘伯承、邓小平同边区党政军财文各机关代表、工农兵学商代表、各界民主人士欢聚一堂,共商国是。后来这里被誉为中华人民共和国"三三制"民主政权的诞生地。

这个庙的大门是下边为门洞。通过台阶可进入大院,门洞之上是一座戏台，是对着大殿给"老爷"唱戏的地方。我所在的"中三班"就在这座戏台上。戏台前面做上隔扇封闭，从西侧墙外的石台阶上去就可进入教室。庙的前院正殿就是临时参议会的会场，那时是"中二班"，庙的东院有一座大房子是"中一班"，庙的后院南房是学校食堂。前后院的东西厢房则是老师们办公和住宿的地方。学校是1958年才招生的。二年级两个班，我所在的一年级一个班，三个班的学生则都是寻找民房居住。

1960年计划再招两个班，这样就没有教室了。因此公社决定在桐峪村东一块大平地上兴建桐峪中学新校舍。这样，我们三个班除了正常上课学习外，每周半天的劳动课和星期天，又多了一项任务：到三里地外的下武村后沟砖窑上往新校址抬砖头。大一点的男同学一次担十块左右，女生和小个子男生则两人抬十到十二块。半天两趟，累得我这个个小体弱的小男生真够呛。

喝揪片把姑姑喝哭了

一天，桐峪中学的师生到南峧沟的后沟里，在学校开荒种的地中收取红萝卜、白萝卜和菜根。半下午我背着一口袋菜到了村后，因为没有吃中午饭，饿得不行，便坐在路旁，取出几个菜根吃。谁知竟越吃越饿，原来菜根是消食的。

我终于走到离学校还有三里地的三里庄村，就想到姑姑家找点吃的。姑姑见我来了非常高兴，就给我做了一锅揪片汤。就是把白面擀成片，切成宽三指左右的面条，再揪成一片一片的面片煮在锅内，加上油盐酱醋。那真是天下第一美食！我一连喝了四碗。姑姑说："不要喝了，怕撑着。"我说："再少喝点。"姑姑又给我舀了多半碗，我三下五除二又喝了个精光。姑姑一边哭一边说："看把俺孩儿饿成甚了！不敢再喝了啊！撑着了也是坏事的！"其实锅里已经没有了。姑姑哭着又把我送到村口，我才朝学校走去。

奋发图强

初中三年，学习紧张，生活艰苦，却十分快乐。因为建校劳动，野外挖菜，山沟种地，师生们总是互帮互助，亲如家人。课余时间学校还组织篮球赛、乒乓球赛、拔河比赛等活动，每逢"五一""国庆"等节日，还要举办文艺晚会，老师还把各班的好节目挑出来，去桐峪镇上的大戏场公演，上台的师生很是风光。我打心眼里觉得老师如父母，同学如兄妹，温暖至极。

老师教学认真，学生学习刻苦。一班和二班的中考按比例名列全县第一，叫"打响了第一炮"。我们三班教室的后墙上则挂上了"努力学习打响第二炮"的红布白字标语。当年左权中学只招收一个班，仅桐峪中学就考入了十多名学生，占全班的四分之一，也就是占全县的四分之一。

艰苦练人，吃苦励志。当年在桐峪中学教数学的马文丁老师四十多年后重返左权和同学相聚，挥笔写诗曰：

回首四十七年前,读书建校两不偏。
半米半菜未觉苦,陶铸群雄遍左权。

这是老师的自豪之语。我们绝不堪称"群雄",但我们也都成了国家的有用之才。

我的几位恩师

  我这一生酷爱写作。从山西省立平定师范毕业后，当了五年教师，便调到了县广播站当了编辑兼记者。只因敬业，所写新闻稿件先后获省、市多项奖项，而且被推举为中国广播电视学会会员。离岗休息后，终于有时间和精力写点自己喜欢的文字，先后出版了散文集《漫游散记》和诗注《辽阳题咏选注》，有幸被吸纳为山西省和晋中市作协会员。左权县老区建设促进会计划编辑出版一套《左权抗日根据地史料丛书》，邀请我参与编写，于是我又编著出版了《抗战文化》等五部六册史料专著，另有《铁证·日军侵华罪证自录》被国家外文局列为纪念中国抗日战争和世界反法西斯战争胜利七十周年重点图书，并用中、日、英三种文字出版发行。此书在北京国际图书展览会上展出，外文局还在书展会上为这本书召开了新闻发布会。由于我全家人爱买书、爱读书，还会用书，2016年，我的家庭被评为全国（第二届）书香之家，在省城太原山西广播电视大楼演播大厅内举办的颁奖晚会上，山西省人大常委会副主任为我颁了奖。

我认为这一生没白活，能给后人留下点东西，我很欣慰。这一切，除了父母的养育、组织的培养，还不能忘了多位恩师。

小学老师申树曾

1953年，我七周岁，入本村小学。小学校位于窑上片的下方，北屋三间土坯石板房为教室。课桌是长石板条，坐的是能坐下七八个学生的长条木凳。西屋两间是教师办公室兼宿舍，东屋三间是村会议室。南边是大堰，用石头垒成石台，上置长条石板，为"护栏"。

我刚上三年级，学校调来一个十七八岁样子的年轻男教师，本镇滩里村人。住在不挨人家的半个院子里，他害怕，便和我父亲商量让我晚上去和他做伴。学校订有《新少年报》和《中国少年报》，图文并茂，每晚申老师和我都看。申老师爱写作，常常有一些小诗或豆腐块大的文章在报上登出。申老师便兴高采烈，指着他的名字说："这是我写的，登了报啦！"我便知道，文章写得好，就能登报，就能出名。心里就想，什么时候也能像申老师一样，把自己的文章登了报。

高小老师范培荣

1957 年，我 11 岁。入西隘口高小（小学五、六年级为高级小学，简称高小）。校址是兵工厂旧址，工人宿舍为学生宿舍，小厂房即教室，一个最大的厂房则为学校大礼堂。

从小没了母亲的我，连环画小人书就成了我的伴侣。桐峪镇赶会唱戏，父亲给我买吃食的零花钱，我全部买了小人书。后来我就买起了《红日》《草原烽火》《青春之歌》《林海雪原》等大部头小说。一次在桐峪镇小书店中买书，女店员训斥我："不要动大书！要买去找小人书！"恰好书店老板进来，就说："你知道啥！这小孩就经常买大书看哩，比你文化高哩！"

看书多，可能作文就写得好一点。班主任兼语文老师的范培荣就经常夸我的作文好。

有一次好像是写红军爬雪山过草地的感想，因为通过看书，我对长征太熟悉了，草地沼泽里陷入人，雪山顶上冻死人让我热泪长流，所以我这篇作文可能写得好。范老师几乎用了整整一节课，边念边评，让我心中好不快乐！从此我就更爱读书，更爱写作。

初中老师李园澍、马文丁

上了桐峪初中，班主任兼语文老师李园澍是平定人。既爱写作，又擅画画。《山西日报》等报刊上经常刊登他的散文。对我印象最深的是一篇《花椒熟了》的散文，刊登在《山西日报》文学副刊上。"一丛丛、一簇簇火红的花椒，像一团团火焰遍布在山坡上，一个个一群群姑娘媳妇在花椒树间穿梭，采摘着丰收的喜悦（大意）"，优美的文字，熟悉的场景，让我激动不已。原来，身边的人和事皆可成文！此时我就暗下决心，向李老师学习，无论将来做什么，我都要坚持写作，当一名作家！

因为我作文成绩好，李老师就一直在数学老师马文丁面前夸奖我。马老师是北京人，他服从党的安排，来到了这个太行山上山区小县的一个边远小镇。他也很喜欢我，还用他的照相机给我拍了戴红领巾的照片，在照相馆洗出来后给了我。这张照片，至今我还珍藏着。老师的关怀，让我感到了学校的温暖。初中三年虽然生活过得很艰苦，但我却觉得得快乐！

初中毕业考高中时，父亲的胃病愈发严重，经常吐血。我便不想上学了，想在家陪伴老父亲。中考作文，这本来是我的强项，有把握得高分，但我只写了两段，便毅然搁笔了。这次考试自然名落孙山。第二年春，马老师步行10里到了我家，动员我父亲让我去补学，父亲当然同意。于是就出现了左权县乡土文学作家刘有根写马老师一篇散文中的一段话：

为学生的明天着想，马老师比父母还操心。这是一个真实的镜头：马老师肩扛一卷儿铺盖，手拉一个小孩，徒步十几里山路，不由分说地硬把这个失学的没娘的孩儿接回了学校。就这样，一个山里放羊人的儿子成了才。

笔者附记：初中、师范时有了更多的恩师，一日为师，终身为父是古训。尊师，是每个学生应有的品德。我只记述了对我走上写作道路有启迪作用的几位恩师，不等于其他老师不是恩师。

平师读书趣事二则

两位"地下"恩师

我父亲是个放羊汉,常年就在山里转,没想到他唯一的儿子,在 1963 年,有幸考入省立山西平定师范。平定师范学风颇好,教师都认真执教,多位老师都给我留下终生难忘的好印象,但对我印象最深刻的是两位恩师:王随理和曹玉琰。

王随理,男,晋南人。大学毕业之后即被分配到平定师范,教语文,还担任过一段时间我们班的班主任。王老师中等身材,年仅 30 来岁,圆而白的脸上总是露着善良又雅嫩的笑容。

他特别欣赏我的作文。每周两节连排的作文课之前,他都要评述一番上周的作文,多次点评我的作文如何如何的好,并让我将作文抄出,贴在教室后墙的"学习园地"上,让同学们当作"范文"来看。

更让我感动的是，他和我约定：每天下午自由活动时间、晚自习和星期天，我随时可到他那里，让他教授我古文知识。他说："博古才能通今，想要当好老师，特别是在文学上有所成就，就应当多读点古文。"我如约而至，于是他先后给我讲了《古文观止》上、下册，《古代散文选》上、中、下三册和一些古文名篇。每当我晚上或星期天去，他还经常给我煮点挂面汤，鼓着我喝一碗。看着我喝挂面汤，他就像父亲看着儿子吃饭一样开心。

但是，他再三嘱咐我："我教你古文的事，千万别跟任何人说，有人问起来，你就说有问题来问我。"

一次他告诉我："曹玉琰老师要接替我当你们班的语文老师了，她人很好，也一定会喜欢你。她有很多书，都藏在箱子里，你可以常找她借点书看。"

曹玉琰，天津人氏。个子瘦小，一副弱不禁风的样子。但她很漂亮：瓜子脸白里透红，一头黑发，却不是当时流行的那种齐耳的发型，也不是两条长长的辫子，而是向上梳起，脑后还有一个髻，横插一根簪，很像古代仕女的样子。据说她是天津南开大学的"校花"，她自自然然、地地道道的一口清脆悦耳的普通话，讲起课来，很讨同学们的喜欢。

我按王老师的指点，开始向曹老师借书。那时我不懂得敲门，推门直入，吓了曹老师一跳。她一脸惊恐地说："你怎么来我这儿啦？"说完急忙关住屋门，问我有什么事。我如实相告，她才如释重负地说："啊呀！你可千万别多来。

我名声不好（指政治身份），怕我影响了你。你爱看书很好，我可以偷偷地借给你。"她找了一个旧旧的书包，从箱子里翻出几本书装进去，又说："以后你还书借书一定装在这个包里，别让人看见。以后你只能星期天来，看书也最好趁星期天到城外小树林里看。"

两年多时间，我从她那里至少借了几十册各种各样的文学作品书籍，还有《怎样写小说》《怎样写散文》之类的书。

两位恩师不光明正大地向我授业解惑，却像地下工作者一样，偷偷摸摸地向我传授知识。事实证明：两位恩师的教导对我此后的人生道路产生了非常重要的影响。

当了三年班干部入不了团

在平定师范读书三年，由于我会点吹拉弹唱，还有一点表演的天赋，经常和同学们排练些节目，举办周末晚会，或参加全校性的晚会演出，同学们便推选我担任了"文娱委员"。虽然我个子瘦小，但积极参加劳动，竟然又被推选为"劳动委员"。三年中，我一直是班委会成员。可惜这都是"行政职务"，我一直想加入中国共产主义青年团，可直至毕业，也没有被批准。

无数次的《入团申请书》，换来的是无数次的团干部或关心我的团员和我"谈心"。他们一致谆谆教导我："要向追求进步的同学学习，绝不应当对他们讽刺打击。""团结同学要广泛，对老师要尊重，不应该公开顶撞。""要又红又专，不要只专不红。"

特别是那位十分美丽的我班同学、学校学生会干部李同学，不仅经常和我"谈心"，星期天还邀请我和同学们到她的家里"看看"。她还隔三岔五地在我的日记本上做"批示"（那时候日记本是公开的，每周老师还要查阅），或写些希望、鼓励之类的话。如：

遇到问题想开些，碰到挫折坚强些。

团结同学广泛些，说话办事小心些。

政治书籍多读些，追求进步坚持些。

……

也不知是她想出来的，还是从哪儿抄来的，两句一行竟然一连写了几十个"些"！看着她那工整、清秀的字迹，末尾还署着她不带姓的芳名，我心里热乎乎的，竟然感到有点"她爱我"的感觉。

可惜，对这些苦口婆心的谆谆教导，我似懂非懂。"谈心"时，嘴上"嗯、嗯、嗯"，其实心里弄不明白，想不通，行动上自然不会有明显的改观。

几十年过去了，我才慢慢提高了觉悟：三年中我至少犯过三次"性质恶劣"的严重错误：

一、打击先进。班里有几位同学，为了入团，每到自由活动时间，便拿起笤帚扫院，几乎是坚持不懈，可一入团之后，便不再扫了。我便戏称他们为"扫地团员"。还有几位同学，私下里经常给团干部、团员吃自家带来的小食品，包括和顺、左权一带的"炒面"（玉米炒熟后推成的面，可干吃，也可拌上汤水吃），入了团后还给不给，我就不太清楚了,我就又戏称他们为"炒面团员"。

二、对老师极不尊重。那时候,毛主席号召青少年要广泛开展四项活动,其中一项是游泳。可是学校没有游泳池,便在大操场边缘挖了两个大方池,砖砌之后抹上水泥,再注入自来水。自由活动时,男女各一池,练习游泳。因为没有下水道,过几天水便发臭,就要换一次水。大个子男生跳入池内,用脸盆舀水,小个子男生和女生在上面接住后泼在土操场上。水池里的同学几乎都说:"好臭!好臭!"我们的班主任老师正色道:"思想臭,水就臭;思想不臭,水就不臭了!"我自以为聪明,反应快,立即反驳道:"老师,您说得不对!水本来就是臭的,这跟思想有什么关系?"同学们都附和道:"就是,就是!"大家不在意地哈哈大笑,那位班主任老师的脸色却红一阵、青一阵。当时我就觉得:坏了!

三、只专不红。一次自命题作文,要求写一篇读后感。那时候,正轰轰烈烈地开展学毛著运动,所以就要写《学习〈为人民服务〉有感》《读〈愚公移山〉的感想》之类的文章。我却想起了王随理老师的教导:当作家也好,当老师也好,知识面一定要宽,古今中外的名著要读,社会科学、自然科学方面的书也要读,由广而专,由浅而深,才能在一个方面有所成就。

犹豫片刻之后,我决心"标新立异",便以"谈读书"为题,把王老师的教导淋漓尽致地发挥了一番。最后结论为:毛主席的著作首先要读,但古今中外各种书籍更要力争多读。只不过在读的时候要动动脑筋,要分析批判地读,要"去粗取精、去伪存真"地读。

　　我自以为写得出众，写得精彩，还引用了毛主席的语录，一定会得高分。果然，王老师用红笔打了大大的"94"分，但这个"94"上又斜斜地划了两道蓝线，旁边划了个蓝色的大大的"0"。王老师晚自习时通知我去他家一趟，一进门他就说："坏了！王书记（学校党委书记）想抽查几篇好的读后感。我觉得你写得实在好，就推荐给他了，没想到他看过后大发雷霆，把我叫去当面训斥了一顿，还说：'不学毛主席著作，还强词夺理，政治上就是零分！'你以后要注意点！你快悄悄拿回去，藏起来，千万别让其他同学看见！"

　　不久，王书记亲自到我们班讲了两节政治课，开宗明义就说："我们班上有的同学只专不红，不好好学习毛主席著作，还提倡读封资修的东西（万幸的是他没有点我的名）。因此，我来给大家上两节政治课。"于是他便讲述了他小时候如何穷苦，如何参加革命斗争，如何艰苦地和日本军斗，和国民党反动派斗。最后是革命的胜利来之不易，要我们牢记阶级苦，不忘血泪仇，做一名合格的革命事业接班人。

　　他是工农干部，没有多少理论，讲的都是他的亲身经历，很生动，同学们报以热烈的掌声。他也就很满意地结束了"蹲点讲课"。

　　当了三年班干部没入了团，看来原因还是自己没有及时"觉悟"。

一桩公案五十年

——由葛葆庆《谈理想》想到我的《谈读书》

1964年上半年,山西省平定师范举办全校普通话演讲比赛,演讲题目、内容自定。各班都搞了自命题作文,从中择优参加比赛。没想到有两篇文章在全校引起轩然大波。其中之一是二年级学生葛葆庆的《谈理想》。这篇文章洋洋洒洒分八个部分,提出正面论点加以论述,提出反面观点加以驳斥。层次清晰,语言流畅,观点鲜明,文笔犀利。语文老师侯澜给了96分的高分,并下批语曰:"旁征博引且当又妙,理论实践融为一体,脉络分明,文气畅达。正反相衬,更觉有力。确是一篇有理有据的好文章。"并推荐作者代表本班参加了全校普通话演讲比赛。谁料演讲结束,竟然因"福"得祸。师生议论纷纷,尽管有人认为绝佳,但因文章中对那些不学无术、谄媚取宠、打小报告假积极、不务正业专整人的人给予了无情的鞭笞，讥讽"他们忙忙碌碌地奔走在厨房与厕所之间"，因而不少人认为这是一株"大毒草"。罪名是用了"鲁迅笔法""不能正确处理两类不同性质的矛盾""葛葆庆名副其实是梁实秋（反动文人的意思）"等等。为此校方组织教师，特别是"语文组""政治组"的教师断断续续讨论了两个多月而不了了之。葛葆庆成了平师有名的"争议"人物。

而一年级的我写的《谈读书》，就大大地没有葛葆庆的《谈理想》"幸运"了。刚一出炉，就被"枪毙"，根本没有来得及"登台亮相"，"出人头地"享受"风光"。在"人人学毛著，处处念语录"的时候，我提出了我对读书的观点：作为未来的人民教师，首先要学好毛主席著作，但同时更要博览群书。古今中外的文学名著要读，社会科学、自然科学的书也要读。只有知识丰富了，才能当个好老师。你有一担水，才能舀出一勺勺去滋润学生。怕引起偏见，文章之末，我还引用了毛主席的观点：只不过在博览群书之时，我们要有所鉴别，学会"去其糟粕，取其精华"。我自以为观点正确，有理有据，而且文头文尾，都贯穿了"毛泽东思想"，一定会得个高分。果然，语文老师王随理给打了个大大的94分。没想到这篇被推举代表本班参加全校演讲的文稿，有幸被校党委书记抽查"过目"。他看完之后，拍案而起："和学习毛主席著作唱反调！"关键是"更"要博览群书的"更"字，博览群书比学毛著还重要，这还了得？随即在"94"分上狠狠地划了两条斜道，又打了个大大的"0"分。这位党委书记很重视肃清这股"歪风",亲自兼任我班的"政治课"老师,亲自到我班讲授了两节政治课,用他秘密加入共产党,投身抗日的亲身经历,对我们进行阶级路线教育。由于我是贫农子弟,我的"问题"虽然没有提交教师讨论,但学生会干部、团委会干部、我班的班干部,还有我班的团员、积极要求上进的进步青年纷纷和我谈话,防止我走"只专不红"的道路,要和"资产阶级反动学术权威"划清界限,不做他们的"孝子贤孙"等等。我没有半句反驳的话,但也没有表示同意,其实我是持无言以对、无话可说的态度。因而我连续三年都是班委会成员,却一直也没有能够加入共青团。

五十多年过去了,尽管我已经加入了中国共产党,并成了党的一名基层干部,但想起这段往事,仍然是黯然神伤。

由于阳泉籍同学提供线索,2016年夏天,我竟然和失去音讯半个世纪的葛葆庆同学取得了联系。他现在是省城的知名记者,还是有一定名气的摄影家、书法家、作家。电话中,我俩因爱好相同又同病相怜,兴奋异常。很快他就从太原寄来了他的几本著述。散文集《楝园文存》中,《谈理想》赫然在目。在目录页上,从"谈理想"三字直到页码,他特地用红笔划出,并旁批"平师作文讲演稿",明显是让我注意。我连看数遍,感慨万千,于是便写下了上述文字。

五十多年过去了,我明白那是时代使然。我更加怀念我的恩师和平师的同学们,怀念那段不平凡的岁月。同学聚会之时,许多同学,特别是当时的班团干部,都紧紧握住我的手不放。他们几乎都说着同一句话:"过去的就让它过去吧!"其中滋味,双方自知。我的同班班干部和密友郝有魁,从手机上给我发来一首《重逢》诗。诗不太工,却道出了我们同学的共同心声。五十多年前的"公案",虽未宣判,却也算得出了结论。诗云:

　　古稀重逢忆旧游,
　　"左雾"迷茫使人愁。
　　同根相煎奈何急,
　　师生反目更无由。
　　浮云蔽日终必退,
　　谬论掩真始方休。
　　而今再叙当年事,
　　置之一笑泯恩仇。

　　注:本文首发于2017年10月30日《今日左权》报,《左权文学》2018年第二期转载。

浓浓左权情

2014年11月14日至15日,短短两天时间,左权县老区建设促进会会长皇甫建伟、副会长常海菁、宋保明等一行六人,专程到北京看望了抗战期间在左权工作、战斗过的老干部李瑞英、赵培兰、皇甫束玉等老同志和左权将军的女儿左太北大姐。我们深深地被他们浓浓的左权情而感动。

几年中,左权县老促会组织编写了《左权抗日根据地史料丛书》10余部,得到了在京老干部的一致称赞,而且他们还希望左权县老促会创办一个刊物,题目就叫"十字岭",陆续刊登与左权县抗战有关的文章、图片,以便更好地收集、保存这一伟大时期的珍贵史料。当县老促会决定创办这个不定期的刊物后,老干部们几乎都用实际行动支持:杨蕴玉、赵培兰、左太北等老同志积极为《十字岭》题词、撰写回忆录或提供相关稿件。在众多老干部和左权县委、县政府的积极支持下,《十字岭》终于在我国第一个烈士纪念日——2014年9月30日创刊了。

为了表达对老干部的感谢和敬意，皇甫建伟提议：我们一定要把《十字岭》亲自送到他们手上，并当面聆听他们的意见和建议。

14日下午3点，我们首先到北京医院，探望了在病榻上已经一年多的皇甫束玉老人。皇甫束玉是我县东隘口村人。抗战期间，在辽县抗日县政府和晋冀鲁豫边区政府从事文化和教育工作。他先后担任辽县第二、第三抗日民族革命小学校校长、左权剧团指导员和左权抗日民主政府教育科科长。其间，他积极推动了花戏的改造和新民歌的创作。著名的左权民歌《左权将军》的歌词，就是他和王恕先、阎濂甫三人共同加工编写而成。他的《土地还家》《四季生产》也传唱了半个多世纪。唱响了全国、并获全国金奖的小花戏《开花调》，就是用的《四季生产》的歌词。他还为解放区编写了大量中小学教材和《农民读本》《战士读本》。为此，他光荣地出席了边区文教群英大会，被评选为"模范戏剧工作者"。中华人民共和国成立之后，他一直在高等教育出版社工作，并获得了全国出版界首届韬奋出版奖。2014年，他已96岁高龄，重病在身，已近一年不能进食，靠管道输营养液维持生命。他还一直关心着《十字岭》的创刊。当皇甫建伟一页一页地为他翻看，讲述《十字岭》时，他一再说："好！好！好！一定要好好宣传左权精神，宣传抗战精神！"

下午四时，我们驱车又赶到了前门西大街李瑞英家。李老是我县粟城村人，抗战期间，历任八路军一二九师大队排长、分队长、大队长、党支部书记,辽西游击区区委委员兼妇救会副主席、主席,辽西县妇救会主席,辽县妇救会主席,太行二地委妇救会干部等职。中华人民共和国成立之后,先后在河南省、北京市等地工作。

李老虽已92岁,但身体尚佳。她早已等候在大门之外,一见我们就笑哈哈地开玩笑说:"啊呀呀,老乡见老乡,两眼泪汪汪!我和大杨(指杨蕴玉)她们说好了,以后不去八宝山和他们挤,咱们一起回(左权)东隰口(陵园)!一起回咱太行山老家!"她手拉手地把我们迎到她住的二楼并不宽敞的屋内。老人对左权,对太行山之情溢于言表,又给我们削水果,又给我们倒茶水,忙得不亦乐乎。我们硬把她按在沙发上,给她介绍《十字岭》刊物,她才一边看,一边说:"好!好!好!"并再三希望县老促会把这个刊物办下去,为后人尽量多留点宝贵资料。

15日早饭后,我们一行人在段存章的带领下,到医院看望左太北大姐。她因腿伤,在医院做康复治疗。我们一进医院大厅,见她早已坐着轮椅,怀里紧紧抱着一包书在等我们。皇甫建伟会长一页一页地给她翻看《十字岭》。她动情地说:"这个杂志,不仅要宣传我父亲,更要宣传那些为革命而牺牲的无数先烈。没有他们的牺牲,就没有我们的今天。"说着,她已热泪盈眶。她拿出一本《怀念左权同志》说:"这本书我已没有几本了,只送你们一本,传着看吧。这里边的许多题词、文章,都是当时左权的领导、战友写的,是对我父亲最真诚的评价。"说着,她又流泪了。她又取出一摞《左权家书》,一一签名送于我们,又说:"我是从这些家书中才对我父亲有了更深的了解，父亲早已以国为家，但对这个小家，他还是十分珍视的。"

临别，我们郑重地把15本《十字岭》赠送给她。她一连说了多个"谢谢"之后，再三嘱咐我们："这个期刊不要光送给我，更要送给总参、总政、中央军委，让他们和广大战士继承革命传统，才能更好地履行保卫祖国的神圣使命！"她拉着我们的手一直不放："谢谢你们，谢谢你们来看我！谢谢你们编写了这么多关于抗战的书（指《左权抗日根据地史料丛书》），又编了这么好的期刊。"皇甫建伟说出了我们共同的心声："这是我们应该做的事。老区人民永远不会忘记革命先烈，永远不会忘记革命传统！请大姐放心，也请大姐多多保重，早日康复！"我们已经走到医院大院，左大姐还在轮椅上，隔着玻璃门，一直在向我们挥手……

从医院出来，我们又到赵培兰老人家。赵培兰的丈夫李庄是《人民日报》的总编辑，也是报道抗美援朝的第一个国际记者团成员之一。赵培兰也是《人民日报》的编辑、记者。本来，《人民日报》社在金台路给他俩安排了宽敞舒适的住宅，但他俩就是不肯搬出刚进北京时分配到的狭小的家。还说："这里离协和医院近，我们老了，看病方便"。

李庄是河北人，抗日战争时期长期在太行山从事抗战新闻工作。先后在《民族革命》半月刊、《胜利报》《晋冀豫日报》《新华日报》（华北版、太行版）、晋冀鲁豫《人民日报》、华北《人民日报》当记者、编辑、编委，是党中央机关报《人民日报》创始人之一。2006年3月3日病逝。赵培兰是左权县西关人，历任三民校、二民校教师，太行联中学员，后调太行文联《文艺杂志》任编辑，认识了李庄并结为伉俪。后为《人民日报》高级编辑。

赵培兰拄着拐棍，一步步挪到小客厅，高兴地说："啊呀呀！我是地地道道的左权人，乡亲们来了，老家人，一家亲，快坐快坐！"她接着说："我今年92岁了，零件都不行了，脑子还将就。"她历数了左权亲戚的名字，接着说："我19岁参加革命，给咱《十字岭》写《难以忘却的记忆》时已经91岁了。"她深情地回忆了她在太行山参加革命工作的经历，并说道："1944年，我在太行联中读书，看到梁虹写的一篇文章，说山西左权某个村（指石台头村），年轻人外出抗战，在日军'扫荡'中，几乎全村老少妇女儿童都躲在一个山洞里，日军竟惨无人道地用毒气把他们全部毒死。开追悼会时，参加会议的军民都难过得说不出话来。"说着，赵培兰老人也哽咽着说不出话来。她接着说："山西到处有抗战痕迹，左权又是总部、北方局、一二九师师部所在地，你们要多写一写。我们千万不能忘记历史，历史永远是我们前进道路上的镜子，用历史告诉后人，不要走了弯路。要向全国宣传，教育我们的后代，让他们知道胜利来之不易。"当她看到《十字岭》展望未来一节时，她说："希望咱们太行山越来越好！"临别前，她把《李庄朝鲜战地日记》一一签名送给我们。

最为遗憾的是我们未能面见杨蕴玉老人。杨老已经95岁高龄。今年以来她已因高血压三次住进医院。她虽年老体衰，但不服老，听说左权老促会创办《十字岭》，她欣然题词，还把《左权将军与左权县》一文整理后供《十字岭》选用。一说老区，一说左权县，她就激动异常。经与她儿子联系，说杨老前几天刚出院回来，一下子见这么多左权人，又看到《十字岭》创刊号，她一定会特别激动！段存章一听就明白，连忙说："理解，十分理解！老人家对太行山，对左权县太有感情了！咱们另想办法让她看到《十字岭》。"皇甫建伟非常同意老段的意见，并嘱咐老段随后带上《十字岭》，边看望边聊，听取老人家的意见和建议，并转达左权人民对她的问候。我们虽然没有面见杨老，但从他儿子的电话中，强烈地感受到杨老对太行山，对左权县千丝万缕般的深情与厚意，我们人人心中都默默祝愿她老人家健康、长寿！

  特别要提的是段存章同志，他已是古稀之年的人了，虽说精神很好，但却有疾在身。我们这次进京，他和夫人曹艳芳起早贪黑全程负责联系、引路。我们离京之前，他执意让我们吃他夫妇俩一顿饭。他对左权老乡的热情，对革命老前辈的尊重之情，让我们也深为感动。

  初冬的北京，早晚已经寒气袭人。但我们一行人都感到无比的温暖。我们亲身感受到老前辈们对革命老区的浓浓情谊。这是永远的太行情，这是浓浓的左权情，这是对左权将军和无数革命先烈的深情。这深情如太行山般巍峨崇高，如漳河水般源远流长。

  注：本文首发于左权县老区建设促进会主编的《十字岭》2015年5月25日第二期。

四十余载知青情

猴年年末岁尾,有点空闲,便整理往昔资料。突然翻出一叠信笺,全是当年在左权县上武村插队的天津知识青年赵英(恕我不写真实姓名)写给我的。那横平竖直、一丝不苟的字迹,让我久久凝视;那情真意切、朴朴实实的内容,让我陷入回忆……

天津知青插队的上武村,距我村南峧沟三华里,我和他们原本不相识。1970年冬,桐峪镇的桐峪村搞"贫下中农管理市场展览",因为桐峪村贫下中农管理市场既不让某些人"投机倒把",又让农民有个买卖的地点,于是这儿便成了贫下中农管理集贸市场先进经验的推广地。全国有关部门经常组织人员来这里参观学习,搞个大型图文展览自然很有必要。于是县工商局筹办,桐峪公社党委和桐峪村党支部承办,抽调有这方面特长的人员来布展。我当时在苇则学校当教师,因为会写点文章,会写点美术字,还会画点画，也被抽上了。于是便和县工商局、县文化馆、桐峪公社、桐峪村有关人员，在桐峪村西街一个大院子里边写边画边布置，搞起了与展览有关的一切事宜。办展期间，从上武村调来两个插队女知青，一个叫纪东，一个叫杨抒宁。因为她俩普通话说得好，就让她俩来熟悉一下情况，顺便干点杂活，将来担任展览馆的解说员。

每到周末，纪东和抒宁可以回上武，我可以回上武村西的南峧沟村过星期天，于是三人便能一块同行。她俩常邀我到上武知青点"坐一坐"，一来二去，我便和上武村的天津知青都混熟了，而且还成为他们特别好的好朋友。

李威，个高英俊。特别爱看书，因为常到我家借书看而成为"书友"。

庞春荣，人高马大，豪爽泼辣，像个男孩子。听说我要回家担柿子，便叫上几个知青，去南峧沟替我这个"小个子"（她的话）担大队分给的柿子。

前面提到的纪东，是干部家的女儿，可能天生有管理才能，是插队知青中的"领袖人物"，我一去知青点，她就指挥别人给搬凳子、倒茶水。

印象最深的还是赵英。她中等个儿，脸白白的，胖胖的，特别是两只大眼睛挺好看的。她是知青点的"大师傅"，专管做饭。我每次到知青点，她总是笑眯眯地看着我，但很少说话。一个星期天，我到知青点玩，其他知青仍在地里干活，她正在推碾，她又照顾碾盘，又看毛驴，又筛箩，忙得不可开交。我便帮她筛箩，直到近午帮她卸了驴我才回家。

又一个星期天，我又去知青点玩。她一见我就高兴地说:"啊呀,我胆小,不敢上房,你快蹬梯子上房顶给晾上大葱。"原来乡亲告诉她:买上过冬大葱,要一把一把挽起来,再放在房顶上,吃一把,拿一把。上百斤大葱她正愁怎样放在屋顶。我一边帮她上房放葱一边说:"怎么总是你一个人做饭呀?"她说:"我实在不想做,他们更不想做,总得有人做嘛!唉,干脆我就做呗!"

1972年春,我调到县广播站当编辑,便和他们少了联系,但知道他们陆陆续续返回了天津。1974年,我得了骨结核。小县城医疗条件有限,医生建议我到北京去看。北京有我姑姑,我便去了。北京的医生说:"做个手术就可治愈,想要保守治疗也行,要每天打一支链霉素,配合口服药,坚持一段时间也可以治好。"二十八岁的我,独自在北京,哪敢去做"手术"呀!于是我选择保守治疗。可那时买不到链霉素,于是我便想到了天津知青,就给赵英写了封信。赵英回信到北京,说纪东负责给买,要多少可以给买多少,但是有个条件,你必须来天津做客,然后带药回去。我当然不同意也得同意。赵英又给我写了一封信,信里附了一张天津市地图,她说字太小看不清,又在信的末尾画了下火车后去她家的路线示意图。

我在天津就一直住赵英家。按纪东安排,每天中午到一个知青家吃饭,以尽地主之谊,但赵英拒绝了。理由是天津街道是放射形的,很难辨别方向,她每天还得接送,倒不如常住她家算了。赵英的父母都是工人,挺实在的,光怕丢了我,也不让我到各家去转。于是我在赵英家住了一个星期后,纪东送来了药,我便先返回北京的姑姑家,又辗转回到左权。

不久，便收到赵英写来的一封长信，信中写道：

"你这次来天津，没能很好地招待你，很抱歉。尤其是我惹你生了好多气，是吧？你别往心里去，我有些话是说着玩的，有嘴无心。"

我麻烦了人家，还能嫌人家没好好招待吗？至于她说几次"惹"了我，倒是真的。她每天晚上把一个大盆端到院子里，再添上半盆温水，让我擦澡、洗脚。我不习惯。我说："光洗洗脚就行了，擦什么澡呀！"她就说："天生是个山圪佬！你不擦澡可以，脏了我家被子你给洗呀？"她竟然逼着让我脱掉上衣搓背。她爸爸看了直乐："小英啊，他不洗就不洗了吧，能有多脏啊！就你干净……"

信中又说："不知为什么，自你走后，我心里总觉得有点什么事似的。那天去车站送你，我心里很不是滋味，送人的心情是可以理解的。车一开，我简直不敢看你。因为，这可能是我们最后一次见面了呀！"

那时候交通很不方便。天津，左权，两地之人是很难见到面的，她的心情我也很理解。接下来的话却让我没有想到：

"这次见你，看你病得不轻，我真为你担心。不是我吓唬你，听说这病挺严重的，我一个邻居虽然看好了，却一直直不起腰来了，千万抓紧治。在我这里我不忍心告诉你，可又一想，应该告诉你，引起你的重视。需要什么药，就来信告我。"

一提结核，人们就会想到传染。赵英是天津人，应该比咱懂。她不仅不怕传染，每天还招呼我吃喝睡觉，还写信嘱咐我认真对待。说实话，怕我受惊吓；不说实话，又怕耽误病情。人家真是用心良苦呀！她信中又说：

"我在山西时没有去过你家。我真想见见嫂嫂和两个孩子，如果有她们的照片，给我寄一张好吗？"

她是做饭的，一日三餐离不开。上武村的知青几乎都多次去过我家，唯有她一次也没有去过。她曾说："你来一次上武，就帮我一次忙。你没有兄弟姐妹，你就把我们当弟弟妹妹好了。"于是便有了信中的"嫂嫂和两个孩子"的话。她在另一封信中说：

"上武的乡亲待我太好了！你待我太好了！人心都是肉长的，对于别人的好，正像你所说：应当永远记在心里。别人对自己有一份热情，咱就应该还人家十分。忘恩负义是最可恨的。"

原来，赵英是个重情重义知恩图报的好小妹妹！四十多年过去了，时过境迁，我早已与她失去了联系。原以为今生今世不会再见到她了，没想到，2011年天津在上武村插队的知青，来了一次"集体回访"。他们事先通知了有关部门、上武村以及他们的好友，也让有关部门通知了我。

5月4日下午他们住到了左权迎宾宾馆。5月5日上午，参观麻田总部、桐峪临时参议会旧址之后，大约10点钟，他们每人手持一束花，打着"走遍天涯海角路，不忘上武父老情"的横幅标语，抬着送给上武村的大彩电到了上武村口。上武村群众则敲锣打鼓、载歌载舞到村口迎接他们的亲人。但整齐的花戏队伍一会就乱套了。知青和上武村的人不管客人主人，很多人一起互喊名字后便跑出迎接的队伍抱在一起，有的还放声大哭。赵英自然也在其中，她和她在上武的一位好朋友早已哭成一团。迎接仪式之后是桐峪镇领导、上武村领导、村民代表和知青座谈。下午知青集体到已故村干部坟上吊唁，然后看望各自的房东，晚上是上武村为知青举行的盛大欢迎晚会。整个一下午一晚上，赵英只跟我说了一句话"你来啦？真好！"就再也没有和我说过一句话。因为她对上武村的每一位乡亲，都和对我一样的真情实意，无限眷恋。她和他们有说不完的话，叙不完的情，哪还顾得上我！

晚会之后，她立即找到了我，从挂包里取出两瓶精品二锅头酒和两包"天津大麻花""天津果脯"，并说："这是我们知青共同摊钱买的，还有送给房东和其他朋友的，你一定收下。明天上午我们在村里自由活动，下午返回左权县城，后天就回天津了，咱们再见。"他们当夜住在上武，我和他们的另一些朋友当晚返回了县城。

知青经历，让他们懂得了山区的老百姓，懂得了农田的劳作，懂得了什么叫苦，什么叫情。我和他们相处，也真正感受到了纯真情谊的珍贵。

已过四十余载的知青情啊！

2017年1月29日
农历正月初二上午草成

注：本文首发于《左权文学》2018年第一期，2018年5月30日《今日左权》报转载。

遥望首都哭皇老

　　皇甫束玉老人已入北京医院治疗两年多，前期靠鼻饲，后来用管道直接输营养液，但他很乐观，很坚强。每天上午十点，坚持写日记，还给家乡、给友人、给《左权文学》作诗、写信。我们相约：一定活过百岁！他笑着说："我一定争取！"我几乎每天都默默地祝愿他一定活过百岁。担心的事还是发生了，2015年11月20日，刘红庆来电话，说皇老昏迷两天了，正在抢救。11月28日红庆又来短信，说皇老昨天奇迹般地醒来，我暗暗祝愿皇老，一定要再闯过这一关。但是，12月1日上午，噩耗传来，皇老11月30日晚上22:55分辞世了！我霎时呆住了！皇老和我们永别了！这世上，我又失去了一位乡友，一位文友，更是失去了在我心目中最可亲最可敬的一位尊师！

　　皇老1918年5月20日出生于辽县（今左权县）东隘口村一个耕读之家，名谨，字叔瑜，后改为束玉。其父皇甫漆，是爱国抗日知名士绅，其长兄皇甫珍，字聘卿，在省城上大学时即参加革命活动，并与辽县籍同学共同创办进步文学期刊《开路》，毕业返乡后不久因病辞世。皇老和二哥皇甫璞（字子玉），四弟皇甫琳主动参加了抗日工作。

皇老的一生，是为我国文化、教育、新闻事业做出突出贡献的一生，此话一点也不为过。

抗战时期，皇老即从事抗战文化、教育和新闻工作。他编创了大量的抗战新民歌，改造了小花戏，创建了抗战剧团，他和王恕先、阎濂甫等把几百年来低吟浅唱的左权民歌，改造成了高亢激昂的抗战战歌，他为传统的左权小花戏，注入了新时代的气息，他还为晋冀鲁豫边区编写了大量的抗战课本，为《抗战报》《胜利报》《新华日报》（华北版），写了大量通讯报道，因而他光荣地出席了太行区文教群英会，被评选为边区文教战线"模范工作者"，被《新华日报》（华北版）评为"模范通讯员"。他编创的《左权将军》（与人合作）、《土地还家》《四季生产》半个多世纪仍然传唱不衰。其中以《四季生产》歌词改编的小花戏《开花调》还获得了全国群星奖金奖。

中华人民共和国成立之后，皇老担任高等教育出版社党委书记兼副社长、副总编。百废待兴的新中国成立之初，拨乱反正的"文化大革命"之后，周恩来总理两次亲自点将，请皇老组织、主持高等学校教材的编写工作，他都圆满完成了任务。因而又荣获首届韬奋出版奖，并被评为中华人民共和国百名优秀出版家之一。抗战胜利七十周年之际，他又荣获抗日战争胜利暨世界反法西斯战争胜利双七十周年纪念章。

我和皇老初识,是在1984年。那年县里召开规模宏大的党史资料征集座谈会,时任全国政协常委的李雪峰、一些大军区、军分区的司令员、副司令员和不少全国各地任省部级领导的百余名老八路、老干部、老前辈云集左权,皇老也应邀回到左权。当时,我负责座谈会的整体报道,因而不能常驻一个组或细访每位前辈。晚上抽空去看望他,自我介绍时说:"我家住南峧沟,和东隘口相隔仅仅五华里,我岳母是东隘口皇甫家人,我二姨也嫁在东隘口。"他哈哈大笑说:"好!好!咱们既是同乡,还是亲戚哩!"

真正相交是在2010年。我的《辽阳题咏选注》初稿完成之后,本想请他校改,我知他年逾九旬,社会事务繁重,就不忍心打扰他。此书和《漫游散记》出版后,我才一并寄他存念。不料他不久便寄来一信,密密麻麻,蝇头小字,竟写了整整五页。信中表达了三层意思:一、《漫游散记》中的游记散文文字,既质朴又有文采,关键是几乎每篇都有作者的独特感受,很好,就不必多说了。二、把老祖宗留下的诗作进行选择、注释、翻译,是对中华传统文化的自觉传承,很有意义。而且诗是几乎不能"翻译"的,特别是许多抒情诗是只可意会,不可言传的,你却用"本诗大意"的形式,做了翻译,这是一项十分繁重,又是很容易吃力而不讨好的工作,你却大胆地去做了,真是难为你了。三、有七处"商榷"意见,而且清清楚楚地标明了第几页、第几行某字或某词。他还说:你是我的"小乡党",

咱们就是自己人，就可以说"心里话"，意见也许不对，仅供你参考。

　　皇老的细心、耐心、热心，让我深为感动，皇老信中字里行间流露出的关切、关爱之情，更让我受宠若惊。

　　这一年，《辽阳题咏选注》和《漫游散记》得到了省、市作协的认可，先后吸纳我成为山西省、晋中市作协会员，终于圆了我的"作家"梦。正当我在文学之路上准备继续前行之际，左权县老区建设促进会要求我参加《左权抗日根据地史料丛书》的编撰工作。我虽犹豫，但我是左权人，生在先烈鲜血染红的土地上，编撰革命史料，是义不容辞的，于是我就埋头投入此项工作。在完成《碧血辽县》之后，又着手编撰《抗战文化》一书。为了把书编好，我先后给抗战文化新闻战线的亲历者刘江（《胜利报》《新华日报》的主要编辑、记者）、鲁兮（《胜利报》《新华日报》的主要编辑、记者、发行负责人）和皇老等老前辈一一写信，希望他们接受采访、提供帮助。很快他们都回了电话说很乐意接受我的采访。皇老来电话说："我马上准备，你什么时候来电话通知我一声即可。"

　　2011年1月8日下午，我如约到了北京皇老的住处。一进大门，他的保姆（皇老唯一的女儿在国外工作）已经在那里等候。她说："你可算来啦！皇老天天念叨你，说怎么还不来呢？"进门刚落座，皇老就拿出一叠纸来，又是密密麻麻的蝇头小字，整整七页。他说："这前四页是我给你介绍抗战民歌、花戏、戏剧情况的提纲，后三页是提供给你拍照片的目录……"真没想到啊，已经94岁的老者，对我这个普普通通的求助者，竟然如此认真、细致地做了这么多的准备工作！临别时的几句话，我才明白了他的良苦用心："抗战不能忘记啊！趁我们亲历的人有的还在，由你们懂得这段历史又会写的人来写，这段历史才不会断线断档；左权县是真正的华北敌后抗战前线指挥中心，是晋冀鲁豫边区的心脏，一定要把这一史实留给后人……"

这之后，他隔三岔五就给我打电话："基祥，我又想起一件事来……""基祥，你写抗战文化的新闻部分，千万千万写上《新华日报》一次牺牲40多位同志的事，真惨啊！真壮烈啊！要告诉后人啊……""基祥，老区的抗战文化，可以说是先烈的鲜血染红的文化，你考虑是不是专门用一章写写何云，写写黄君珏……"

皇老和刘江、鲁兮三位前辈，均热情接受了我的采访，而且都为《抗战文化》一书题词写诗。而皇老一次又一次，有时长达一个小时左右的电话，更是令我今生难忘。《抗战文化》署名为我，其实是何云、黄君珏等先烈和皇老等老一辈革命者用心血凝就的华章啊！

我和皇老至情至谊的交往，是从编写《东隘口村志》时开始的。东隘口在外担任领导干部多年的皇甫建伟，多次和我商谈，希望帮他完成一部《东隘口村志》。因为东隘口村是八路军卫生部长期驻扎之地，是民主士绅皇甫漆协助边区推进统一累进税的试点村，是抗日无名烈士陵园之地，值得记载，但这毕竟是一部著述，而且我又不是东隘口村人，此事我一直犹豫不决。2012年5月20日，是皇老95岁生日，也是晋中高等师范学院创办"皇甫束玉教育文化艺术陈列馆"的开馆之日。师院邀请皇老参加开馆仪式并为他庆贺95岁生日。我应皇老电话之邀，于5月19日上午赶赴榆次。他紧握着我的手说："基祥，我太老了，力不从心了。我有一个很大的心愿，就是想看到《东隘口村志》，因为东隘口村为抗战做出过特殊的贡献，东隘口村这段光荣的历史不应当被埋没。东隘口村在外的人都忙得顾不上，在村里的人又写不了，建伟想请你帮忙，你一定要帮这个忙啊！我也写一些回忆文章给你参考。"

皇老情真意切的嘱托，让我热泪盈眶！他从心底里惦念家乡，他的出发点是宣传抗战、记录抗战。我紧紧握住皇老的手，一连说了两个"一定"，并请皇老放心，两年内让他看到此书。

此后不久，皇老便寄来两篇数万字的回忆文章，又让友人帮他录制了二十多个小时的"录音口述史"，他不但"说"，而且为村志的完成开始了真心诚意地"做"。这对两年内完成村志的编撰起了关键作用。东隘口乡亲带着村志书稿去看望他，他已经躺在了北京医院的病床上。他一页一页认真翻看，还提出了不少具体修改意见。没过几天，他又给乡亲寄来一首诗，哆哆嗦嗦的笔迹，结尾写道："太行不老，漳水长流，我更爱看咱东隘口人写春秋。"

看着这滚烫的诗句，我热泪盈眶。从此，我昼夜加班，同东隘口村的同志一起，赶写村志。终于在2014年8月将书印成并递到了皇老手中，我也总算为皇老做了一点应该做的事。

皇老情系家乡，情系友人，不遗余力为社会做着各种各样的事，几乎无一日一时的闲暇。我想，皇老对我特别关爱毋庸置疑，但这也是缘于他对家乡、对祖国和对所有友人的无限挚爱。

离休之后，在友人的协助之下，他每年出版一本《杂咏》，而且整理出版了《束玉日记》《束玉文存》各一部，《束玉信札》上下两部。《束玉吟草》《凌晨集》诗集两部。我电话恭贺，他却笑着说这是"捎带"。确实是不折不扣的"捎带"，据我所知，他的主要精力，还是放在了家乡和友人，放在了原单位的工作上。仅带"左权"二字的大部头书稿，他就先后校改了《左权县志》《中国共产党山西省左权县组织史资料》《中国共产党左权县简史》《左权县教育志》《左权县文化志》等，他还参与主编（任副主编）了《中国革命根据地教育史》三卷、《毛泽东教育思想》等。他还为韩卫平等诗友、文友校改诗文著作。仅编校的大部头著述就有10余部，而且都是一字一句地校改。他还是中华诗词学会的发起人、学会会员和教育工作委员会委员，还担任山东诸城"银杏日记收藏馆"的顾问并积极参与"全国日记论坛"活动，为全国各地友人的书、馆或重大活动题词题诗写字，而且他还有个习惯：来信必回，这也消耗了他大量的体力和精力，无怪人们赞扬他为"庙里的神神，有求必应"。

皇老在有生之年，为何精力如此旺盛？他的两首诗作略可明志：

人过六十莫彷徨，

来日不如去日长。

我自老兵骑老马，
拼将余热发余光。

七十未衰热有余，
不能骑马也骑驴。
人担一百我担半，
一寸光阴不可虚。

无怪乎皇老年逾九旬而笔耕不辍；无怪乎皇老饮食不进而诗文仍出；无怪乎皇老要向百年冲刺！但令我万分惋惜的是此愿竟成空！这真是：
百年冲刺终成空，
顿使晚生泪满襟。
铁笔续写中国梦，
欣喜定有后来人。
皇老，您劳累了一辈子，安心地休息吧。

注：此文发表于 2015 年 12 月 10 日《今日左权》报，《左权文学》2016 年第二期转载。

漫 / 游 / 散 / 记

平生爱旅游，还爱写点相关文字聊以纪念，2010年出版了小册子《漫游散记》。承蒙晋中市文联、作协厚爱，这本小册子还有幸被评为晋中市"文艺精品"，并予以奖励。后来又游了些地方，写了几篇，收录于此，权当小册子的续编了。

人生的"长度"是有限的，但是，读万卷书，行万里路，开阔视野，增加知识，人的"宽度"可就无限了。

漓江的自然美

桂林山水甲天下，阳朔风光甲桂林。

酷爱旅游的我，从内蒙古的茫茫大草原，到椰风海韵的海南岛；从秦皇岛的老龙头，到西安的大雁塔，大半个中国的著名景点我几乎都去过了，甲天下的地方反倒没去过。因此，孩子们问我：还想去哪儿游？我总是脱口而出：桂林！于是，丙申中秋前夕，孩子们安排我参加了桂林双飞五日游。

在桂林，清澈的漓江由北向南穿城而过，弯曲的桃花江由西向东注入漓江，木龙湖、统称桂湖的西清湖宝贤湖丽泽湖、榕湖、杉湖，构成两江四湖美丽的城中风景带。在桂林城中，除到处是明浩如镜的江水湖泊，还有几十处突兀而立的青峰：孤山、穿山、象鼻山、叠彩山、骆驼山、独秀峰等等。街头有山，楼前有山，山旁是街，山跟是楼，这样一来，桂林真的成了一座山水之城：城在山中，山在水中，水在城中，山、水、城浑然一体。但是，令我遗憾的是：桂林城中，高楼林立，那些高楼大厦老是挡山挡水，让人难以纵目一览。

在阳朔，漓江从东北弯弯曲曲向西南穿城而过，许多青峰围绕或直接坐落城中。知名导演张艺谋打造的实景剧"印象刘三姐"，其舞台就在湖中，水中舞台周围就是青峰，观众眼前就是晚会，更是山与湖浑然一体的美景。然而白天徜徉阳朔，迎面而来、接踵而至的竟都是漂亮的现代的白墙小楼，看山看水，还颇费周折。

桂林美，阳朔美，但美得已经有点不太协调，让人感到别扭。那十几层、几十层堆积如火柴盒式的高大楼房，让原本青山绿水之城不见了。

在桂林，在阳朔，你需要在城中找山，或城外看山，城中找水，绕城看水。高楼大厦已经遮挡住你直接观山赏水的视线。寻寻觅觅，才得以欣赏到自然美景。

桂林至阳朔间的漓江可就不同了，那才是真正的自然美景！

漓江发源于桂林之北的兴安县猫儿山，流经桂林、阳朔、平乐，至梧州汇入西江，全长四百三十七公里。而桂林至阳朔这一段，山水风光最美，全长八十三公里。弯弯曲曲的漓江，江水清澈，或而泛蓝，或而呈绿，船边浅水处，甚至江中卵石与水草都清晰可见。两岸青山叠翠，步换景移。江边突立的山峰，峰顶修不得建筑，峰脚直插江中，没有人工造作的余地，这里保留的是真正的巧夺天工、鬼斧神工的绝美自然景观。

由北至南，乘坐中小型游船沿江而下，两岸不尽的青峰，真让你目不暇接。北方的山，有高耸的石崖，山崖和峻岭连绵不断。而漓江两岸的青山，则无崖无岭，就是一座座青峰。或独立，或成群，或成排而立，或前后错综。有羊角山，形如羊角；有美女峰，亭亭玉立；有骆驼峰，缓缓前行；有五指山，形同五指；有蝙蝠山，匍匐欲飞；有寿星观仙桃，那老者默默地认真地注视着仙桃；有唐僧师徒取经，那沙和尚光头秃顶，孙悟空弓背弯腰，唐僧僧帽端戴头顶；书童山、笔架山、九马画山等等等等，惟妙惟肖，更让你眼花缭乱。

　　而这无数座青山，或有飞瀑，或有溶洞，各不相同，又悉数倒映江中，水上山，巍然挺立；水中山，微微晃动。散文大家梁衡说："其实这水是专来为山做镜子的"，这真是"小小竹排江中游，巍巍青山两岸走。"韩愈诗云："江作青罗带，山如碧玉簪"，对倒也对，面对如此纷繁的美景，确实还显简单了点。

　　沿江而行，江水清澈，平稳无波，只有游船竹筏游过，才有微微涟漪。那两岸山脚下，间或有村舍，黛瓦黄墙，翠竹摇曳，村前伸到江中的石台阶上，顽童嬉戏，农妇洗衣，那更是一幅幅令人叫绝的浓淡相宜的水墨山水图！

　　在漓江的一条支流遇龙河上，我们每两人乘一片竹筏，在农家大嫂轻盈的竹篙点水和甜蜜的微笑之中，更是亲身感受到水上人家的逍遥与自在。在遇龙河上游，我们又乘小船游览了现代版的"世外桃源"。这"世外桃源"真的好像在世外。小船弯弯曲曲顺河前行，突然穿过一个深邃的山中水洞，面前豁然开朗，湖泊连湖泊，湖泊中不时出现有三五户或十来户农舍的小岛。岛上的粉墙、黛瓦、青山和周围的绿水，是那样的浑然一体，协调无比！

　　这里没有车水马龙，没有高楼大厦，没有人声嘈杂。这里是格外的安详，格外的静谧，偶尔的鸭叫鹅鸣，更显这里的宁静。真没有想到飞速发展的现代化社会里，还真的有这样让人惊异的"世外桃源"！

　　人们常说自然风光美，美就在"自然"二字。原来纯自然的美，不造作，不虚伪，还那样的亲切。水上清风的微凉，岛上鲜花的微香，一阵阵扑面而来，扑鼻而至。山水如画，人在画中，这些描写自然之美的语句，恰如其分。而人工造就的美，当然也美。但没有大自然的美这般真实，这般气魄，令人心动，令人震撼，令人陶醉。

　　还没有被人为破坏的漓江啊，但愿你世世代代清澈，世世代代流淌，世世代代留在人间！

　　注：此文首发于2015年5月18日《今日左权》报，后发于《左权文学》2017年第一期。

岁月——莲花庄园散记

怪不得，人们都愿意到莲花岩生态庄园度假旅游，这里就是美。晋中市作家协会2013年8月在左权召开采风笔会，我又随数十位作家、诗人来到了这里。

莲花庄园美，美在太行层崖。207国道西侧，还未进入莲花岩庄园的大门，层层叠叠的太行山层崖就令人惊叹不已。太行层崖，在八百里太行并不罕见。但如此集中连片，却不多见。一层层，一叠叠的岩石，堆积成了奇形怪状、巧夺天工的各种形状的山，如龙、如虎、如龟、如兔，如仙人飘飘下凡，如诗人仰天高歌，如凤凰展翅欲飞，如蛟龙翻滚入海……奇特的是无论何种造型，其横纹，一条条，一条条，是那样清晰，使人想起了沧海桑田。

莲花庄园美，美在世外桃源。一入庄园大门，粉墙黛瓦的农舍，蜿蜒曲折的小桥流水，山涧里鸟叫蝉鸣，沟壑里层层梯田。春季百花盛开，夏季瓜果飘香，秋季色彩斑斓，冬季银装素裹。

莲花庄园美，美在美丽传说。莲花仙子为山民播雨撒露，岑鹏马武聚众山寨为山民解除苦难，用水一浇则出现佛像与字迹的奇石，仰头一看，便见二龙飞天的立体岩画。一山，一水，一树，一石，几乎都有或美丽、或凄婉的动人传说。

莲花庄园美，美在古老崖居。莲花岩庄园中心的北山，高约百米的山坡之上，壁立千仞的悬崖之下，竟一字排开数座民居。这几座民居，只有石垒前墙留有一门一窗；两侧山墙，亦是石头砌就；后墙是石崖，无须装饰；屋顶是悬崖，遮风挡雨；地板是石头，尘土不扬。石板搭就床铺，石头垒就锅灶……

游人及此，或观山，或览水，或听风，或赏花，或果园采摘，尤其要到崖居一游，刚刚离开城市的喧嚣，看着眼前的石屋、石炕、石灶、石碾、石磨，仿佛回到了远古时代。这里早已无人居住，可眼前的一切，给游人留下了无尽的遐想。一看到古崖居，我就想起了我妻子的大爷，想起了那年月。其实，崖居的主人就像刚刚离去，他们的音容笑貌好像还在我的眼前，他们日出而作、日落而息的平静恬淡的生活，就如同发生在昨天。

莲花岩庄园，原来是左权县境内一条荒凉的山沟，名叫小阴沟。小阴沟有十几户人家，在山里开荒种地。小阴沟后还有个十几户人家的小村，叫"莲花岩"。早年间，我妻子的大爷一家为了逃避债务饥荒，逃荒来到辽县。他的弟弟，也就是后来的我岳父到了南峧沟。而大爷一人却来到了小阴沟,他抬头一望:山崖里有几座小石屋,又遮风又避雨,能住。周围都是荒山,有许多地可开垦,沟里还有水。于是,他就在山崖底下住下,一片一片地开荒种地。闲暇时,他把石头一块块地背到山崖下,整修小石屋,垒起了前墙,留一个门方便进出,留个小窗,能透进点光亮。他又背了无数块石头,把东西两边垒住,把"院落"整平,一个像样的住房就产生了。

他在山地里种玉米、种谷子、种山药蛋,刨药材到十里地之外的集镇上换点食盐、煤油,再换点土布,请亲戚缝制衣被,就这样,他在这里落户生活了一辈子。

后来,又有几户人家同他一样,也搬来他的石屋左右居住,这个崖居"村落"就形成了。

1966年秋,我结婚了。第一个春节,按家乡的习惯,正月初三,由我三妻妹四妻妹陪同到崖居"认亲"。大爷捎口信说:他没有葱,让我们捎两棵去。三妹和四妹就带了两棵葱去。大爷一见,苦笑着说:"说带两棵就带两棵啊。"

大爷炒了一碗豆腐、一碗猪肉,端在小炕桌上,让我们吃饭。我们仨人就立刻上炕坐在桌边。大爷又苦笑了一下说:唉,这是做啥,新女婿上门连个头都不磕?我恍然醒悟:忘了!赶快翻身下炕。恭恭敬敬给大爷磕了头。大爷这才笑眉开眼地拿出五角钱给我。席间,大爷十分高兴,几乎顾不得吃饭,看看我这个新女婿,再看看他的俩侄女。山间多见石头少见人,这可都是他的亲人呀!大爷说他每天就是玉米面、小米,蔬菜就是山药蛋,有咸盐就行,从来不吃葱姜蒜。为了炒菜招待我这个新女婿，才特意让我们带两棵葱过来。他还说，平时吃饭为了个饱，摘两个梨切成片，放点盐用水煮一煮，也能当菜吃。据说，大爷结过婚，妻子嫌山里苦，带着唯一的女儿走了。大爷再未娶妻，年老生病之后，到了我岳父家里，直到去世。

山崖里的几户人家，后来都迁走了。小阴沟、莲花岩的几十户人家，也都先后搬出了山沟。

21世纪初，农民企业家高乃文与人合伙买下了这条沟，充分利用沟中的土地、房屋、水源、崖居等自然资源，种药材、种核桃树，整修了崖居，修建了农家乐饭店、旅店，硬是将一条荒沟，变成了游人如织的生态庄园。

岁月，让人成长、成熟，又让人消亡；岁月，让荒凉变繁荣，让繁荣变荒凉，又让荒凉变繁荣。这里，曾经荒无人烟；这里，曾经炊烟袅袅；这里，曾经被人抛弃；这里，又呈现了繁荣。

岁月，是艰苦的，酸楚的；岁月，也是甜蜜的，温馨的。岁月，应当是越来越美好的。

注：此文首发于《乡土文学》2013年第五期，2014年7月5日《今日左权》报转载。2016年被收入晋中市委宣传部编印的《作家眼中的晋中》一书中。

北郭晴岚圣境游

我是左权人,但在左权境内的"辽阳八景"(一说十景),却没有看过"北郭晴岚"这一实景,只知它在县城以北的一个地方。

2010年5月19日下午,受晴岚村之邀,我和县城20多位文学书画爱好者有机会到"北郭晴岚"一游。我们分乘三辆小面包车,出县城向北,到下丰堠附近,离开207国道向左拐,沿沟内一条大道继续向北行进,离城大约23公里,到了一个叫下凹的村后,在半山坡一块较为平坦的地方,车停了。主人说:前面就是"北郭晴岚",它的中心是一座娲皇圣母庙。

放眼一望,面前是一座半圆形大山,大山中间即是女娲官庙,还有些建筑隐约可见,大山两边,仍是逶迤不断的群山。

我们沿着两米来宽的弯曲土路登山而上,沿途一些高大、挺拔的松树散见于山坡，树虽不多，却都古老、苍劲，山坡上青草凄凄、野花飘香。可以想见，这里如不遭兵火之劫，肯定是一片松柏苍翠、百花盛开的繁茂景观！

啊！这就是该地区的老百姓津津乐道为之骄傲的"大庙"——女娲官庙。数十级台阶之上，是一座面阔五间、雕梁画栋、琉璃瓦顶的"山门殿"，进入山门，一片开阔地上，中殿、两侧偏殿的石头根基清晰可见，残碑断石几乎到处都是，东侧则有数碑仍然屹立，碑上文字依然可辨。正北，是一座新建不久的三间两柱黄琉璃瓦的后殿，从大庙的石头根基和古碑来看，当年这里的殿堂规模宏大，香客自然络绎不绝，难怪人们称之为"大庙"。

去之前匆匆翻阅了"北郭晴岚"的一些资料。在"大庙"的院子里，又现场听了一位姓曹村民的讲解，我对"大庙"才有了一个大致的了解。

"大庙"，地处左权和顺两县交界左权一侧的紫荆山上。清代乾隆年间的进士曹九成《重修紫荆山碑记》称："紫荆山，北郭佳境也。脉传乾岗之左背，蜿蜒数百里而入辽。上有镇地之秀盖，下有仰天之灵泉，以故四地景殊，元气不改，常现瑞色青霞，以树山川胜气。"

贡生赵文点《北郭晴岚》诗曰：
南离对照半天晴，
佳气每从北极生。
七里蜿蜒尘尽洗，
峰峦都向晚霞明。

这首诗，更简洁地介绍了"晴岚映秀"的壮美景色。

紫荆山海拔虽只有 1700.4 米，但由于其地处县北，占了"主位"，而其东南太行诸峰，海拔 2000 多米的群山则屈居"客位"。登上紫荆山巅，北望和顺，群峰尽收眼底，南顾辽境，数条山川向南延伸。"大庙"则位于紫荆山山腰，好似怀抱锦团。

细看庙址，大院中中殿、东西配殿石头根基清清楚楚。首创不知何年，最后重修则在民国二十四年（1935 年）。宋生兰（下丰堠人，增贡，抗日战争时期著名爱国开明士绅）主持开光大典。重立碑石，其弟宋生云撰文，李魁伟书丹。重修后大庙格局为：山门殿内塑十煞阎罗，天堂地狱诸像。进而为拜楼，再进为主殿，斗拱飞檐，雄伟壮观，殿中有精雕细镂之大神龛，内供炼石补天之神女娲皇圣母坐像，第三进为"后宫"，塑像更多。左右配殿内塑各色神像，其中"子孙圣母"最受村民崇拜。求子的、还愿的你来我往，最是热闹。

顺女娲官庙东南而下里许，有两进大院，中有倒座窑楼，为"海眼寺"。

女娲官庙西不远处，小庙中有一"泉眼"，实为一眼宽不盈尺的小石井，内中清水晶莹澄澈。传说任凭多少人马来此取水，也永远不竭不溢，而且可治百病，故称"灵泉神水"。

女娲官庙东不远处，又有一座灵官殿。

女娲官庙西南半里许，建有一座"石佛寺"，仿木石构，内刻佛像众多。

总体来看，庙宇成片，互相映照；青松挺拔，苍翠入画；

群山环抱,沟壑网布。山顶烟云岚雾萦绕,山脚梯田层层团裹,果然佳境也。

然而由于战乱,如今只有山门殿和后宫,其余皆荡然无存。一处绝佳盛境,几乎成为荒山一片。附近村民痛惜不已。如今太平盛世,村民衣食不愁,欲举数村之力,恢复此地景观。各界有识之士,乃当慷慨相助!

晋中行散记

晋中市，在20世纪80年代叫晋中地区。由于工作需要，所属各县市我至少都去过两三次。后来广告上说"大美晋中"，真的名副其实。榆次老城、常家庄园的历史积淀；太谷、祁县、平遥的晋商佳话；介休、灵石的山水风光和历史传说；东山各县的太行美景和红色风云，无一不彰显着晋中这块土地历史悠久、山河秀丽、人杰地灵。已经离岗休息的我，近二十年蜗居在家。突然接到有关部门通知，组织晋中市老作家、老专家游晋中，写晋中，名单中竟然有我。作家专家实不敢当，老同志倒是真的，于是欣然前往。没想到，开发区、太谷、祁县、灵石、昔阳、和顺六个地方一游，让我大开眼界：晋中变化之大，大得让人震撼；晋中各地的大项目之多，多得星罗棋布；晋中民生扶贫项目，精准到村到户；晋中各县市"挺进全省第一方阵"的那种势头、那种力度，让我从心里感动！我真的不虚此行，我想说想写的太多了，又不知从何说起，那就叫"晋中行散记"吧！

老司机找不着北

2017年7月21日上午，左权县老干部局老司机范师傅，开车拉我和另一位老同志，按约定到锦纶路的晋通酒店报到。锦纶路是晋中市所在的榆次区域东部第一条南北向大街。昔阳、和顺、左权三县人从榆次东一进顺城街，不远处就是锦纶路南口。找这个地方我们三人信心满满。不料一到榆次东，顺城路东口竟新建了座规模宏大的立交桥。我们边看边惊叹之时，却错过了应出之口，只好寻到下一个出口，进入市区内绕了个大圈，才到了晋通酒店。范师傅说："榆次变化太大了，我开车来榆次二十多年了。特别是到了榆次北部，不靠导航，我几乎哪也找不着了。"我说："这就叫'找不着北'。"

夜宿酒店，与左权籍好友王占文闲聊。王占文说："我来榆次居住十几年了，榆次的变化真是又快又大。'一条马路一座楼，一个警察一个猴'，已经成了远古的故事。短短二十多年，迎宾街、安宁街、文苑街、龙湖街相继建成，特别是东西南北的环城路，成了榆次的大外环。"他以半个榆次人的身份自豪地说："我告诉你！你去开发区看看，你去大学城看看，在榆次，三天不出门，就会变了样。半年不出门，开车就转向！"确实是，近十多年来，榆次城区高层住宅小区星罗棋布，高架桥比比皆是，公园绿地洒落楼宇之间。开发区的设立,大学城的建造,让榆次城成了太原市南郊的一座美丽新城,太原市南部一颗靓丽的明珠。

榆次城区的变化,也是晋中市各县市城市建设的缩影。五天来,所经各县市,城区面貌都大为改观,让我真的都"找不着北了"。

项目大得让人震撼

21日下午,晋中市政府副秘书长向与会的老作家老专家通报了全市经济社会发展情况。其中谈到许多投资规模大、技术含量高、产值效益好的企业在晋中落户,有力地带动了全市经济的高速增长。我仔细听了却不大在意,这种话我这几年听多了。

没想到22日上午,我们参观"中鼎物流园"时,这个企业的规模气魄之宏大,构想设计之超前,惊现眼前之场景,让我看花了眼,惊呆了胆!真的一个字:"大"!

构想设计大:以地网接天网,"一单制""一站式"为物流客户服务。物流园不仅联通全国铁路公路,还紧靠武宿机场,可谓海陆空可联运,全球一站通!占地面积大:总占地面积4800余亩,包括ABCD4区11港,仅A区投资就达60亿元。最小的C区是商品汽车港,即外地来榆次太原及周边地区销售,本地需到外地销售的汽车,均要在此停留、周转。我们看到停车场内东西五六排、南北不见头和尾的数千辆白色小汽车停放在那里。大家见此汽车方阵，惊呼声一片。导游说："这些汽车，一两个小时就能装列（车）运走，两三个小时，货场又会停满。"啊呀"！我也开始"啊呀"，这就是"中鼎物流"的"物流"呀！仅现代化仓库，就有14座，面积共18万平方米。大到集装箱，小到小快递，均可承接，开园不久，就开通了山西的中欧班列，马上还要开通中亚班列，接通海上丝绸之路。

科技化程度高。这么大的业务量，我们在客户接待厅里却只见到十几个工作人员。原来，中鼎物流园是利用智慧物流云平台，充分利用高科技手段，使用大数据、云平台，工作人员在电脑荧屏前，手指头敲敲打打，就可掌控、安排相关事宜，实现货物承运、物流组织、产业联动、跨行发展、合作共赢之目标。

类似这样投资过亿、十几亿、几十亿、上百亿的大项目，在随后的几天内，在各县市中见到不少。大项目引领大发展，在晋中名不虚传！

太谷县创办的"农谷"就是典型一例。这是集聚农业科技研发机构、院士专家团队，开展研发创新、集成创新、人才培养和产业化应用，形成高科技农业实验室、推广站，使农谷成为现代化农业产业科技创新中心，功能农业综合示范区，特色农业产品区，农业高科技集聚区，农产品加工物流集散区，农村产业融合发展先行区，智慧农业综合服务平台，充分探索农业产业园、科技园、创业园三园同建并与农民利益紧密联结的体制机制。多么宏大的构想！多么超前的新型农业意识！

灵石惊现白云蓝天

一看题目，看官啼笑：上有蓝天，下有黄土，何惊之有？且慢，说来话长。

20世纪七八十年代，我至少三次光顾灵石。从领导到同志，无不自豪地为我们介绍：我们灵石物产丰富，到处都有红（铁矿）、黄（硫黄）、蓝（焦炭）、白（石灰）、黑（煤炭）。改革开放以来，我们充分利用当地的矿产资源，大力发展乡村企业，全县产业大发展，收入大增。确实是，当我第三次去灵石时，整个县城几乎全由平房改造成了楼房，到刚刚落成的翠峰公园高处一望，一座高楼林立的现代化小城尽收眼底，没有经济实力，很难做到如此。可惜，东南西北一片灰蒙，扑鼻怪味迎面扑来。灵石的朋友道出了心里话：我们这里就是污染太严重，介休污染厉害，我们这里更甚，白衬衫一天就成了黑灰色，几十米外看不清谁是谁！

没想到这次到灵石，我首先看到灵石的天是那么的蓝，天上的云是那么的白。我对同行的原灵石县广播局局长米存义说："啊呀！我终于看到灵石的蓝天白云啦！"米存义说："还是你了解灵石。二十多年啦，我们灵石人早就不看天啦。反正晴天阴天雨天，头顶上都是灰天。这几年可真的不一样了。几十座小煤窑整合成了三大煤业集团，煤焦厂矿治污力度大大增强，红黄白小厂矿全部停产，同时加大了产业转型力度，王家大院、石膏山、红崖峡谷等旅游项目，已经成为我县主导产业，灵石不仅越来越富，而且越来越美了！"

是的，晋中全区着力推进由资源型到绿色生态型经济的转型发展，全市努力创建国家全域旅游示范区，已经取得显著成效，遍布全市各地的生态庄园，就是最典型的一例。

整个晋中的山真的更青、水真的更绿、天真的更蓝了！

短短五天，我们看到了吉利10万台新能源轿车生产线投入运营；各县种植养殖实现规模化；山区小县灵石创办了规模大而治污力度更大的希望铝业基地；昔阳县有了电子商务发展龙头企业"云创众创空间"……

行文至此，很不尽兴。我还想写写金太谷总投资达45亿元的文化产业园；银祁县五彩斑斓的红海玻璃，总投资同样是45亿元的现代农业新地标和生态旅游目的地千朝谷项目；总投资达390亿元的灵石县铝系综合循环项目；充满大寨精神的昔阳县李家庄双孢菇、香菇种植示范园；和顺县规模宏大的光伏扶贫电站和传统而又形成规模的肉牛养殖项目。但此文已较长，就此打住，且听下回分解吧！

注：本文收录于晋中市老干部局2018年编撰出版的《老干部眼中的新晋中》一书中。

石匣乡记

  盘古开天地，亘古有辽阳。抗战烽火起，群英汇太行。将军殉国，浩气长存，易名左权，名声远扬。县城之西，石匣为乡。茫茫峻岭丛中，滔滔清漳西源，溪水潺潺，绿树葱葱，实属山清水秀之佳地；英勇抗战，艰苦斗争，永铸太行精神之忠魂；民歌悦耳，花戏尤精，堪称民间文化之瑰宝；改革开放，百舸争流，真乃人间世上之仙境。

  石匣乡府，驻地石匣。一九五八，始设上游公社；一九六一，易名石匣公社；一九八四，改社为乡；二〇〇一，撤乡并镇，柳林乡半数，川口乡全部，合并于石匣，三乡成一乡。所辖行政村二十八个，面积四百三十多平方千米，总人口一万零八百有余。

  石匣之乡，抗战闻名。浴血御敌，辽西立政。西临榆社，北接和顺，日军炮台林立，到处掳掠奸淫，人民奋起抗战，抗日烽火怒燃。蒿沟村驻扎辽西县委政府，马厩村驻扎三八五抗日劲旅。狼牙山战斗，威震敌胆；辽西一把锁，名扬全县；榆辽战役，战果辉煌；敌伪据点悉数被拔，军民之威自此远播。抗战获胜，辽西建功。

石匣之乡，民存古风。小花戏起始久远，开花调天籁之音。抗战伊始，盲宣队组建宣传抗战；中华人民共和国成立之初，孔家庄花戏扭进京城；民歌擂台，羊倌歌王一举夺冠；传承基地，全国歌手红都展风。

石匣之乡，与时俱进。改革开放，突飞猛进。地域宽广，土厚水纯，气候微温，宜牧宜种。杂粮生产发展，牛羊猪鸡成群。植树造林，变荒山为宝地；生态庄园，化荒凉为茂盛。长城老醋，香甜味醇；鲜淼冰酒，华北称雄。脱贫攻坚见成效，共奔小康齐圆梦。

喜看今日之石匣，青山绿水，林茂粮丰。国道高速过境，大江南北皆通。左权湖碧波荡漾，葡萄园喜迎宾朋。感党之恩不忘，谢民之情心中。乡党委举红旗高歌猛进，乡政府办实事身体力行。石匣乡历史铭记于心，全乡人立志继续前行！

注：应石匣乡党委政府之托，为乡政府大院影壁后"石匣乡简介"而撰。

文 / 史 / 小 / 记

左权县号称"民歌之海""花戏之乡"。左权民歌《开花调》和左权小花戏双双被列为国家级非物质文化遗产保护名录,因而左权县被国家文化部命名为"全国民间文化艺术之乡"。

在左权县民歌与小花戏研讨会上,来自全国各地的相关专家发表了许多相关论文,本人在研讨会上提供了三篇书面发言,记录于后。

我和左权小花戏

20多年来,我编写了100多个小花戏脚本。其中,在县文化馆编印的《春节演唱材料》上发表了十几个,另外的大部分则由西关村文艺队直接排练演出,还有一部分由南街村、突堤村、桐峪村、西隘口村、石匣村等村文艺队演出。

此外,在宣传小花戏方面,也做了一些工作。所以,我和左权小花戏还是有较深的缘分的。故撰此文,供有关部门和有志于研究左权小花戏的行家同仁聊作参考。

左权小花戏据传发源于县城之西,但繁荣之地则在县城及其周边。左权的东、南乡小花戏的数量和质量均远不及县城及其周边,但每年春节元宵,左权的东、南乡各村也要"跳"左权小花戏。

我生于距县城60多华里的桐峪镇南峧沟村,这是一个离公路还有3里多地的70来户人家的小山村,但村里有"音乐团"。（实际上是流行于晋东南地区的"八音会"，俗称"十样景"）。每年春节，村里一定要"扮"小花戏。孩子们抹个小红脸，腰上系个小遮巾，四个、六个，最多八个男（也扮女装）女孩说四句、唱四句，过门两句加上下场过门，便是一个"小花戏"。

  我虚岁八岁开始，便年年被村里"挑"上"跳"小花戏。有一年，我实在不想"跳"，便和也"挑"上"跳"小花戏的表哥赵有庆"逃"到了邻村我二姨家躲避。急得导演（邻村西隘口的"瞎锁昌"）说："要甚有甚不短甚，光短基祥和有庆。"最后被村里派人"抓"回，继续"跳"那个说四句、唱四句，两句"过门"的小花戏，这便是我和小花戏结缘的开始。

  之后，我"住校"上高小、初中乃至平定师范。"文化大革命"10年间在左权县广播站工作，虽身处"花戏之乡"，但工作繁忙，我也就只看而不编、不演小花戏了。

  1976年之后，群众文化又呈百花齐放之势，左权县春节文艺"夺旗"成为上百个文艺队竞争之热点。西关村党支部书记曹生珠找到我说："你家在乡下，老婆、孩子户口迁来西关，就能在县城批地基盖房，但你必须对西关村做出贡献，你是'大编辑'，给咱西关编花戏行不？"我年轻气盛，满口应承，谁料一发而不可收，从此开始了编、导小花戏。

  我从小就接触小花戏，又有点文化水平，编出来的小花戏，得到了广大观众的认可。我主编，张世红导演，郭建华作曲，加之西关传统的吹打功底雄厚，西关村善

"跳"小花戏的女孩数不胜数，西关文艺队的演员真是百里挑一。俗话说"火炼三家快"，西关小花戏编得好，导得好，曲儿好，唱得好，在1982年前后，竟然连续3年在全县文艺汇演中夺旗。这几年，我每年编五六个小花戏脚本，二流的上交县文化馆，编印成册后散发全县，一流的反而秘而不宣，比赛时才一展"雄姿"，亮相于世。我编的小花戏小有名气后，每当春节来临之际，不少村派人来找我。有的是提前预约新编，有的则是将我给西关编的脚本抄写一份拿回去用，甚至还有更低的要求：将去年的脚本供给他们就行。

20年来，我编的小花戏脚本主要情况如下：《嫦娥春游》，此本编于1977年左右。当时的党中央、国务院做出了振奋人心、气魄宏大的经济建设规划蓝图，国人备受鼓舞，欣喜异常。我便以嫦娥在月宫倍感寂寞，下凡春游为题，写其遇上了人间水利员、科技员、卫生员等等，众"员"邀其参观，介绍现在的成就及规划的各行各业新貌，此脚本构思较新颖，场面较宏大（神仙有嫦娥、吴刚、玉兔，人间有水利员等8人，还有8人手执云板既为造势，又为陪舞，上场共有19人之多），词语华丽风趣。当年就被左权文化馆选编在《春节演唱》专辑中，突堤文艺队在县城演出。此脚本可以说是小花戏脚本创作上的一个突破，后被收入李明珍、刘瑞琪编写的《左权小花戏》一书的"存目"篇中。

1983年编写了《四老汉驾起小四轮》《会哥哥》等。前者反映十一届三中全会后，4个老汉精神焕发，架起小四轮直奔致富道的喜悦心情。音乐干脆利落，唱词十分风趣。四老汉名字就叫李发财、张红盛、王若能、赵得劲。而他们自称"李发财我真发财，张红盛我真红盛，王若能我真若能，赵得劲我最得劲"，各自介绍了他们发家致富的经过。后者则讲述了西关村王三，爱上了西河头小兰，二人元宵节共观花灯、商讨结婚事宜的故事。其中王三富裕之后的喜悦心情溢于言表，风趣幽默的对白令人捧腹。如王三说他家富裕是"一丈布缝了个布衫，肥哩不行"，说到家中的新潮摆设，其中一句是"沙发后头还竖了一根棍棍，是甚？原来是落地罩灯"！观众会心大笑，倍加赞赏。

  这两个小花戏和王宪伟编导的《剪窗花》3个节目，在山西人民广播电台的《农村俱乐部》节目中，连续播出了4次。

  1995年前后编了《喜看县城大变化》《老干部齐夸县政府》等。1980年后，西关村迅速扩大，北街村、南街村也因本村修房盖屋增多，外来居民增加而迅速扩大。每村一两个文艺队应付不了元宵节"串火盘"的演出需要，于是各村都化整为零，以街道、以片组织文艺队。因此，西关村每年便由全村1个小花戏队变为5到6个花戏队，我编花戏的任务就更重了。其中一年，西关前街、皇母圣、前沙河、后沙河、小南头、新菜地6个小花戏队，有5个小花戏队请我主编脚本，西关村干部戏称："这是张基祥小花戏作品演唱会了！"

  这几年，我每年编写少则5个，多则10多个小花戏脚本，大都为及时反映县委、县政府中心工作、人民群众所想所盼、针砭时弊等内容。1984年至2000年，是我编写小花戏脚本最多、质量也最佳的时期。

20余年，除了不遗余力地编、导小花戏外，我还做了一些小花戏的推广与宣传工作。

我认为：左权民歌和左权小花戏，在推动左权革命与建设、丰富左权人民文化生活、宣传左权等方面，起到了特殊的、不可替代的，广泛而深刻的重要作用。它又是左权所特有的，因而也就是更加珍贵的民间文化遗产。因此，我就萌生了大力推广和宣传左权民歌和左权小花戏的愿望。

首先在本土大力推广与宣传。经我提议，台领导批准，左权县广播站（后改为电台）每周六晚上播出文艺专题《左权文艺》，将每年春节元宵赶录的全县精品民歌、小花戏常年安排播出。此节目大受左权听众喜爱，在外地的左权人也纷纷向亲友，甚至到广播站复制。此节目一直延续了将近十年。

第二，向晋中地区广播站、山西人民广播电台推介。从1975年开始，每年精选一些左权民歌和左权小花戏录音，供地区广播站（全区联播）和山西人民广播电台的"文艺节目""农村节目"选播。特别是在1983年7月和8月，我向省电台送了《太行山上并蒂花》录音节目时，详细介绍了左权民歌及左权小花戏的产生、发展及现状，中间还穿插了不少实况录音。当时的农村部主任巩布维（后为电台副台长，榆社人）听了兴奋异常，说："这既是咱山西的文化土特产，又有现场音响，很具广播特色。"立即安排我住在电台招待所,改写和协助录制。我未返程,电台就在《农村俱乐部》又播出了录音节目《太行小花更娇艳》,又一次集中介绍了左权小花戏。全本播出了《四老汉架起小四轮》《会哥哥》《剪窗花》3个小花戏,并请当时电台最著名的女播音员李秋芳解说。此节目破例播出了4次(一般是初播一次,复播一次)。20世纪80年代以来,左权民歌和左权小花戏在晋中全区乃至全省影响越来越大,与此也有一定关系。

2005年1月3日

注:本文和《西关村的吹打和西关小花戏》《小花戏脚本浅议》同时收录于《左权文化工作史料》一书中。

西关村的吹打和西关小花戏

左权小花戏据说是源于孔家庄,但真正唱红、叫响、发展开来的是西关小花戏。这一观点,左权新民歌、新花戏倡导者之一的皇甫束玉也是认可的。他在《抗战时期左权县的歌舞戏剧活动》一文中论述新花戏时也说"出现了像西关小花戏等后起之佼佼者"。左权小花戏范围较广,北街、南街、五里堠、东寨、西寨、石匣、黄家会、殷家庄、突堤、寒王一带都有水平较高的小花戏,但与众不同的是西关村有专业吹打,吹打推动了小花戏的发展,小花戏又丰富了吹打,二者相辅相成,使西关小花戏崛起早,特色浓,规模大,延续不断,独具一格。

(一)西关的"梁氏吹打"

旧社会,有一种专门从事吹打行业的人,人称"乐人""乐人家"。在辽县(现名左权)全境,活跃着几十家"吹打",最有名的有梁家、程家和冀家,其中梁家从事吹打的从19世纪末期至今,延续5代,从艺者近30人,名声远扬。不仅在左权,而且还到和顺、昔阳、榆社等县献艺。

大约在1880年,唢呐艺人梁太来从河北邢台迁到左权下丰堠,后又迁入县城的西关,从事吹打。梁太来生有二子,长子梁福珠,次子姓名不详。长子梁福珠生有4子,次子生1子,到第4代梁氏已有叔伯弟兄10人,均从事吹打,到第5代梁氏后人更多,从事吹打的有8人。

到梁金贵一代,梁氏吹打已名冠辽州。当时流传一句话:"有钱人家用的是(程)保珠金贵,没钱人家巴巴(根贵)也亏对。"

到梁有仁一代,梁氏吹打名声更大,全县老少一提吹打,均知"大蛮""二蛮"。其中王大蛮参加过山西省第一届文代会,1952年、1954年、1960年多次同西关小花戏演出队一起参加全省民间文艺汇演,受到省委、省政府表彰。他为省音协会员。梁有智、梁有祥等多次出席过省、地会演,均得过大奖。

到梁天恩一代,梁氏吹打在传统开戏、曲牌的基础上,还增吹了流行歌曲,特别是为小花戏伴奏,堪称一绝,其中佼佼者为梁三旦、梁四旦。梁氏吹打作为小花戏乐队的主力,也多次出席过省、地调演、会演,在省、地、县多次获过大奖。

梁氏吹打按规模分为两类:4人队,8人队。4人队为2人吹唢呐,1人拍钗,一人敲鼓。一般是为穷人家红白喜事用，民间又称其为"两杆笛"。8人队为吹唱队，正式分为文武场，文场中1人司"唱"（用乐器唱），1人负责呼胡，1人拉二股弦，1人负责三弦。武场有1人负责打板，1人负责木头（梆子）小锣，1人负责马锣（也可由二弦兼），1人负责铙钹（可由三弦手兼）。5人，可吹唱南路、秧歌，7人、8人者，可吹唱晋剧，民间有紧七慢八之说。

  吹唱中的"唱"，即吹唢呐的人用唢呐等乐器，用喉咙之气或哼或说来吹响乐器，用以完成"道白"和"唱腔"。俗称"卡"，生、旦、净、末、丑全部行当由一人承担。用大唢呐碗碗卡，或用二虎头卡，代表须生，用苇秆做的一寸长的哨子卡，代表大花脸，用小唢呐碗碗卡或小唢呐卡，代表旦角（包括青衣），用小哨子卡代表生旦角。

  8人队吹唱又分粗乐和细乐。粗乐则两杆唢呐则可。细乐则加二虎头、小唢呐、笙、梅笛，打击乐用锣、鼓、钗、小锣，管弦齐奏，悠扬悦耳，十分动听。

  吹唱常常开戏，常用剧目有：《满堂红》（也为《打金枝》）《金水桥》《忠报国》《辞朝》《断桥》《下南唐》《宝莲灯》《空城计》《下河东》《渭水河》等。

  吹打、吹唱有许多传统曲牌，常用的曲牌有：《南德乐》《北德乐》《全字拜访》《慢字拜访》《三桃红》《朝天子》《小开门》《青天歌》《急毛猴》《哭黄天》《过队》《紧拜访》《鉴定花》《开门鼓》《绿牡丹》《小十板》《十样锦》等。

  以上戏曲和曲牌一般红白喜事通用。但喜事用G调，白事用D调，喜事选喜庆点的，白事选悲哀点的。

（二）梁氏吹打和西关小花戏

全民抗战以前，小花戏在孔家庄已成雏形，而且有了一些流传于世的小花戏佳作（即后来所说的传统小花戏），但小花戏在左权还不广泛，不盛行。1943年冬，皇甫束玉、路云庆等人在辽东根据地创编《四季生产》《新告状》等节目，大力推广新花戏。1945年以后，左权县城解放，一些文化人改编左权民歌和传统小花戏为新小花戏，西关作为县城的一部分，有雄厚的音乐基础（吹打），也就是说有"专业"的乐队，又有许多文人才子，灵巧的姑娘当然更多。这样，西关村编创、乐队、演员三者俱备，自然就把左权小花戏推向了高潮。

解放前的县城闹社火，西关乐队规模大、人数多，演奏水平高。到火盘演节目，火盘之间则吹奏动听的曲牌，因而听看者众多，群众中流传说：西关的文艺队是"上了西关坡，唱到东门坡，人山人海挤不过"。

如前所述，西关吹打主要以梁氏家族为主。梁家吹打的"细乐"中，就有小唢呐、二胡、笙、梅笛等，这种乐队很适合民歌演奏，同时也就适合给小花戏伴奏。当时全县各地小花戏音乐均以梅笛为主乐器，唯西关小花戏音乐是以小唢呐、笙为主乐器。小唢呐清脆婉转，声音洪亮，在闹社火的众多乐队中，别具一格。

西关小花戏因为有一流乐队伴奏而大放异彩，而西关吹打也因小花戏的出名而名声远扬。刚解放的左权县城，正月十五闹元宵更是热闹非凡，游行串火盘的几十个文艺队，西关小花戏队总是压轴队。

1949年9月1日，为庆祝山西省人民政府成立，西关小花戏队光荣地被邀请到省城搞庆祝演出。全体人员第一天步行到和顺横岭，第二天步行至沟口，第三天到达榆次。花戏乐队的主力就是梁氏第三代传人梁有福（大蛮）、梁有禄（二蛮）、梁有礼（乃五）。

吹唢呐：梁有福、梁有禄

吹笙：梁有礼、程元喜

梅笛：程天喜、刘锡田、赵连珠

二把（京胡）：常吕思

二胡：王效东

司鼓：杜来富

钗：孙应林

小锣小钗：张保贵

这次演出的演员有王保梅、王小爱、郝玉菁、王二丑、程丽珍等。

演出剧目为程天喜编导的《叫嫂嫂》以及《爱国旗》《全家忙》。

1949年12月，山西省第一次文代会在太原召开，西关村文艺队参加演出《新中国》《送郎参军》等小花戏，获奖旗一面。1953年3月2日，农历正月十七，西关花戏队又参加了晋中地区的文艺汇演。

小花戏队的乐队基本还是1949年赴省城演出的那些人，但小唢呐为梁有智、梁有祥，二人识简谱，吹奏小花戏更加得心应手，武场又增加了梁天恩、王宪伟等人。

西关小花戏队由王立林赶小马车拉行李，其余人马则步行随后，第一天到和顺，第二天到昔阳，第三天坐车到榆次。到达榆次还未举行会演，3月7日斯大林逝世，举国致哀而停止了演出。随后西关小花戏队直接被地区选送参加山西省第一届民间艺术观摩演出大会。

这次演出的主要演员有郭凤英、宋风香、郭云英、王旭兰、王保先（北街）等，帮唱有赵晋英、王先凤。参演节目为《秀英告状》，王宪伟饰生、侯彩娥饰旦、刘改琴饰大娘。同期，王全籽、王莲籽随队演出小花戏《卖扁食》。

演出结束后，参演者每人得到一枚圆形纪念章。上为半圆形会标，中为红旗，旗内书"百花齐放、推陈出新"八字，下方为1953字样，背书"山西省人民政府"。

1956年，（一说为1955年2月）又以西关小花戏为主，组成左权县小花戏队，配备了南街刘改鱼、小会郝玉兰唱民歌，还吸收了北街、南街一些演员，参加全市会演节目为《爱国旗》《菜哥》及民歌。在小花戏中，范四九饰老生、侯彩娥饰旦角，王宪伟饰生，后改为赵改兰。这次会演夺得了奖旗一面。

1966年—1976年，西关文艺队或单独或与其他文艺队组合，多次赴晋中地区参加调演或会演。

1980年3月，西关花戏队又赴晋中地区调演，演出张基祥编剧、郭建华作曲的小花戏《四老汉驾起小四轮》等。西关花戏队又出席了山西省第二届民间音乐会演。梁有智、梁有祥为主乐手，演奏了《左权民歌联奏》，同时向大会献演了小花戏《放风筝》，载誉而归。

1984年、1989年西关文艺队又先后赴晋中地区和省城演出。

1980年至今，梁家第5代传人梁三旦、梁四旦更精于小花戏音乐，以他俩为唢呐吹奏主乐手的乐队，作为西关小花戏的伴奏乐队，几乎年年在本县会演中得奖夺旗，也曾多次赴省、地参加汇演和比赛。

（三）1945—2000年西关小花戏部分编、导、演名录

西关小花戏的编创演出，紧扣时代脉搏，每个时期都有不同的特色。从大方向来看，可分三个阶段。

第一阶段（1945—1966）。主要演出传统小花戏和根据传统小花戏及左权民歌曲调新编的小花戏。小花戏味极浓，地方色彩鲜明，处于左权小花戏发展的鼎盛期。主创人员有程天喜、郭保元、赵连珠、赵海福、梁有智、赵保曾、王俊儒、王效东等，后有曹树德、梁天恩、王宪伟等。

其代表作有（传统花戏不计）:《叫嫂嫂》《爱国旗》《全家忙》《秀英告状》《歌唱合作化》《摘花椒》《菜哥》《送棉衣》《送公粮》《送郎参军》《光荣花》等。

第二阶段（1966—1976）。这一时期，西关小花戏作为"毛泽东思想宣传队"，演出更加频繁。但受外地小型节目影响，加之摒弃传统小调，倡导革命歌曲，这一时期的小花戏更多的是表演歌舞、说唱、快板、小品等。以小花戏为主的代表作有:《庆九大》《不爱红装爱武装》《选

稻种》《扎花圈》等。

主创人员有王宪伟、梁天恩、曹树德。此外还有老一辈的王效东、王喜增和新一辈的郭建华、张世红等。作曲主要有王宪伟、梁天恩等，新一辈中侯晋朝、郭建华、张世红也参与了作曲。

第三阶段（1976—2000），"文化大革命"结束后，文艺界又呈百花齐放态势。这一时期又逐步恢复了传统色彩小花戏，二人台式、群花戏、表演唱式三样并举。

其代表作有：《洗衣裳》《剪窗花》《看电视》《王三和小兰》《会哥哥》《新放牛》《四老汉驾起小四轮》《卖豆腐》《追税款》《采茶叶》《插稻秧》《八姐妹找对象》《看审判》《夸媳妇》《果园情》等。

主创人员为张基祥、张世红、郭建华。老一辈的王宪伟、曹树德、梁天恩，新一辈的郭斌（小毛）、王华荣等都参与了编创，申炳祥等参与了导演。作曲主要是侯晋朝、郭建华、郭斌，老一辈中王宪伟等人也参与了编曲。至于演员，可以说是长江后浪推前浪，一年比一年多。1945年左右十来个人，以后随减随添。随着小花戏的发展壮大，从20世纪60年代以来，每年都有二三十人参加演出。

1990年以后，由于西关村村民与市民混居，面积迅速扩大，一两个小花戏队根本游不完元宵佳节垒起的火盘，便以片组成小花戏队，前后街、皇母圣、新菜地、前沙河、后沙河，甚至小南头都各自为队，参演的演员就更多了，有时甚至近百人。现将部分演员按年代顺序记录如下（遗漏不在少数）：

王保梅、王小爱、郝立琴、王二旦、陈丽珍、王俊儒(男)、赵五曾（男）、范四九（男）、侯贵林（男）、王先明（男）；

朝巧凤、宋凤香、郭云英、王旭兰、王保先（北街）；

刘改琴、侯彩娥、刘彩凤、赵庆芳、刘彩琴、康致兰、王焕娥、王宪伟（男）、赵晋英（帮唱）、王先凤（帮唱）、李淑萍、王士英、王瑞芳、李彩英；

刘兰芳、王改琴、赵瑞芳、柴先凤、张江兰、张保弟、赵闸芳、岂秀芳、刘元娥、梁改转、梁改籽、赵妙玲、王修娥、原志兰、赵秀鱼；

赵引弟、王荣凤、王淑琴、常跃苏、赵春芳、赵锁鱼、王俊芳、王宪珍、李联芳；

张建明（男）、郭建周（男）、梁红恩（男）、胡振光（男）；

常焕芳、王云凤、夏书萍、赵锁鱼、程七贞、高焕先、赵妙叶、王丽华、李美琴、宋霞、郭建华(男)、范凤鸣(男)、义晋瑞（男）；

范二珍、刘二萍、曹丽萍、梁彩霞、曹丽先、侯春梅、王少波（男）、王文权（男）、赵绪成（男）、赵怀玉（男）、义晋瑞（男）、张新华（男）、王曙光（男）、侯晋权（男）、赵丽生（男）。

分片之后小花戏队员名单暂缺。

附：本文几点说明

一、资料提供：梁天恩、王宪伟、曹树德等。

二、由于时间仓促，调查不细，或当事者记忆有误，很可能有疏漏甚至错误之处，恭请阅者批评指正。

三、此文属资料性质，因而细节记载较多。

四、此文属首次整理西关小花戏资料，实属抛砖引玉之作，特别是第三部分仅为部分同志回忆，可能漏错较多，仅供以后续修补遗，请予理解。

2002 年 12 月 8 日

小花戏脚本浅议

位于太行山巅的左权县(原名辽县,古称辽州),人人爱唱民歌,个个会跳小花戏,号称"民歌之海,花戏之乡"。

左权县小花戏是由左权民歌演化而来,其转化媒体就是"闹社火"。左权民歌同所有民歌一样,产生于劳动人民生产、生活之中,口头流传于世。左权位于太行山中麓,这里山大沟深,交通不便。自古以来,山里人便喜好自哼自唱,抒发情怀。久而久之,便形成了别具一格的左权民歌。

古辽州境内每年正月十五前后盛行"闹社火",就是在街头巷内每隔不远处便垒一座煤炭火,闹红火的人转着火盘演出,群众则围火观看。舞枪弄棒的演出叫"武社火",吹拉弹唱的演出叫"文社火",此外还有学说逗唱的叫"丑社火"。文、武、丑社火转着火盘依次进行演出。炭火熊熊、花灯高挂、锣鼓管弦、欢声笑语,人们彻夜不眠,使得元宵佳节别有风味。

所谓"文社火",是由村中一些能说会唱的人,在火堆旁即兴表演,看到什么唱什么,图的就是个红火热闹。一开始是随便唱扭,人称"小秧歌""倒秧歌"。后来人们又把民歌小调即兴填词唱出,再后来就由几个人一起唱扭,而且分了角色,有了简单的故事情节。为了花哨,每人手持彩扇一把,边唱边舞边跳。这种演唱形式一是短小精悍,二是花里胡哨,三是有点戏剧情节,可谓"一小二花三有戏",便形成了"左权小花戏"的雏形。

但也有人认为,早在宋元时期,我国民间歌舞小戏繁荣,官办的大型的为"戏",民间的小型的则为"花",称"花戏",为此才有了山西左权的"小花戏",山西昔阳的"拉花",少数民族地区的"花儿",不少地方的"打花棍"等等,以"花"为名的各种地方歌舞名称是否由此而来,本文暂不细考。

辽州社火的最早文字记载,据目前查到的当属清朝雍正十一年(公元1734年)的《辽州志风考》。所谓小花戏,是在民间不断孕育发展而成的。如果要准确说其产生于何年则不可为。而小花戏是由左权民歌通过"闹社火"演变而来,确是不争的事实。

左权小花戏的表演场所,主要是街头巷尾。在抗日战争和解放战争时期,革命文艺工作者利用这一当地喜闻乐见的文艺形式宣传政策,宣传抗战,走家串户慰问军烈属、村干部、子弟兵,甚至组织舞台演出。解放以后,不少村的小花戏队由本村"文人"专门编写本子,认真排练,不仅在本村自娱自乐,还到邻村交流演出,各乡镇和县城还要举行会演比赛。"闹元宵"从正月十二、十三开始,一直闹到正月二十左右才结束。小花戏也就由原来单纯地转转火盘,发展到了"串火盘"、到家户、上舞台多种场合演出,由原来的即兴演唱逐渐发展成按照脚本演出。但是,不论演出规模和场地如何变化,小花戏的观众,主要还是街坊邻居,最广也就是本县群众。而演出的时间,主要还是春节、元宵节以及一些重大喜庆节日。由于这些特点因素,小花戏的脚本就有了如下特点:

(一)内容直露浅显,故事情节简单

由于小花戏的观众主要是演员的邻居、村民,演唱的大都是身边的人和事,因此小花戏的内容一般以讲人情世故为主。有的是歌颂贤妻良母的,有的是反映男女恋情的,有的是讽刺懒汉二流子的,有的是鞭挞不肖子孙的。抗日战争时期和解放战争时期,一二九师司令部、八路军前敌总指挥部、中共中央北方局、晋冀鲁豫边区政府、太行区党委在左权先后驻扎长达8年之久,党政军的文艺工作者利用当地群众这种喜闻乐见的文艺形式宣传党的路线方针政策,宣传抗战;中华人民共和国成立以后,群众又用这种形式歌唱新生活。但总的服务对象还是以农民群众为主,农民文化水平较低,演出者本身也都是农民,因此左权小花戏的内容十分直露浅显,小花戏的故事情节也比较简单。

如传统小花戏《卖扁食》,人物只有两个。姑娘方俊赶庙会捎带着卖扁食(饺子)。一青年故意只买两个,姑娘十分为难。经过一番交谈，青年才说是故意和她玩耍哩，其实是要饱餐一顿。短短几分钟，二人边唱边舞，妙趣横生。

又比如传统小花戏《打樱桃》，人物只有三个：一生一旦一丑。男人去卖粮，妻子上山打樱桃。另一青年赶驴路过山间，口干舌燥，想吃姑娘的樱桃，却不小心弄翻了姑娘的樱桃篮子，二人发生口角。女子丈夫返回，以"凡事和为贵"劝解妻子。短短十来分钟，三人嬉笑怒骂，将青年农民的朴实憨厚，青年女子的泼辣聪慧表现得淋漓尽致。

还有所谓"群花戏"，则是一群姑娘亦唱亦舞，如《摘花椒》《插稻秧》，几乎没有故事情节，但动作中充满了生活、生产元素。

（二）结构简单，稍有程式

有人将小花戏分为两大类，一类是歌舞类，一类是歌舞剧类。从脚本来看，大致分为三种类型。

1. 二人台式。人物一般为两个，或一男一女，或姐妹两个，或一老一少。脚本主要是对白对唱，二人边唱边舞，反映出人物之间的关系和故事情节。

如传统小花戏《叫小姨》（姐夫和妻妹）、《放风筝》（姐妹二人）、《卖扁食》（姑娘与小伙），现代小花戏《王三和小兰》（一对恋人）、《姐妹观灯》（姐妹二人）等。

此外还有少数3人或5人的。如《打樱桃》即为3人，20世纪60年代的《一个老头四个姑娘》人物则为5个。

这类花戏的脚本一般是对话一段，唱一段。

2. 舞蹈式。人物多为四、六、八、十或者更多，人物身份相同或相似，道白可分可合，唱腔则众口一词。大都为一群姑娘共舞，故当地人称之为"群花戏"。这类花戏以舞为主，众姑娘彩扇纷飞，舞姿翩翩，很像常见的舞蹈，但其动作、脚步却是地地道道的小花戏程式。

如中华人民共和国成立初期的《插稻秧》，后来的《摘花椒》，再以后的《嫦娥游春》，改革开放以来的《筐筐大米送亲人》《洗衣裳》等。

这类花戏的脚本一般没有戏剧情节，以道白推进，以唱词串联。

3. 表演唱式。这种形式基本上形成于20世纪80年代。一般是四个老头，或四个老太婆，或四个大嫂，或四个老头四个老太婆。此类花戏基本上是由"二人台式"小花戏演变而来。二人台式小花戏二角色又唱、又跳，常常是上气不接下气，人们就把一个角色变为四个，同说同唱。尽管音乐还是花戏音乐，但演员有时拿扇，有时则空手，说是花戏，其实已经成了地地道道的表演唱了。脚本则是对白与合唱滚动发展。

（三）语言生动通俗，风趣幽默

小花戏的观众是周围的农民，反映的又都是身边的事，演出时间又都是在喜庆节日，喜庆色彩浓烈，娱乐目的明确，演员基本上是和观众面对面交流，因此小花戏脚本的语言,广泛采用比喻、夸张、歇后语、顺口溜(当地人叫"格流话")等手法,使语言显得十分通俗而又风趣、幽默。

例如《打樱桃》中姑娘与丑角发生口角:

丑:要不饶你衙门告,

要不饶你衙门告,

三班六房俺准时到,

咱二人就这么一场闹。

姑娘:你说闹,咱就闹

你说告,咱就告,

你衙门有人能把人来拗(欺侮),

打官司俺去把娘家叫。

丑:我也能告状。

姑娘:俺也不怕官。

丑:我也能吃面。

姑娘:俺也切哩宽。

丑:我也能吃醋。

姑娘:俺也做哩酸。

合:打官司手拉手把衙门进呀……

短短一段,把姑娘不怕邪恶,敢于斗争,泼辣爽快的性格表现得活灵活现。妙就妙在用"吃面""吃醋"来表现二人针锋相对,充满生活情趣。

如一青年问一女子找了个什么对象,这女子答道:

毛蓝布衫打掌鞋

牵哩毛驴扛哩犁,

——你说他是做甚哩?

只用两句，就把一个穷苦农民的形象勾画出来了。

（四）方言土语味道极其浓厚

小花戏的观众主要是街坊邻居，演唱时演员和观众又是面对面交流，就像互相之间拉家常，讲笑话。所以语言非常生活化，几乎没有文人腔和书面语，而且语言越土越能引起周围观众的共鸣。

随着人们文化水平的逐步提高，一些普通话式的、书面式词汇在群众中普及，但在小花戏脚本中却仍然使用当地流传的习惯用语来表达，这样就显得格外亲近、亲切。

如"上午""下午""昨天""今天""我们""你们"在小花戏脚本中仍然使用"前晌""晚期""夜来""今日""俺都""你都"（"都"读"dou"音）。

比如小花戏《逛县城》，四个老头收拾停当，急于出门，但四个老太婆拖拖拉拉，就是出不了门：

四老头白：老婆们就是能"塌楞"（拖拖拉拉），不知道在家"若托"（胡乱收拾）甚！

[对内]老婆呆！（喂）

[内白]哎！

四老头白：快些"侍跟"（相跟）上去逛县城！

为了丰富唱腔，在唱词中还增添了不少虚字衬词。这些虚字衬词也是当地方言土语中的感叹词、语气词和当地说话爱带的词（俗话"话把"）。

如："哎呀呀呆！""呀得哟"、"哎呀呆！"等，其中"呆"字，在左权话中，在小花戏脚本中应用很多，作用也很多。

打招呼不用"喂""哎"，而用"呆"，互相称呼不用"你"，而用"呆"。加重语气不用"啊呀呀"！而用"啊呀呆"！

以至于流传全国的左权民歌《洗衣裳》中的"小亲格呆"，《开花调》中的"啊格呀呀呆"，成了左权话或左权民歌中的标志性语言。

（五）道白与唱词基本重复

小花戏中既有道白，又有唱词。但道白和唱词的内容往往有很多重复的，甚至完全相同。

从脚本来看，似乎因重复较多有啰唆之感。但在实际演出中，道白推进剧情，而唱词往往淹没在唢呐、二胡、梅笛声中。因此在演员演唱时，边舞边唱，此时观众重点欣赏的是动听的民歌风味的音乐，欣赏的是别具特色的小花戏的舞姿，而无暇顾及唱词的内容。这样，就不存在道白和唱词重复的感觉了。

2004 年 4 月

心 / 事 / 速 / 记

或遇事有感，或有事发言，或奉命写作，均成小文。食之无味，弃之有憾，均收于此，权当纪念。

新春漫笔

钟声敲响,牛年到了。

左权县副县长高儒林,在左权县人民医院、中医院2008年的总结表彰大会上,语重心长地向全体医护人员讲述了"珍惜"二字。他要求县医院的全体医护人员,要珍惜时间、珍惜岗位、珍惜信任、珍惜机缘、珍惜时势。我想,这些话也非常适合我们各行各业、男女老少。

珍惜时间:曾记否?中国共产党自成立至今,眨眼之间,已历经八十八年。曾记否?改革开放的号角吹响,伟大祖国日渐强盛,当之无愧地跻身世界强国之列,起步伊始,至今已经三十一年。曾记否?全球民众翘首仰望倒记时时钟,迎接新世纪的曙光,转眼又是九年。曾记否?全国人民期盼奥运,喜迎百年盛会在中华大地举行,随着奥运圣火的熄灭,北京奥运会也已经成为历史。一首歌曲中唱道:"二十年后再相会",好像是很遥远的事情。然而,转眼,就是十年，二十年，甚至三十年，五十年。"日月如梭、光阴似箭"这句老话，依然而且永远被无情地验证着。"一寸光阴一寸金，寸金难买寸光阴"，"少小不努力，老大徒悲伤"，说的都是这个道理。我们怎么舍得虚度光阴啊！生命是有限的，但珍惜时间，就是延长生命。

珍惜岗位：原国家主席刘少奇对掏粪工人时传祥说："你的岗位是为人民服务，我的岗位也是为人民服务。"刘少奇主席的话，非常明确地说明了工作没有高低贵贱之分，岗位没有轻重缓急之别。毛泽东主席出席一个普通战士的追悼会，并发表了《为人民服务》的讲话，同样也是这个道理。科学家的研究对象小到纳米技术，大到宇宙空间，贡献可谓杰出；解放军保家卫国，捍卫世界和平，功劳可谓大矣；医护人员恪尽职守，为多少人减轻了痛苦，使多少人重获生命，可谓白衣天使；人民教师呕心沥血，教育后代，桃李满天下，可谓为人师表……但是，没有农民兄弟汗水换来的粮食蔬菜，他们又何以生存？因此，每个人的工作岗位，都应该是时代列车上的零部件、螺丝钉，缺一不可。认真做好自己的本职工作，就是对祖国、对人民的最大贡献。

珍惜信任：人与人之间交往贵在真情，人与人之间做事贵在诚信。信任重于山，信任贵如金。人民信赖党，党依靠人民。群众之间也要相互信任。信任，才有依靠；信任，才可寄托；信任，才能相互理解；构建和谐社会，相互信任是基础。

珍惜机缘：在一个单位工作，在一个厂子干活，在一个学校读书，生在一个城，长在一个镇，坐上一辆车，都是一种机缘。"有缘千里来相会"，"百年修得同船渡，千年修得共枕眠"。走到一起，就是缘分。领导关心同志，职工尊重领导，互相关心、互相爱护、共同进步，是构建和谐社会的桥梁与纽带。

珍惜时势：国家兴旺，来之不易，是多少人探索、多少人奋斗，多少人血汗的结晶；家庭幸福，是父辈艰辛和儿孙努力的结果。这一切均非天上馅饼，怎能轻易忘记？顺水行舟，要把握方向；逆水行舟，更是不进则退。冰冻之灾，地震之祸，我们都已扛过。目前全球经济危机，我们同样也会战胜。

时不待我，机不再来。鼠年已过，牛年又来。让我们珍惜每分每秒，认真对待每时每事；让我们轻松愉快、认真努力地去生活、去工作，让我们牛年更牛！

本文首发于《今日左权》2009年3月5日第四版。

致敬！左权摄影界的朋友们！

山水留秀色，人物驻风采；定格时代风貌，记录历史长河。摄影作品是现代画作，更是传世诗文。摄影是近现代集技术与艺术为一体的高雅艺术。你们熟练地运用手中的工具，拍摄出一幅幅精美的图片，展示出精美绝伦、五彩缤纷的人间世界。

摄影是瞬间的艺术。只要几秒钟，一件成功的、流传久远的作品就可能问世。然而，摄影又是一项耗材、费时、劳神、用心的艺术。它要有一套得心应手的工具，它需要成年累月的奔波，它需要起早贪黑的捕捉，它需要文学艺术的素养，它需要认识、提炼、升华、定格。

左权出现了一大批成功的摄影家，其中不乏国家、省、市级优秀人才。

为此，我向你们致敬。

左权摄影家协会成立以来，首先创办了《左权摄影》

报,全面展示了左权摄影家及其作品的风采,活动的盛况。随后又创办了《左权摄影画报》,印制特别精美,内容更加丰富,成为左权文学艺术界一道亮丽的风景,成为展示左权风貌的一个重要窗口。协会多次举办了各种主题的摄影作品展,不仅在县内、市内,还登上了国际大展的舞台,产生了众多优秀作品,获得了众多的殊荣,向全县人民,甚至向国内外朋友,呈献了一道道精美的文化大餐。

为此,所有读者、欣赏者向你们致敬!

宋朝诗人张仲尹早就赞叹辽阳"圣朝文教今沾被,弦诵家家礼乐全"。左权县虽为山区小县,自古可谓文风颇盛,诗、文、书、画俱全。今逢盛世,文风更繁。左权书法协会、老年书画研究会开文学艺术团体之先河,左权摄影家协会一成立就更加显现出勃勃生机。

左权县的文学创作,出现第一个省级青年农民作家贾丙智之后,多年凋零,近十年却涌现出众多传记作家、词人、散文作家、诗人以及一大批文学作者,涌现出大量的优秀诗文作品。然而他们却是散兵游勇,各自为战,没有切磋的场地,没有交流的平台(注:此文发表次年,左权县成立了作家协会)。作为全国民间文化艺术之乡,左权民歌、小花戏已经誉满全国,甚至走向世界。多少人谱写出多少优美的民歌旋律,多少人展示出多少动人的优美舞姿,左权民间音乐家、舞蹈家堪称成百、上千、过万。然而至今县内没有音乐家、舞蹈家协会,又是多么大的憾事。还有剪纸、面塑、根雕、篆刻……

为此,全县文学艺术界的朋友,应向你们学习,应向你们致敬！

　　学习你们勇于开拓的精神，学习你们克服困难的勇气，学习你们团结奋斗的风格，更要感谢你们为人民群众提供了丰盛的精神食粮！

　　致敬！左权摄影界的朋友们！

　　注：本文首发于2012年《左权摄影画报》第三期。

四季好读书

——荣获"全国书香之家"感言

2016年4月,我家荣获全国第二届"书香之家"称号,国家新闻出版广电总局颁发写有"书香之家"的铜匾一块,并奖励价值2000元的图书。世界读书日前一天的4月22日,我作为山西全省荣获"全国书香之家"的八位家长代表之一,荣幸地到省城太原,参加了颁奖晚会。在山西省新闻出版广电总局的安排下,当晚在省广播电视总台演播厅举行了"书香三晋·文化山西"全民阅读系列活动启动暨山西省"全国书香之家"颁奖仪式,省人大常委会副主任牛文亮亲自把获奖证书递到了我的手上,省广电总台还举办了专场音乐朗诵晚会。

"全国书香之家"的评选是有严格标准的:全家必须有一定的藏书量;全家必须人人喜欢读书、善于用书,并有一定的成果佐证。目前我国喜欢藏书的人家大有人在,喜欢读书写书的人也大有人在。而全家"人人爱看书、会用书、有成效、有佐证"就有点难了。可喜的是我家不但有一定的藏书，而且确实是人人喜欢读书、用书，全家八口人，有五个党员、六个大学生、两个作家，因而就有幸获此殊荣了。

其实，获全国书香之家荣誉也不难，就是读书，全家读书，全家用书。

感谢左权县文化局的推荐，感谢晋中市、山西省的逐级推荐，感谢全国评委。盛名之下，其实难副，有点感言，记录如下。我的体会是：读书真的好，四季好读书。以此与各位"读友"共勉。

有人说：春季好读书。桃红柳绿，清风徐徐，草坪上一躺，山头上一坐，一本好书在手，书香伴花香，真的心旷神怡！难怪世界读书日定在了4月23日，难怪山西省把四月份定为读书月，并说"人间四月读书天"！

有人说：夏日好读书。烈日炎炎，热浪滚滚，坐在浓荫的大树下，山风袅袅吹来，浓绿紧紧围裹；坐在开着空调的屋子里，一杯清茶置案头，一册好书捧在手，酷暑远离，书香扑鼻，多么自得其乐！

有人说：秋季好读书。天高云淡，硕果飘香。在色彩斑斓的山丘上，在葡萄串串的庭院中，在充满丰收喜悦的季节里，把喜欢的句子用红笔划出，再收获一份心灵的慰藉，多么舒心惬意！

有人说：冬日好读书。屋外寒风刺骨，大地银装素裹。过去围炉而坐，暖意融融；如今集中供暖，屋内如春。或乡下茅屋围炉，或市井楼内居家，仔细研读佳作，如沐春风，如得暖阳，又是何等的享受！

人要生存，皆需劳作。读书犹如农夫磨镰，会使砍柴事半功倍。四季皆宜读书，日日皆可读书。餐前饭后、节日假日、旅行途中、床上眠前，均可捧书在手，或深研细读，或走马观花，只要开卷，必有其益！

目前，电子书籍，方便快捷；手机在手，一查都有。读纸质书是否过时了？其实不然。电子书省时省事，时代潮流不可阻挡；但深研细读，反复"品尝"，还是纸质书籍别有韵味。

朋友们，读书吧！有位叫吴鲜的作者，在《天凉好个秋》一文中说：

春有百花秋有月，
夏有凉风冬有雪，
若无烦事心中挂，
便是人间好时节。

我想改为：

春有百花秋有月，
夏有凉风冬有雪，
若有读书兴趣在，
四季都是好时节。

真的。明媚娇艳的春天，读书会让你心灵舒畅；热烈奔放的夏日，读书会让你感到微微清凉；硕果累累的三秋，读书会让你觉得收获满满；银装素裹的冬天，读书会让你感到周身温暖。人间四季都美好，四季都是读书天！

荣任首届左权作协主席表态发言

尊敬的市文联、作协领导和我县各位领导：

尊敬的各位会员：

首先，我真诚地感谢晋中市文联、作协、县委、县人大、县政府、县政协以及县委宣传部、县文联及各相关部门的领导和兄弟协会领导亲临本次大会；真诚地感谢各位会员，推举我担任左权县作家协会首届理事会的主席，我深感荣幸而又惶恐！

我之所以欣然同意担此重任，原因有三：

一是为全县作家和文学爱好者服务，是一项光荣而神圣的使命；

二是我县有着取之不尽、用之不竭的创作资源；

三是我们的协会有靠山、有后盾，更有一支朝气蓬勃的队伍做支撑。

党的十八大报告明确指出："文化是民族的血脉，是人民的精神家园。"文化,是一种人文情怀和温暖;文化,是一种影响和力量。因此,文化是民族的精神财富、精神动力,是实现强国之梦的精神支柱。文学作品是文化的重要组成部分,因此,文学创作就是光荣而神圣的事业。能为从事光荣而神圣事业的人服务的作协主席,尽管他仅仅是一个群众团体的小领导,我认为:这个小领导的使命,也是非常光荣和神圣的!

我县是一块红色的土地,红色文化得天独厚;我县是一块绿色的土地,自然人文景观数不胜数;我县还是一块金色的土地,民间文化艺术底蕴丰厚,花戏民歌早已走向全国、走向世界。

近十年来,我县政治、经济、文化等各项事业均取得了长足的发展,我们的作家和文学爱好者,完全可以大书特书、大写特写,我们大有用武之地。

我们有晋中市文联、作协的关心与指导。有县委、县政府、县委宣传部和县文联的重视和支持,他们是我们的牢固靠山。

我们有我县的政协主席,先后出版两本词集、现为中华诗词学会、山西省作家协会和诗词协会、晋中市作家协会会员的韩卫平同志担任我会的名誉主席;有在全省有一定影响的乡土散文作家、山西省作家协会会员、晋中市作协副主席,连出四本并且还有多本待出散文集的刘有根同志;出道较早,不仅写出《床前明月光》等多篇诗文,《辽阳文报》、太行文学社的主要创办者,而且在我县党史文献编撰方面做出突出贡献的邢晓寿同志;我县党史研究老专家《烽火辽阳》的作者程文华同志；有深厚文字功底的、主编过《高山安可仰》等著作的程建明同志为我会的顾问，他们是我们坚强的后盾。

我们更是有一支热爱文学事业的队伍。近年来，我县涌现出了一批优秀的中青年作家和众多的文学爱好者。中华人民共和国成立初期我县出现了第一个省级青年农民作家，光荣地出席了省文代会，他是桐峪的贾丙智。之后，经过多年的沉寂，近十年来，我县优秀中青年作家喷涌而出：如乔叶、侯俊伟、侯玉平等都出版了文学作品集。此外，张玉德、张丽娟、韩文跃、程向军、张雪平、赵永芳等，还有我不知道的许多人，都在省、市、县报刊上发表了多篇散文、小说、诗歌作品。张玉德、张丽娟等人已经成为晋中有一定影响的文学作者。

受中青年影响，老年人也摩拳擦掌杀上文坛：高富生接连写出《我的农民兄弟》《与往事干杯》等精品散文，年过六旬的张银祥、曹树德也刊印了诗词集。特别可喜的是农民文化大院的创办者、地地道道的农民侯乃田同志，接连出版了两本李有才板话风格的诗词集《岁月有痕》。

和兄弟县市相比，我县的文学创作还有差距，但我们已经有了一支壮观的队伍。这支热爱文学事业的老中青组成的队伍，是我们搞好作协工作的有力支撑。

作为本届作协主席，我会不遗余力、全心全意地为全体会员服务，抬着大家向前走，推着大家向前走，为繁荣左权文学创作而努力。充分发挥理事会的集体力量，尽力筹措资金，力争多举办一些交流研讨、培训讲座、采风创作活动，让我们这个协会既有名，更有实。

  如果说我县作协的成立，加上县文联筹备创办的综合性文学期刊，为我县广大作家、文学爱好者搭建了一个展示才华的大舞台的话，那么，在这个舞台上，我甘居幕后，做一个合格的"大衣箱"，帮大家扎靠穿蟒、戴冠登靴，竭尽全力推动、支持大家披挂上阵，冲向前台，高举左权文学的大旗，演绎出左权文坛一出又一出精彩的文学好戏、文学大戏来！

  谢谢大家！

2013 年 8 月 22 日

《铁证·日军侵华罪证自录》一书新闻发布会上发言

《铁证·日军侵华罪证自录》一书，被国家外文出版局、新世界出版社列为纪念中国人民抗日战争胜利七十周年、世界反法西斯战争胜利七十周年重点图书。2015年6月用中、日、英三种文字正式出版。国家外文局在第十三届北京国际图书节、第二十二届北京国际图书博览会展出此书，并在展览会上为该书的出版发行召开了新闻发布会。

尊敬的各位领导、尊敬的各位媒体朋友：

我叫张基祥，是山西省左权县一名退休干部，也是《铁证·日军侵华罪证自录》（以下简称《铁证》）一书图片和文字的编撰者。

首先感谢新世界出版社，通过辛勤劳作，让《铁证》一书得以用中、日、英三种文字出版发行，让这一珍贵的历史史料，与广大世人见面。

"九一八"事变之后，特别是"七七"事变之后，在中华大地上，发生了一场侵略与反侵略的战争，发生了一场血与火的惨烈搏击。伟大的中国人民，用血肉之躯，为民族的救亡图存，谱写了一篇篇感天地、泣鬼神的壮丽史诗，也为世界反法西斯战争的胜利做出了卓越贡献。正如《铁证》一书封面所题："历史不应忘却，真相不容抹杀；这是一段用鲜血和生命写下的历史；历史的伤痕还在，历史的警示还在，历史的教训还在；忘记历史就意味着背叛。"

原籍左权县的退伍老兵、退休干部王艾甫先生，是山西省著名收藏家，曾当选为太原收藏协会会长。他从十三大类，数十万件藏品中，挑选出全部抗战藏品，自筹资金十万元，在家乡左权县城创办了"辽县抗日战争纪念馆"，让数十万人民群众接受了爱国主义和革命传统教育。他还行程数十万里，为全国各地烈士寻亲，荣获"全国全民国防教育先进个人"和"全国先进老干部"等数十项国家、省、市荣誉。

王艾甫先生收藏了101期《中国事变画报》和35期《中国事变画报》临时增刊。这136期画报，均由日本侵华时的战地记者现场拍摄，真实记录了从卢沟桥日军炮轰宛平城开始，直至华北、华中、华南至海南岛，日军侵占中国大片国土的实情实景。

日本当时的摄影技术、排版印制技术堪称世界一流，不仅图片清晰，而且均附有图片说明和简介的背景材料，刊尾还编发侵华日记。图片中反复出现"血染""炮击""刺刀""围剿""扫荡"等血腥字眼，有力地戳穿了日本自我宣传的"帮助""共荣共存"等谎言。

这一份份画报，是日军当时宣扬战绩的战报。时至今日，恰恰成了日军侵华最真实、最直接、最形象的罪证自录。

我的家乡山西省左权县，原名辽县。在全民抗战中，八路军前敌总指挥部、中共中央北方局、129 师司令部在左权先后驻扎五到八年，因而左权县成为华北抗战的前线指挥中心，左权人民也为此付出了重大牺牲。仅有七万多人的山区小县，全民抗战中就牺牲了一万多人。由于左权将军在左权境内壮烈殉国，辽县才易名为左权县。

当我发现王艾甫先生收藏的全套《中国事变画报》之后，心中既悲愤，又激动。日军战败后，为销毁罪证，把国内散落在民间的《中国事变画报》全部收缴销毁。如今在日本本土都难得一见的画报，王老竟然一本不缺地收藏齐全。这就是日军侵华的铁证，而且是日军罪证自录的铁证。作为一名业余作家，特别是作为一名左权人、中国人，我有义务，更有责任，把这一历史真相公之于世。

在国家外文局到左权挂职的黄守业同志的支持下，我和王老从《中国事变画报》中精选出 500 幅左右的图片，由我编辑成了此书。新世界出版社请相关专家进行了论证并为此书作序，又请戴姝瑶女士进行了认真加工，责任编辑李晨曦也为此书付出了大量心血。特别是中国社会科学院日本研究所吕耀东研究员，还专门为本书撰写了"维护抗日战争及世界反法西斯战争胜利的历史正义"为题的序，终于使本书的编排更加科学合理，背景资料更加充实，因而就更具有史实价值。

今天，本书用中、日、英三种文字向全世界公开发行。作为本书的编撰者，我自然感到无比欣慰。

但是，我要郑重声明：日军侵略中国和亚洲其他国家，不仅给中国人民、亚洲人民，而且给日本本国人民造成了极大的伤害。我们中国人民不忘国耻，不忘血海深仇，不是为了报复，不是为了算账，而是为了还原历史真相，总结历史的经验教训，是为了长久和平——中日两国的友好和平，亚洲人民的友好和平，全世界人民的友好和平！

让我们以史为鉴，珍惜和平，共同开创全世界更加美好的未来！

谢谢大家！

2015 年 8 月 27 日

在皇甫束玉和夫人李淑贞骨灰安放仪式上的发言

各位领导、各位来宾：

皇老子女亲属、隘口村的父老乡亲：

今天，我们在这里举行既隆重、又简朴的皇老夫妇灵骨安放仪式。我谨代表左权县文化、教育、文学艺术界等社会各界同志，说几句心里话。

刚才，县委常委、宣传部部长刘二萍、桐峪镇党委书记张文伟的讲话，对皇老夫妇做了极高而精准的评价。皇老夫妇确实对党对人民无限忠诚，并在我国的文化教育、文学艺术、新闻、出版事业等方面做出了突出贡献。

我和皇老第一次相识，是在1984年。那年，左权县召开了规模宏大、规格极高的党史资料征集座谈会。李雪峰、欧致富等一百多位老首长、老八路云集左权，认真回忆抗战时期在太行山,特别是在左权县的种种史实。皇老也在其中。作为座谈会记录员之一,我向他介绍我是南峧沟人,离东隘口仅三里多地,我岳母就是东隘口皇甫家的人,他听了哈哈大笑说:"那你就是东隘口的外甥女婿了,咱们既是同乡,还是亲戚哩!"他那平易近人的态度,一下子让我和他亲近了许多。

2010年,我出版了散文集《漫游散记》、诗注《辽阳题咏选注》。之前曾想让皇老校改一下书稿,但皇老已年入九旬,不忍打扰。出版后即给皇老各寄去一本。没想到不久他就寄来整整5页密密麻麻、蝇头小字的长信,充分肯定了《辽阳题咏选注》对传承左权传统文化的重要作用,还细致地指出了我书中七处需要"商榷"的地方,并清楚标明了第几页第几行,让我感动不已。

2011年年初,我编撰《左权抗日根据地史料丛书》之一的《抗战文化》,电话联系想采访抗战文化功臣皇老。1月8日下午,我如约到了北京皇老的住处,保姆早已等在大门口,一见面就说:"大爷这几天每天念叨你!"让我根本没想到的是:为接待我采访,他已经写下了满满七页接受采访的提纲,前四页是向我介绍情况的提纲,后三页是提供给我拍摄照片的目录!整整九十岁的老者,对我这个普通求助者,竟如此认真细致!临别时他说:"抗战不能忘啊!趁我们亲历的人还在,趁你们懂得这段历史的人还在写,这段历史千万不要断档!"原来,这就是皇老的初心!

如同接待我一样,他接待了十几部左权大部头著述的编撰人员，我就不再一一说明了！

　　皇老生前最后一个大愿望，就是看到《东隘口村志》出版。他在诗中写道："我最爱看东隘口人写春秋！"并把这一重任交给了同村的皇甫建伟，他还再三嘱咐我尽力协助。为了使《村志》的内容更加充实，在友人刘红庆、弓宇杰的帮助下，皇老在手已不能书写的情况下，分十二次口述东隘口村抗战史及家族史，经我们整理后才知道竟然有十多万字！他的口述，为东隘口村、为左权县的抗战历史，留下了弥足珍贵的口述史实。

　　皇老的离去，让我们失去了一位老革命、老前辈、老乡亲，为左权文化、教育、文学艺术、出版等行业做出突出贡献的长者。

　　今天，在他创作的《土地还家》的歌声中，他永远地回到了左权的土地，永远地回到了他魂牵梦萦的东隘口的家。皇老、李老，你们为党和人民、为家乡人辛劳了一辈子。现在，你们还家了，你们就安息吧！

2017 年 4 月 3 日

为元宵社火节点个赞

雄鸡高唱迎新岁，万紫千红又一春。岁岁相似，年年不同。今年（丁酉）左权县城元宵节社火活动，亮点纷呈，让人耳目一新。

左权县是名副其实的民歌之海，花戏之乡，被命名为"全国民间文化艺术之乡"。"辽州社火"更是传承久远，别具一格。左权县元宵节社火活动一年又一年，已经吸引了县外、市外、省外甚至国外一些宾朋前来观赏。今年元宵节社火活动又添了许多新看点和新亮点。

不说满县城火树银花、彩灯高挂、彩带飘飞的璀璨，不说各乡镇各系统大型文艺表演队各具特色的街头广场文艺巡游的壮观，不说来自全县农村各文艺队精彩节目展演形式和内容的丰富，单说新看点和新亮点就让人心动不已。

传统美食一条街，不仅让人饱了眼福，还让人们饱了口福。左权县元宵佳节期间，农历正月十四、十五在本村和本乡镇闹社火。而正月十六至十八，则在县城集中表演。来自全县各地的、周边县市的、外省外地的观众云集县城。他们投亲靠友或寻找饭店旅舍解决食宿，往往有诸多不便。今年社火活动组委会开辟了"传统美食一条街"，地点设在崇圣路。不仅有左权本土的油糕、麻糖、抿尖等传统美食，还引进了长沙臭豆腐、新疆羊肉串，甚至韩国料理等等。特别是印度飞饼摊点，食客云集，欲尝真难。美食街上美食棚一个接一个，纸质传统彩吊将美食街装点得美轮美奂，又极具左权地方特色。人们扶老携幼，呼朋唤友，在观看社火之隙，争先恐后来此一饱口福。这是左权县传统社火节有史以来的一大创举，人们莫不称赞。

　　串火盘集中连片，群星汇聚，轰动山城。"串火盘"是左权城乡元宵节活动中一项最传统、最具特色的文娱活动。煤炭火烈焰腾空，文艺队"串街"依次到每个"火盘"演出，观众不动，一边烤火、一边赏灯、一边聊天，还能连续不断地欣赏送到眼前的各文艺队表演的节目。随着县城范围的扩大，原来几条街的县城已发展到几十条街，观众和文艺队"撒了花椒"，失却了"热闹"的意境。今年规定了串火盘两条街，使旺火、观众、文艺队集中连片，热闹异常。特别是国、省、市、县四级左权民歌和左权小花戏非物质文化遗产传承人与全县各地民间艺人到各个火盘与群众同唱、同跳、同乐，让观众兴奋不已。"八十岁的民歌歌手刘改鱼和六十多岁的冀爱芳都在火盘上唱开花哩！""七十岁的李明珍还在火盘上跳花戏哩！""咱盲宣队的人也在火盘上唱段子哩！""歌王石占民引着老婆闺女，和他石家班的人也在街头演出哩！"老百姓心中的民歌花戏"明星"，冀爱芳、曹彦明等民歌唱将和一代新秀弓宇杰、王熙、王建英、刘卫东、崔瑞宁等等和群众一块在旺火旁忘情地唱、疯狂地跳，让山城旺火旁的欢乐达到了空前的高潮。

非遗展演异彩纷呈，传统文化得到弘扬。左权民歌和左权小花戏，是左权县两朵并蒂民间奇葩。但由于电视、电脑甚至智能手机的冲击，人们很少再在实地空间的场合演出和观赏，往年元宵社火中的民歌演唱和小花戏表演也十分分散。今年专门设置了"非遗技艺展演"舞台和场地，组织了左权民歌、左权小花戏、左权传统武术专场演出，辽州板话、竹马、旱船、踩高跷、剪纸、将军虎制作等民间传统文化和技艺都在这里得到淋漓尽致的展现。老中青少四代民歌歌手欢聚一台，传统民歌《桃花红杏花白》《亲圪蛋下河洗衣裳》，抗战民歌《左权将军》《红都炮台》，新民歌《唱唱党的十八大》《精准扶贫真是好》，唱响了舞台，轰动观众，掌声欢呼声一浪高过一浪；老中青少四代小花戏爱好者更使整个舞台如蝶飞舞、如蜂采花，花团锦簇、美不胜收。传统的民间文化，在特定的舞台和场地上集中展演展示，这些都是今年元宵社火活动最具意义的亮点，让我们真切地看到了民间传统文化得以传承、得以弘扬。回归传统接地气，不为挣钱图开心。这才是真正的民间元宵佳节！

为此，我这个七十老叟，也要发发少年狂，竖起大拇指，用时髦语言为今年左权县的元宵节社火活动——点个赞!

2017年2月17日

注:本文发表于2017年《今日左权》报。

我自豪，我的幸福家园

——为《今日左权》年终文学版而作

玉龙腾飞，老区左权唱新歌；金蛇狂舞，宜居城市耀太行。

十年弹指一挥间，辽州大地新颜换。且不说伟大祖国蒸蒸日上的巨变，作为左权县的一个居民，只看县城翻天覆地的变化，就使我欣慰万分，感慨万千。

20世纪80年代，西关村给我家批了一块宅基地。在老家乡亲和亲戚朋友的帮助下，盖起了五间房子。之后十年，陆续建起了东西房、小南房，成了一座我梦寐以求的四合小院。这座小院，就坐落在北大街南侧，沙河中段西侧。

那时候，能在左权县城有一座私宅，而且是一处四合小院，对于一个单职工家庭来说，那简直是想都不敢想的天大的喜事。

那时候，西关、北街、南街是紧紧围绕县城东西南北的三个生产大队，三个村的村民是老县城的"坐地户"。但村民们要想批一块宅基地，却也是难上加难。当时的土地控制很紧，审批手续更是严格，而且每年仅有为数不多的"指标"。弟兄分家、孩子成婚，许多急于盖房子的农户，都在"排队"等批宅基地。

那时候，除"城三关"村民有权在县城批地盖房外，其他人是一律无此权利的。只有少数的双职工，才有资格在县里有数的公房、或有数的"好"单位的有数的单位公房中分一两间房子居住。只有居住权，没有所有权，按月交纳房租和水电费。而单职工就只能在办公室享受一支木板床的居住待遇。

那时候，我在西关泰山庙内的"左权县广播站"工作，和西关村是近邻。当时我算是一个文化人，能编排花戏、表演节目，粗通音律能拉二胡，还是一个颇得人缘的"红火人"。于是每年腊月正月，村里便邀请我帮忙"闹红火"。总是一连二十多天，没日没夜地编排小花戏，一干十多年，村里多次夺得全县春节文艺大会演的奖旗。村领导认为我为大队出了力，争了光，就让我把远在乡下的两个孩子的户口迁入了西关，就像现今的挽留文艺人才的优惠政策。两年之后，村里以两个孩子为西关户口为由，批给了我一块宅基地。

能在县城合理合法地盖房子，熟人同事都羡慕得不得了。我却是又喜又忧：一人挣钱养活四口之家，一分钱积蓄没有，甚至还有几百元外债，拿什么修房盖屋？一个穷人三个帮,乡亲们义务为我上山砍伐木料、垒石头根基,还纷纷主动借给我钱,当年便盖起了五间新瓦房。新房建成时,家徒四壁,只能简单地起伙,但西关村的老朋友们还是聚来为我"暖房"。支起一张小案板,粉条白菜山药丝炒鸡蛋,勉强凑几个菜。酒酣之际,有人把"酒桌"蹭翻了,下酒菜落了地,没关系,收拾到盘子里重新开"喝"。那时候,是1983年。此后历经十年,陆续盖起东西房、小南房,一家人都过上了吃用居住不愁的好日子。

  过往的困苦岁月,有艰难坎坷,却也有情谊有温暖让人回味。现今的幸福时光,有欢乐期待,也有不如人意的缺憾。我的这座小院按说就在县城中心,可是一条沙河深沟阻隔,小小县城被劈成两半,到县城旧大街购物,有二里来地,到县政府开个会,也得绕道而行。特别是门前的沙河,春夏秋三季杂草野蒿丛生,污水满沟,蚊蝇乱飞,一出门便异味扑鼻。每到冬天,各家各户生火炉烧锅炉取暖,土锅炉、小火炉浓烟袅袅,县城的整个冬季便笼罩在一股股煤烟之中。

  星移斗转,时光荏苒。进入21世纪以来,左权县城真可说是一天一个样,一年一变化,十年大蜕变。北大街修好了,十里长街宽广平坦;旧街巷改造了,街道扩宽了,一排十座五层高的居民楼拔地而起;滨河新城出现了,十里长景滨河公园,紧挨着宽阔的马路,错落有致、样式新颖的高楼大厦引人注目;游泳馆、体育馆为人们提供了文体活动的现代化场所;万寿小区、芸山小区、滨河嘉园……十几个大型居民小区、高层住宅如雨后春笋;全省率先实现县城集中供暖，蓝天白云顶在头上；公交车来往穿梭，出租车走街串巷；条条街上有超市，片片居民区有市场；祝融公园游人如织，将军广场多么宽敞……

特别是去年以来，县城十几处便民利民大工程同时开工，陵园街直通汽车站，北大街焕然一新。尤其是千百年来不是洪水暴涨，就是垃圾杂草满沟的沙河得以开工治理，竣工之日县城将会出现一座长达十里的江南式水景公园，沙河两侧就会成为人人羡慕的极佳居所。

喜看今日左权县城，已经成为国家级文明和谐县城，山水宜居城市的目标逐步在变成现实。生机勃发的美丽左权，是美丽中国的生动缩影。如今，双职工、单职工在县城里住新房买楼房不再是奢望，就连祖辈居住在山庄窝铺的农民朋友们也有许多人在县城买下楼房，还有了养老、医疗保险，孩子九年义务教育在县城就学，享受着都市生活。

退休在家的我，每日烟酒茶，还有鱼和虾，尽享天伦福，心里乐开花，不禁思路大开，文思泉涌，一连出了几本集子，圆了自己的"作家"梦。真可谓：

昔日多凄楚，今日享甘甜。

改革开放好，今昔两重天。

我自豪，因为我有了一个活哩有劲头活哩有盼头的美好家园！

注：本文发表于2012年12月30日《今日左权》报。

太行浩气化锦绣

——为《十字岭》期刊而作

太行山,是英雄的山;十字岭,是永恒的岭。弹指一挥七十年,激昂的战歌仍在崇山峻岭中回荡;先烈的生命之光仍在清漳两岸闪耀。

在左权这块红色的土地上,革命纪念馆、亭、碑及革命遗址星罗棋布,左权将军纪念馆、麻田八路军总部纪念馆、邓小平故居、左权故居、罗瑞卿故居、云头底和上武两村的朝鲜义勇军纪念碑、太行新闻烈士纪念碑、十字岭左权将军纪念亭、桐峪晋冀鲁豫边区临时参政会旧址、西河头和桐峪一二九师司令部旧址、苏亭伏击战纪念碑、山庄新华日报社旧址、上武鲁艺分校旧址、辽县抗战纪实馆,参观、瞻仰的人络绎不绝;人民群众自发收集烈士遗骨而安葬的赵城无名烈士公墓、东隘口无名烈士公墓、马厩无名烈士公墓，更是青松翠柏、鲜花簇拥，祭奠、扫墓的人群长年不断。

老区人民时刻不忘保家卫国的神圣职责，这里每年有百位太行优秀儿女穿上军装；一位普通农家妇女，十几年如一日，为天安门国旗护卫班战士绣鞋垫、送鞋垫。国旗是国魂，为守护国魂的人献爱心，是左权人拥军最好的诠释；花戏歌舞剧《太行奶娘》感动了省城太原，感动了首都北京，感动了大学校园，更感动了威武军营，这是多年鱼水情深的又一次如潮涌动。左权县连续6年荣获"全国双拥模范县"的荣誉自然是顺理成章，水到渠成。

发扬革命传统，重要的是争取更大光荣。艰苦奋斗、勇于奉献，再注入敢于争先的时代精神，使左权大地旧貌换新颜。

改善生存环境，整合教育资源，山庄窝铺的人进村了，农村的人进城了，山里娃从小就接受更好的教育。资源型、粗放型的工矿企业向精加工、高科技转型发展。集种养殖、旅游、观光、休闲为一体的生态庄园，成为晋中乃至山西全省的新型农村生态产业。

如今的左权农村，真可谓"世内桃源"。火车鸣笛，由南到北；高速公路，贯穿全境。广大农村，街巷硬化，路灯照明，白瓷板贴墙，红瓷瓦盖顶，农家书屋灯火明亮，文化广场载歌载舞。一百多处生态庄园，更是浓荫遍地、鸟语花香。吃山珍野味，听悦耳民歌，赏精彩花戏，住农家小屋，已成为人们休闲度假的最好去处。那漫山遍野的核桃、柿子、花椒、大枣、桃杏，如珍珠，似玛瑙，大片大片的中药材，成群成群的圈养土鸡、山羊，甚至珍禽异兽，更成了农户的钱口袋。

如今的左权县城，更是让人刮目相看：二十多处居民小区，高楼鳞次栉比；集中供暖，统一排污，绿了山，清了水，蓝了天，暖了家。鳌峰公园、祝融公园、莘山公园、穿城而过的沙河公园，东大街、北大街的水系景观，让歌甜舞美的"全国民间文化艺术之乡"，又荣获了"全国文明县城""全国卫生县城"的荣誉称号。

左权籍的乡土散文作家刘有根说："我的家乡左权是一支歌，一首诗，一幅画，一个梦，天地间一片清凉的世界，太行山一方迷人的家园……"这话一点也不假。

党的十八大胜利召开，揭开了我国实现伟大复兴中国梦的历史新篇章，加强法治建设将开创我国政治改革新局面。左权精神将会在左权这片红色土地上继续发扬，左权人民将在这片红色土地上开创更加壮丽辉煌的事业。

左权精神，美丽了左权，富裕了左权。无数先烈的理想，在这里得以实现。太行浩气化锦绣，清漳河畔凯歌扬。左权，一定会更美好，左权，这个名字一定会更响亮！

2014 年 4 月 28 日

注：本文首发于左权县老区建设促进会主办的《十字岭》创刊号。

山村盛开幸福花

我的故乡在山西省左权县一个藏在大山深处的小山村——南峧沟。

我的故乡原本就十分美。那是花团锦簇的美,山清水秀的美,世外桃源式的自然美。

故乡的乡亲们生活得很幸福。村民百分之八十以上是从河南林县逃荒到这里的。他们开荒种地、修房盖屋,渐渐地用汗水造就了一个幽美的小山村。瓜果蔬菜一堆又一堆,玉米、谷子一袋又一袋,名副其实的丰衣足食。改革开放以后,人们养鸡养猪搞养殖,买车拉煤跑运输,钱袋子也都鼓起来了。

四十多年前离开家乡外出工作,很少回去。最近一位乡亲来我家,喜滋滋地告诉我:咱老家现在可好啦!水泥路直通国道,街巷全部硬化,村里有了农家书屋、卫生所、文化广场,过得可不比你城里差!

听乡亲这么一说，我马上感到：故乡的自然美，又增添了现代美；故乡人由丰衣足食的幸福，又过渡到了小康生活的幸福。我的故乡更美了，我的乡亲更幸福了！我的思乡之情更切，恨不得马上回去一趟。

晚上躺在床上，翻来覆去睡不着，故乡的一切一切，清清楚楚地呈现在我的眼前：

我的老家坐落在左权县桐峪镇北的一条山沟里，北、西、南三面靠山，东面靠川。整个村子位于北面一面山坡上，房屋都建在原来的梯田上，房舍一排比一排高，依次排列而上，有新建的青砖、蓝砖墙，有老式的土坯抹黄泥皮的墙，而房顶，则几乎全是清一色的粉红色的当地石板盖的顶。

农家小院里栽有桃树、杏树、梨树、葡萄树。村前河滩两旁，则是一排排、一行行的杨柳树。一到春天，村前河畔，杨柳吐绿；家家户户的院子里，房前屋后，梨花、杏花、桃花先后盛开；三面山坡上，连翘花一片片金黄，山桃花一片片粉白，其间则是松柏吐翠。整个村里村外，简直就是一座花团锦簇、春意盎然的大花园。

村里人大都是河南林县人，搬弄石头、开荒种地都是好手。一道道石头大堰垒得整整齐齐，一块块梯田上庄稼长得茂盛葱郁，人均三亩多地，人勤地也肥，真个是吃穿不愁，邻村都羡慕的好村子。

但是，我们的小山村，也有许多不尽人意之处。买点油盐酱醋，得到十里地之外的桐峪镇，有点头疼脑热、小孩发烧，特别是遇上危重疾病，也必须到桐峪镇上去看。有一年，一个仅有十八岁，生得像朵花似的姓张的闺女，傍晚突然肚疼难忍。有的说是吃坏了，有的说是得了霍乱了，有的邻居让喝红糖水暖肚，有的邻居让煮上生铁水喝上催吐。天明了，折腾了一夜闺女也不见好，肚子却越胀越大。大家才手忙脚乱地把她抬到十里地外的桐峪镇卫生院。医生一看，说不是急性阑尾炎，就是急性肠梗阻，必须到县医院做手术。那时候没有班车，大家又把姑娘抬到70多里远的县城，已是半下午了。医生立即准备手术，但是，闺女两眼含泪，微弱地说了一句"我不想死"，便永远地合上了双眼……

　　后来，村里修了通村外的大路。人们有了自行车、摩托车、大卡车。到桐峪镇，也就成了十来分钟的事。到县城，只要到村口，顶多几十分钟，就能坐上通往县城的大客车。只是通往村外的是土路，晴天过车一溜尘土飞扬，雨天泥泞车子会经常陷在泥里不能前行，看病买药还得来回跑二十里。小山村呀小山村，再好也不如人家镇里城里……

　　终于我有时间了，便和老伴决心回老家看看。到了左权县城，在新建的漂亮的汽车站坐上大客车，仅仅四十多分钟，就到了沟口。亲戚家的孩子骑着摩托车早已等在沟口，顺着平展展的通村水泥路，几分钟就回到了日夜思念的家。此时正是盛夏，漫山青翠，村中绿树成荫，村外庄稼浓绿。整个村子还是那么美，但不同的是：所有街巷全用水泥覆盖，村中心还有几亩大的一片广场，有绿地，有草坪，在水泥硬化的场地上还安装着健身器材。村里还有农家书屋，书屋里有围成一圈的现代化的办公桌，四周摆放着明晃晃的不锈钢管椅子，两边墙根立着十几个书架，摆着满满当当的各类书籍。每天晚上，或者是阴雨天、下雪天，便有不少人在这里读书、看报。

村委办公室的大院里，还有两间卫生所，聘请一名医生常年坐诊，各种药品也满满当当地摆满三四个药架子。

县里为了让农村娃受到更好的教育，从上小学开始，就可以到镇上或县城上寄宿制小学、初中，而且学费、书费全免，生活费还有公费补贴。最近几年，村里就出了五六个大学生。

村支部书记高兴地对我说：这几年上级先后两次实施"五覆盖"，仅说交通这一项：村里小巷全硬化，通村外有了水泥路，不少家庭买上了大型农用车或者大卡车跑运输，还有几户买了小汽车，出门一点也不愁了。现在，咱村男女老少都有了新型合作医疗保险，六十岁以上的老人都领上了养老金。家家有闭路大彩电，户户有电话，年轻人甚至五六十岁的老农民，都用上了手机，咱农村人活得一点也不比城里人差。"五覆盖"让家家户户幸福全覆盖了，村里男女老少，真是每天乐得笑哈哈！

我的老家，真的成了社会主义新农村。村里不仅有梨花、杏花、桃花和漫山遍野的鲜花，人们心里还都开了一朵更加艳丽的幸福花！

注：本文2013年荣获山西省交通运输厅"我看农村街巷硬化全覆盖"征文一等奖，并收入《康庄大道》一书中。

恬淡递真情

青少年时期的我，特别喜欢看书，先看小人书，然后就读小说、看诗歌，这方面的书买的也多。上初中时，小镇书店里小说、诗歌方面的书籍我几乎都买了，以至于小镇书店负责人后来竟对我网开一面，买一赠一，让小售货员们惊讶不已。

上师范时，几位语文老师精心指导我作文、辅导我自习汉语言文学，让我受益匪浅。初中、师范的几位语文老师很有文学才华，他们的作品常见于报端，我就暗暗下决心，将来也要像他们一样。

参加工作后由于忙，很少再看小说，由于年纪渐长，也失却了赏诗的激情，渐渐地喜欢上了散文。茶余饭后，枕上小憩，随便翻看，短时一篇，长时几章，多多少少，终有所获。读散文，成为我生活中之一大乐趣。

我不喜欢板起面孔居高临下教训人式的、高谈阔论卖弄学识的散文，更不喜欢油腔滑调云山雾绕不知所云还自称新潮的散文。我就喜欢朴实、自然、流畅而充满真情实感的散文。因此我就喜欢朱自清、曹靖华、刘白羽、孙犁、碧野、杨朔、秦牧等作家的散文，娓娓而谈中，让你获得知识，开阔眼界，享受阅读的愉悦。特别是山西的梁衡、温暖、沈琨三位散文大家，他们的作品描写了三晋的山川风貌、黄土风情。我倍感亲切，更有共鸣。

少小立下"作家"志，只因忙碌谋生终成空。五十多岁离岗休息，才有时间和精力去写点自己喜欢的文字。写小说不会编故事，写诗歌没有才情，那就写点游记、杂感、回忆，记录点本土历史文化、民俗风情，总比虚度时光要好。

把我的所见所闻所悟化为文字，再以文字与读者交流，以此结交更多相识或不相识的读友，并尽量为后人留点东西，就是我晚年的最大追求、最大安慰、最大幸福。有人说过：人类所需要的抚慰，都源自自我需要。我写文章，首先是自己的爱好，其次是对左权这片热土的挚爱。于是便有了《漫游散记》《山水胜迹》等散文集，有了诗注《辽阳题咏选注》，有了《碧血辽县》《抗战文化》《抗战诗歌选》《永恒的记忆》等抗战历史纪实文集。其中，《铁证·日军侵华罪证自录》一书有幸入选纪念中国人民抗日战争暨世界反法西斯战争胜利七十周年重点图书，用中日英三种文字出版。国家外文出版局还在北京国际图书博览会上专为本书召开了新闻发布会，让我感到惊喜和欣慰。

当不了大作家就当小作者，搞不出像样的文学作品，就为本土历史文化做一点小事，也不枉拿了一辈子笔杆，也不辜负一些亲朋好友误把我当成"文人",如是而已。

于是,我不狐假虎威,我不云山雾绕。当我拿起笔来,就像和亲朋好友交心、聊天,或是如实记录一些乡土的历史文化和人物史实。平实、恬淡、真情,就是我对散文行文和立意的追求。

浪费别人的时间,就等于谋害别人的生命。这话说得有点玄乎,却也不无道理。文章就是写给人看的。自己的文章,平实归平实,但总要告诉读者点什么,启迪读者点什么。做到没做到,我不知道,我是这样想的,也是尽量这样做的。

《左权文学》有个《辽州高地》专栏,发了我的几篇散文,要求我写篇创作谈。拉拉杂杂,写下上面的话,不是"创作谈",而是"写作感"。

2017年2月10日

梦想成真　继续前行

应《山西作家通讯》之约，让我写一下写作情况和写作打算，以及写作心得体会，于是我就写了《梦想成真　继续前行》一文。

今年六十六岁的我，去年领到了"晋中市作家协会会员证"，今年又领到了"山西省作家协会会员证"，多半生梦想终成现实，我终于踏进了文学这座神圣的殿堂。

童年之时，就有了"作家梦"。说来挺玄乎，其实有缘由。我家住在一个仅有几十户人家，而且分住多片的小山村，村中小学又在两个自然村的中间，孤零零一座三合院。大概是我三年级时，村里调来一位不足二十岁的男教师，可能感到孤独，征得我父亲同意，每天晚上我便去和他做伴。现在想来，他可能也有作家梦，学校订有《新少年报》《中国少年报》，还有不少我不知名的杂志。每晚批完作业之后，他便不停地看，不停地写。每隔一段时间，他便异常高兴地让我看：我的作品又登报了，在这里。接着，他就又念、又讲，那些豆腐块大的文章我已无印象，但他那股兴奋劲儿却让我至今难忘。我就想，我的老师真不简单，他写的东西还能印在报上，将来我也像他一样该多好！

到初中，我的"作文"经常被当作范文，贴在教室的后山墙上。这时，我已经深深地爱上了读书，爱上了写作。

父亲给我的零花钱，我几乎都买了书。小镇书店里的"小人书"，后来的"大书"，我都尽量买来读。初中期间，《赵树理选集》《红日》《青春之歌》《林海雪原》《草原烽火》《红旗谱》《白洋淀》，以及《三国演义》《红楼梦》《水浒传》《二十年目睹之怪现状》《官场现形记》等等，我都买来仔细读过。鲁迅、赵树理、曲波、梁斌、吴强、孙犁，以及臧克家、郭小川、秦牧、杨朔等等，都成了我心中的偶像。以至今日，我一介平民，藏书却有三千多册。

后来参加工作，一头扎进新闻写作三十多年，把文学创作置于脑后。正如儿子在我的《漫游散记·序》中所说：一因家贫，度日尚艰，难有兴致；二为敬业，昼夜伏案赶写新闻稿子；三为性情，嗜烟酒、广交友，有求必应，有难必帮，有酒必到，常常忙得不亦乐乎，忘了心中宏图大愿。"好新闻"奖得了几十个，"作家梦"则烟消云散。

直到五十三岁"离岗休息"，"作家梦"才又死灰复燃，又看书，又琢磨，又策划，直至六十岁，陆陆续续写成一本《漫游散记》，费时五个寒暑，完成了本地古诗译注《辽阳题咏选注》，同时由团结出版社出版。《漫游散记》还获得了二〇一〇年度晋中市文艺精品奖。

左权县是位于太行山中段的革命老区,又是民歌之海、花戏之乡。这里的山水风光、民俗民风、革命传统,是文学创作取之不尽、用之不竭的资源。近年来,我又编写出《碧血辽县》《抗战文化》《抗战诗歌选》等三本左权抗日根据地史料集,也由山西人民出版社出版。

应一些单位之邀,又先后参与编写了《左权县人大志》《左权之旅》《左权县名木古树图谱》《守望文明》等。粗算下来,自己著述140多万字,与别人合著共约90万字,为文友校对编辑书稿100多万字,总计330多万字。按十年平均,每年编写、看稿不少于30万字。我觉得,这十年,我没白活。尽管品位不一定高,总算给后人留下点东西,留下点念想,也为文友尽了一点微薄之力。

我还心有不甘,为感谢省、市作协老师们对我的鞭策与厚爱,也为余生更有意义,我还想做点事:

人说往事如烟,意则烟消云散。我说往事非烟,有些往事刻骨铭心,因此我想再写一本忆旧散文集《往事非烟》。我看文友(的作品),文友看我(的作品),相互坦诚切磋,心灵碰撞,这些文章,不应丢失,可结集为《文友记忆》。我完成了《辽阳题咏选注》,难道古辽阳有诗无文?我想再出一本《辽阳艺文选注》。左权是花戏之乡,半辈子编写小花戏脚本一百多个。尽管情节简单、语言粗浅、方言口语连篇,但这也正是小花戏唱词与道白的特点。准备整理五十篇,结集为《小花戏脚本选》,也许能为研究左权地方文化提供点参考资料……

然而毕竟年事已高，原本底子不厚，更加力不从心。论文采，不善时代语言；论技术，不会电脑，每个字都得一笔一画写出。无论能否完成，都会努力为之。

大作家巴金，大学者季羡林，乡人刘江、鲁兮、皇甫束玉等，九十高龄之后还笔耕不辍，常有大作问世。我愿以他们为楷模，活到老，写到老。只要日出我还在，伏案笔耕不停息。

梦想既已成真，就当继续前行。

2012 年 9 月 2 日

史 / 事 / 铭 / 记

近十年来，在左权县老区建设促进会的组织和推动下，我参与了《左权抗日根据地史料丛书》的编撰工作。在这个过程中，采访到的一些历史事件，特别是涉及到的一些人物，让我难以忘怀。愿这些可敬的人，通过我的笔记，被人永远铭记。

一腔热血化碧涛

——记新闻女烈士黄君珏

抗日战争中,太行山中段的左权县,作为华北抗日游击战争的发祥地、华北抗日根据地的指挥中心、晋冀鲁豫边区的首府县,无数革命先辈在这里驰骋沙场,英勇杀敌;无数革命先烈将鲜血洒在了这片热土上。华北版的《新华日报》社黄君珏女士,就是他们中的一个杰出代表。

黄君珏原名黄维佑,湖南湘潭人。1912年出生于官宦家庭。她天资聪慧,思想敏锐,14岁便投身革命,18岁加入中国共产党。在校读书期间,即从事党的地下工作,传递文件,搜集情报,掩护战友。在白区工作时,为掩护一位战友,不惜自己身陷囹圄。

抗日战争爆发后,经八路军武汉办事处保释出狱,与爱人王默馨一起北上抗日,共同参加了华北《新华日报》

的创办工作。作为上海复旦大学经济系的高才生,她富有经济管理专业知识,报社则安排她为报社经理部秘书,负责报纸出版发行和会计审计工作。

黄君珏天性豪爽,才华横溢。吃小米糠菜、住山村民房从不言苦,昼夜操劳、积极工作从不言累。她创建了一整套开源节流的管理制度,培训了一批管理人才,还著文论述根据地货币政策。她已经成为晋冀鲁豫边区和太行区出类拔萃的巾帼英才。

1942年5月中旬,日军3万余人对我八路军总部驻地麻田地区进行"铁壁合围"。大敌当前,彭(德怀)、左(权)做出了异乎寻常的决定:八路军总部所属战斗部队先期撤出,总部及各机关团体人员随人民群众寻机突围。主力部队跳出包围圈,首脑机关还留在圈内,万一被包住,怎么办?彭左什么都考虑到了,唯独没有顾及他们自己。难道他们不知道自己就是敌人要下毒手的最大目标吗?

左权将军具体布置后,立刻让大家明白了总部首长的良苦用心:敌人此次围剿,规模相当大,却又相当机密。面对突然而来的大军,正面作战,军民势必会付出重大牺牲。主力部队先期突围,反而可以寻机歼敌。总部和群众一道转移,不与敌人正面交火,则可保存实力,以利再战。如此决策,也只有舍身忘我的共产党人才能做出。

23日傍晚,华北《新华日报》社全体工作人员,随总部干部战士一块,朝西北方向的十字岭地区突围。25日,十字岭周围数万敌人围追堵截,十字岭上空六架飞机轮番轰炸,枪炮声、敌机轰鸣声、扫射声不绝于耳,突围战异常残酷。彭德怀、左权、罗瑞卿、白天参谋长、北方局领导召开几分钟的紧急会议后，决定立即分路突围。八路军首长和大队人马均已突围之后，残阳如血之时，负责断后的左权将军，头部突然中敌弹片，壮烈牺牲。黄君珏根据"化整为零、突出重围"的指示，同王健、韩瑞等10多人钻进道路崎岖、石崖耸立的山野，自卫应战。6月2日（有资料为5月28日）早晨，黄君珏和王健、韩瑞两位女同志在庄子岭一座高山的石洞里隐蔽。这里上有峭壁，下有悬崖，洞口两侧只有一条羊肠小路可走。敌人从小道逼近洞口，黄君珏以手枪射击，使敌不能靠近。敌人恼羞成怒，就用绳子吊下柴禾在洞口燃烧，浓烟烈火冲入洞内，呛得人喘不过气来。黄君珏宁可舍身，不做俘虏，一个箭步冲出洞口，又击倒两个敌人，在烈焰飞腾中，她高呼"打倒日本帝国主义！"飞身直下悬崖……牺牲时，年仅30岁。王健和韩瑞宁死不屈，也壮烈牺牲在烈火之中。她三人被根据地军民称为女中"三杰"，黄君珏更是女中豪杰。

　　身负重伤的黄君珏的丈夫王默馨在对面的山上目睹了这一壮烈场面。事后他在给岳父黄友郢老先生的信中说：

　　夜九时，敌暂退，婿勉力带伤行，潜入敌围，寻到（黄君珏）遗体，无血无伤，服装整齐，眉头微锁，侧卧若熟睡，然已胸口不温矣。其时婿不知悲伤，不觉创痛，跌坐呆凝，与君珏双手相握，不知所往，但觉君珏正握我手，渐握渐紧，终不可脱！山后枪声再起，始被惊觉，时正午夜，皓月明天，以手掘土，暂行掩埋。吾岳有不朽之女儿，婿获贞烈之妻，概属民族之无上光荣！

妻子贞洁壮烈,丈夫心中泣血,但却为妻子感到骄傲。真是"妇唱夫随",忠烈千秋!王默馨为了纪念妻子,将儿子改名为黄继佑。黄继佑母亲的战友鲁兮,前些年写了一篇悼念黄君珏的文章,文章最后一段是:

1942年2月中旬,正值农历新年,日军发动了春节大"扫荡"。《新华日报》社(华北版)的全体人员顶风冒雪,跋涉在山间的小路上。一个挺着大肚子的妇女艰难地走在队伍中,那就是黄君珏。黄君珏终于挺不住了,几个女同志搀扶她到一块庄稼地里,报社唯一一个生过孩子的同志为她接生。在小山村只休息了三天,黄君珏就把儿子托付给一个老乡家,又投入到革命工作之中。三个月后,黄君珏为了民族的解放事业壮烈地献出了宝贵的生命。

读了这段文字,更让我们潸然泪下:原来,黄君珏和她的亲生儿子,仅仅共同生活了3天,儿子就永远地失去了这位英雄的母亲。

当时在太行山上的著名诗人柯岗,写了一首《不知名的作者》,诗中写道:在"激烈战斗的清晨",一个女战士被一大群敌人追击,她用"枪里只剩下的三颗子弹",打倒了三个敌人。凶狠的敌人点燃了山岗,"我们的女英雄突然飞出来了,她举着没有子弹的枪,她披着一身火焰,像一只暴怒的红色的山鹰",跳下悬崖。诗的最后写道:

这位不知名的作者,
蘸着自己的血,
在这苍青的石岩上,
写成了最后的战歌。

这首歌，

将永远捍卫着祖国的山河。

我们的黄君珏，她是"红色的山鹰"，更是一只健美的"火中凤凰"！她涅槃成了抗日的精灵！

黄君珏的战友鲁兮，为她写了诗词：

七　绝

生为人杰死为雄，

沥血忠肝气若虹。

龙战连年酬壮志，

蛾眉风骨几人同。

金镂曲·歌颂女杰黄君珏

女杰黄君珏，已长眠，太行山上，耿光高洁。难忘当年五月泪，岭上同人浴血。气吞山岳，弹尽纵身跳峭壁，慨捐躯，无不齐悲咽。昂首问：何英烈？

英雄素有匡时略，叛豪门，投身革命，志坚如铁。一度曾陷囹圄，依旧忠于马列。"七七"后，征鞍心切。积虑殚精华北报，费经纶，开创千秋业。浩气在，星弥烨。

民主革命者，秋瑾女侠有诗云：

一腔热血勤珍重，

洒去犹能化碧涛。

黄君珏也和秋瑾一样，都是女中豪杰，都是中华优秀儿女。在这次突围战中，包括华北新华社社长、总编辑何云同志在内共有40多名新闻战士壮烈牺牲。今天，烈士鲜血铸成的"太行新闻烈士纪念碑"，巍然耸立在十字岭附近、清漳河畔的山岗上。先烈们以自己的实际行动，将"一腔热血"，化作了"碧涛"。这鲜血汇就的"碧涛"，将永远流淌在左权人民心中，流淌在太行人民心中，流淌在每一个中国人的心中。

　　注：本文首发于《左权文学》2014年第二期。

太行山里一家人

董天祥，作为烈士后代，她对祖辈、父辈由衷地钦佩、深深地怀念。为寻访祖父与父亲的革命足迹，她进北京、赴西安、到太原，遍访祖父与父亲的领导、战友或他们的后代。仅有初中文化的她，记下了足有十余万字的相关资料。

我从董天祥十多万字的翔实资料中，以她自述的形式整理出此文，以告慰革命先烈的在天之灵，同时也帮助董天祥实现深藏心底的夙愿。

春夏秋冬，年年岁岁，太行山中的农家，日出而作，日落而息，过着贫穷却也安详的生活。风云突变，日军的铁蹄肆意践踏我中华国土，太行山中的左权县人民，同仇敌忾，全民抗战，谱写了一曲曲壮怀激烈、可歌可泣的慷慨悲歌，留下了一个个痛彻心扉、感人肺腑的动人故事。

上口村一户董姓人家的两代人，没有惊天动地的业绩，没有被评为英雄模范，却也为革命事业献出了青春年华，献出了青春热血……

我就是董家的后代董天祥。我祖父在极端残酷、极端困难的情况下，出色地完成了陪护、保卫首长的任务；我祖母为保护八路军的后代，痛失两个儿子；我父亲才华横溢，年仅二十一岁，就血洒疆场。我虽然只有初中文化，但我要把这些记载下来，传给世人，留给后代。

尽心竭力护首长

清末，河北涉县更乐村一董姓农民，也就是我的曾祖父，我们这里叫老爷爷，带着妻子逃荒到辽县南会村后的大塔沟。在山民的帮助下，老爷爷春、夏、秋开荒种地，冬天打柴卖柴，老奶奶给有钱人家做针线活添补家用。后来盖起来石屋，生育了四男两女。我老爷爷不堪重负，积劳成疾，过早地离开了人世。我老奶奶硬是含辛茹苦，把六个子女养大成人，并在亲友的帮助下，在上口村安家落户。

穷人的孩子早当家。我老爷爷的大儿子、二儿子、四儿子都在十四五岁时，就去给地主家当长工。三儿子董兴旺（就是我的爷爷）从小就帮母亲做饭，经人介绍，十几岁时就到辽县（今左权县）县城位于石柱街的贫民学校做饭。六年后，他与邻村赵家之女赵引弟结为夫妇后，又到离家近一点的桐峪三民校当厨师，自然就认识了三民校的校长兼教师皇甫束玉（后为高等教育出版社党委书记）、黄明（后为辽县抗日县长、西安飞机发动机厂党委书记）、牛子谦等人。董兴旺忠厚老实、干活勤快，每日虽是粗粮野菜，饭菜却做得香甜可口。时任路东干校负责人的冯廷章（冯瑞如，中共左权县最早的党员之一，后任山西省政协秘书长），要找一位厨师，专为身负重伤的左今夫（李伟）、患有重病的侯长顺（步云）和他们的警卫员许太三人做饭，还兼护理、保卫工作。皇甫束玉、黄明虽对董兴旺是万分不舍，却也毅然将董兴旺"献"了出去。

董兴旺从此就为左、侯、许三人做饭。后来，冯廷章因工作繁忙，就把儿子冯有生也"寄养"在这里。

一日三餐黑豆瓣，菜也是几颗黑豆芽。边区政府特批四人每天二斤小麦（冯有生不在供给范围）。董兴旺为把五人的生活搞好，除了要用碾把小麦推成面（当然麦麸也是上好的食品），还要开荒种菜，喂奶羊，晚上还经常替十六岁的警卫员许太站岗放哨。

一遇敌人"扫荡"，董兴旺首先隐蔽好两位首长，还要把两匹马和奶羊安全转移。

晋冀鲁豫边区临时参议会在桐峪镇召开，抽调董兴旺为大会做饭。四十多天下来，左、侯二人身体状况急转直下，领导才指示，再也不准董兴旺离开左、侯二位首长。

就这样，在隆隆的炮火声中，在太行山极端困难的抗战岁月里，董兴旺圆满地完成了对两位首长的护理、保卫任务。直到1945年抗战胜利前夕，左、侯二人随杨秀峰、李雪峰一同转移到河北涉县，他才离开二位首长。

时隔三十五年，李伟费尽周折，才和董兴旺的二儿子董玉定、孙女董天祥取得联系。李伟在多次来信中，再三对董兴旺的辛勤劳动表示感谢，说没有老董，他就不能继续为革命做贡献了。他还说，在那样特殊的战争环境中，董兴旺能把工作做到那种程度，是常人很难做到的。他在给董玉定的信中说："回想战争年代，我很有负罪感。几年间，蒙你父亲老董同志对我的亲切关照，使我的病体得以康复，直到后来能继续为党、为革命、为人民工作，他是有莫大功劳的！你哥艾珠（指董玉定的哥哥，我的大伯）是很有为的青年……在河南开封作战时英勇牺牲，付出了宝贵的生命……这都是你父母培育的功劳，这是你们家庭的光荣！"

痛舍亲生救奶儿

我奶奶赵引弟，在丈夫外出工作后，就住在上口村张玉所的南房。那时，八路军总部的赖若愚政委就住在张玉所的西房。石师长（刘伯承）、郑思远（时任八路军总部宣传科长、交通科副科长）、武光汤（时任八路军某处处长）住相邻的王占元的东房。这些首长和赵引弟非常熟悉，知道她丈夫参加了革命工作，夫妇都是可靠的"自己人"。赖政委就将名叫福贞（可能是烈士遗孤）的女娃交赵引弟抚养。这时，我祖母赵引弟已生五子一女，第五子夭折，女儿仅活到八岁。

赵引弟带着四个儿子、一个女儿，还抚养着一名女娃，已经够她料理了。1941年冬天，总部卫生处处长黄俊，又把长子黄理华从武军寺山上一户人家接到我家，让我祖母奶养。

1941年至1943年，是抗战最艰难的岁月，日军"扫荡"频繁。每次"扫荡"前，赖政委或黄处长总要派人通知，让我祖母带着一群孩子及早躲避。

一次，日军又一次突然"扫荡"。赖政委和黄处长均没来得及通知祖母。眼看日军已到大门外，我祖母情急之中，叫上福贞，拉上我生父（董玉定），抱上理华就从后门往外跑。福贞比我父亲还大两岁，她想跑回去叫我两个叔叔，我祖母大叫来不及了！并大喊："儿啊，娘顾不了俺孩了，俺孩快去藏好，日本人走了，等娘回来啊！"说着就带着福贞和我父亲，抱着理华连夜转移。到小墓口后，在怪石嶙峋、荆棘满坡的山岗上，她手脚并用，连续上下三次山峰，终于把福贞、我父亲和理华都背到了山上。天明了，我祖母回头一看，吓出了一身冷汗：天呀，山峰陡峭，她一双小脚，是怎么把三个孩子弄到山顶上的呀！难怪双手都是血淋淋的！

两天后，躲在山里的人陆续回到村里。心一直吊在嗓子眼的赵引弟一回家就喊两个孩子。可是，摆在她眼前的已经是两具小小的尸体。赵引弟顿觉天旋地转，一头栽倒在地。两个奶儿抱着奶娘哇哇大哭起来……

两个孩儿还没来得及起个正经的名字，他们还是孩子啊，她母亲抱着别人的孩子跑，竟把他俩给扔掉了！孩子是娘身上的肉，赵引弟怎么能承受得了啊！两个奶儿大点了，都被带走了，她却病倒了。

黄俊的夫人秦静珍深知我祖母的病因，就经常给她请医送药。1944年冬天，当她再次来给孩子的救命恩人赵引弟送药时，正好遇上赵引弟出殡。见此情景，秦静珍把药一丢，扶棺痛哭。她知道，奶娘是为了保护奶儿，一下子失去两个儿子的，她是被巨大的伤痛击倒了！她一直把赵引弟送到坟地，无以言表的感谢化成了一串串泪水。要知道，赵引弟才活了39岁呀！

青春热血洒疆场

由于董兴旺参加了革命工作，经常和八路军总部的首长们相处，首长们也非常喜欢他的长子董艾珠（我的大伯），经常给他点糖果等好吃的，并给他讲抗日故事，使董艾珠从小就非常热爱八路军。上小学时，就参加了儿童团，站岗、放哨、查路条。

小学四年级毕业后，大伯的父亲到三民校当厨师，学校领导破例让他到三民校就读。1939年，董艾珠考入晋南路东干校，这是太行区党委领导下的一所培训抗日干部的学校，路东干校在辽县泽城村，负责人是冯廷章（瑞如）。

学校实行军事化管理,学校设大队、中队。除文化课外，学校还设有军事课，学习射击、投弹及军事知识。

1940年初，冀南、太行、太岳行政联合办事处（简称联办），在泽城村筹办"太行抗战建国学院"。路东干校一分为二，一部分转入"太行抗战建国学院"，一部分改名为"太行中学"。

无论在路东干校,还是在太行中学,生活都是异常艰苦,每日主食就是高粱米、黑豆瓣。高粱米吃多了大便干燥,黑豆瓣粥喝多了又会拉稀,野菜就是佳肴。董艾珠和同学们依然愉快地过着紧张的学习、军事训练生活。董艾珠还和同学们编写了《烤疥小曲》(学生生疥疮后,最有效的办法就是用谷草掺上硫黄烤、熏)、《灯笼裤和花马甲》(由于经常翻山越岭、摸爬滚打,棉裤上的棉花都掉到裤脚上,棉袄花絮外露,成了"灯笼裤"和"花马甲")等诗歌,其中《快乐歌》这样写道:

野菜苦,糠带粮,战胜困难好荣光。
衣服破,身露伤,颗颗伤疤是勋章。
避民宅,住庙堂,不扰百姓心欢畅。
脚有伤,走路长,好汉足迹遍太行。
儿幼小,打东洋,爹娘别时好心伤。
儿长大,志刚强,爹娘再见喜洋洋。

董艾珠聪明好学、吃苦耐劳,很被学校领导和老师看重。他虽为学生,却被当作教职工对待。百团大战期间,学校让董艾珠带队到各地宣传百团大战胜利的消息,还安排他和老师们到敌占区和武乡、榆社等地参加招生工作。

1941年太行中学更名为太行一中(其时已迁往涉县杨家庄)。1942年秋,边区实行精兵简政,太行抗战建国学院、太行一中、太行二中、太行三中合并为"太行联合中学"。校部在涉县悬钟,太行一中改名为联中一队,驻辽县寺坪村。学校还经常把学生集合到一起上大课。

太行联中的校长为燕京大学毕业生李棣华(后任北京

外国语学院顾问）、支部书记兼语文老师王雪秋（原《胜利报》副社长、副总编），语文老师还有边区著名诗人王玉堂（冈夫，后为山西大学教授），此外还有政治、数学、历史、生物、图画、音乐诸科教师。学校不仅严格进行文化教育，还经常组织学生参加八路军总部、边区政府一些重大活动，让学生参与到社会活动中去锻炼自己。

　　董艾珠这时已经是学校各项社会活动的带头人。他多次带领同学们反"扫荡"，参加大生产运动。在一次反"扫荡"中，他组织男同学往返漳河多次，送背包，背女同学，全体同学胜利地由河北涉县转移到山西平顺。他还多次带队参战，参与八路军的重大军事行动。晋冀鲁豫边区临时参议会召开的四十多天中，董艾珠还到会担任招待员。每逢学校放假回来，董艾珠就主动找在上口村和他母亲住在一块的刘师长、赖若愚、武光汤、郑思远等领导谈学习体会，汇报思想，首长们又给他讲述了更多的革命道理。经郑思远介绍，董艾珠在太行联中就光荣地加入了中国共产党。

　　1945年2月，董艾珠和三百余名同学一齐毕业，被分配到太行各分区军政机关工作。其中五十名优秀学生先入抗大军事学院培训，再被分配到军队工作。董艾珠就被分配到六纵队十七旅五十团任作战参谋，后又为西南军区第二野战军十二军三十五师一〇四团作战参谋，不久又升为三十五师作战参谋。

　　1946年8月初，陇海战役打响。董艾珠同部队一起，积极投入战斗。我军在开封、徐州开辟战场，歼敌多部。8月10日，兰封攻坚战空前惨烈，董艾珠在最前沿阵地指挥作战，不幸身负重伤，经两个小时的紧急抢救，年仅二十一岁的董艾珠血洒疆场。

我是董艾珠弟弟董玉定的女儿。大伯董艾珠临终前对他的战友乔延晋说："我为革命牺牲，死得值！你有机会转告我家，我弟弟生下孩子，不论是男是女，要过继给我，让他（她）永远记住我是为革命牺牲的，我就死而无憾了。"

中华人民共和国成立之后，乔延晋给上口村公所来信，说明了此事。我爷爷、我父亲遵照他的遗嘱，我一生下来，就通过上口村干部，把我过继给了伯父董艾珠。

几十年来，老前辈们都把我视为烈士遗孤。皇甫束玉、郑思远、李伟、乔延晋、黄俊以及他们的子女，特别是我的奶叔黄理华，经常给我来信，从精神上到物质上都给了我许许多多的帮助。

革命前辈们没有忘记我的祖父、祖母和我的伯父。我作为烈士后人，更不能忘记长辈及无数革命前辈的功绩。我要教育两个女儿，好好学习，争做国家有用之才。

永远的刘马年

——《山西日报》发表长篇通讯《操心操在路线上》的前前后后

20世纪60年代末，山西省左权县一个小山村里，出了一个轰动全省的劳动模范。在他去世之后的1972年5月10日，《山西日报》用两个整版的篇幅介绍了他的先进事迹，同时刊发了《山西日报》评论员文章，全省随即掀起了向他学习的热潮。5月18日、6月1日《山西日报》又先后用两个专版做了后续报道。他就是左权县后山大队的刘马年。

弹指一挥间，四十多年过去了。作为长篇通讯撰稿人之一的我，对这件事记忆犹新。刘马年的形象一直在我眼前晃动，刘马年的感人事迹依然在感动着我、激励着我……

刘马年生于1917年。1938年，二十一岁的刘马年光荣地加入了中国共产党，历任村抗日自卫队队长、互助组组长、农业社社长、生产大队大队长，直到积劳成疾病逝，年仅52岁。

后山是泽城公社西崖底村后三华里的一个小山村。当时全村仅有六十来户、二百来口人，散居在十八道沟、二十二个山庄上。

后山村石厚土薄，十年九旱。人们说后山是"土少水缺石头多，挤死猞猁夹死蛇"的穷地方。刘马年带领全村群众，多年坚持整修山地、植树造林、担水点种、割蒿沤粪、多锄多刨等传统办法，全村亩产由平均一百五十多斤，增加到三百多斤。

1964年，毛泽东主席向全国人民发出"农业学大寨"的伟大号召。刘马年和本县农村干部到大寨参观，他亲眼看到大寨的层层梯田，亲耳听了陈永贵、郭凤莲的介绍。他被大寨人艰苦奋斗、自力更生的精神震撼了：要大变，就得大干！回程的路上，他心里就有了彻底改变后山面貌的宏伟蓝图。

当天夜里，后山大队院子里挤满了全村的男女老少。刘马年详细介绍了大寨的经验，提出了治山治水的具体规划和措施。会场沸腾了，青年人竟情不自禁地连续不断地喊起了学大寨的口号。

一场战天斗地、大干快上的战斗打响了。

他们先是在一面面坡地上，垒起一条条大石堰，坡地变成了一层层的水平梯田。

紧接着又在深沟中造地，为了从石头缝里抠土，一般要翻三五尺深，有的地方甚至要挖一丈多深，挖出的大石头垒堰，小石头回填，再覆盖上抠出来的土。修一亩地大概得投六百到八百个工。

数九寒天的太行山上冰天雪地，在后山却是热火朝天：镐落火花飞，镢起一道白。工地上架起一堆堆柴火，烧一片解解冻，就挖一片，修一片，一冬一春连坡带沟造出了七十多亩平地。

1965年，新修的"大寨田"长出了齐刷刷的庄稼。一进五月，天旱了，一片片好庄稼都晒卷了叶子。

在干部会上，刘马年又提出：大寨人天大旱、人大干，咱也一样：一半劳力担水点浇抗旱，一半劳力兴修水利。找到山中两个泉眼后，选定位置修第一座水库。抬石头没铁链，就用榆条拧成绳代替；开山没炸药，就用大铁锤一块一块地砸。多少铁锹撬弯了，多少锤把震断了。社员们个个手上都先是血泡，后是老茧。

筑坝没有水泥，社员们砍了十二多万斤柴，担来了五万多斤青石，七天七夜烧一窑石灰。大坝筑起了，水库修成了，水渠筑通了，后山一下子增加了四十来亩水浇地。

1966年，后山亩产增加到了六百四十多斤，两年时间产量又翻了一倍。

"全国学大寨，昔阳怎么办？""全国学大寨，晋中怎么办？""全国学大寨，山西怎么办？"昔阳要建成大寨县，晋中要建成大寨区，山西要全面学大寨。《山西日报》连篇报道了相关消息，整个山西到处掀起了轰轰烈烈的学大寨运动。

左权县出现了二十多个学大寨先进村。泽城公社的后山大队，桐峪公社的上武大队，又成了左权县农业学大寨的"两面红旗"，同时也是学习毛泽东主席著作的两面红旗。刘马年的名字已在全县传开，他先后被评为左权县劳动模范、学习毛主席著作标兵，山西省劳动模范。1966年9月6日，《左权小报》以整版篇幅刊登了《全县学习毛主席著作标兵榜》，榜上就有刘马年同志的肖像和他的事迹。

在荣誉面前不骄不躁，刘马年又向自己和全大队提出了更高的要求。他在干部会上说：咱们当模范，是沾了学大寨的光；咱们增了产，是沾了修地修水库的光。咱们还是旱地多，咱再修一座大水库，修五里长的转山渠，把山上的梯田也变成水浇地。到那时，咱村就能旱涝保收，为国家做出更大的贡献。大家一致赞成，兴修大水库、转山渠的战斗又打响了。

水库的坝基必须下挖四五米深。刘马年卷起裤腿，光着双脚，带头站在水中挖泥沙，挖石头。大队有八双高腰水鞋，都分配给了年老体弱的社员，刘马年和青壮年们一律赤脚干活。太行山的三月，石缝里流出的"空山水"凉得钻骨头，别人轮流下水，刘马年却一下去就不上来。天长日久，刘马年的双脚被冻得裂开了好多口子，血往外流，沙往里钻，但他总是干到最后收工。

每天吃了晚饭，刘马年用水冲洗，用铁锥抠伤口里的泥沙，血水染红了洗脚水，疼得一头又一头冷汗……老伴刘小鱼心疼地说，你就歇上一半天吧，刘马年吭都不吭一声。

　　是的,刘马年已经全身心地都投入到了"改天换地"的战斗中。为了写这篇回忆录,相隔四十年后,我又一次到后山村采访。在刘马年三儿子刘显荣的小院里,十多位男女村民争先恐后地给我讲刘马年的故事。其中说到,刘马年经常到公社、到县城开会,那时候没有班车,刘马年总是挑上铺盖走山路进城。后山距县城一百多里,走山路也有七八十里。刘马年总是黑夜十点以后才出发,为的是赶天明正好能到县城。开完会,他又总是连夜也要赶回来,为的是第二天一早就能出工。

　　刘显荣带着我到村后去看当年修筑的水库和水渠时,指着村后一条沟说:"俺爹上城不走大路,嫌远,总是挑上铺盖走这条沟,翻过两三座山,就能到了白家庄,再往前就到了隘口,少走二三十里,就能扑上直通县城的大路。"

　　他又说:"俺爹死那年,我正好在石家庄当兵。部队领导知道后,帮助我在白求恩医院找到大夫,大夫承诺病人一来就给做手术。我又打电话又写信,俺爹一直都说顾不上,俺爹是生生受死了。"说着,六十多岁的显荣老汉又用袖口擦起了眼泪⋯⋯

　　长期过度劳累,刘马年病了。老伴发现他饭量一天天减少,到后来他已经咽不下饭了。老伴让他去看病,他不但不去,还坚持每天上工地。后来村干部们也知道了,都劝他快去看病,他说:"正在劲头上,带头人还能不带头干?"

　　刘马年终于病倒下了。他每天夜里躺在炕上开干部会,分析工程进度和质量，安排下一阶段的工作。

刘马年人在炕上，心在工地。他要求干部们在自家房子的山墙上挖了个小窗户，他就能垫着被子，爬着看到工地……

1969年12月3日，县上来了两个帮助测量转山渠的同志，本来有些事想和刘马年商议，隔窗看到刘马年已经骨瘦如柴，再不忍心打搅他了，就想悄悄离开。没想到刘马年听到了他俩的说话声，又把俩人叫到床前询问情况，还说渠不要修得太高，越高越难修，代价太大，能浇到高处的地就行。

当天晚上，刘马年开了家庭会，要求他们"将革命进行到底"。

12月4日，他断断续续地对守在他床前的公社、大队干部和家人说：他提议副大队长赵富琪接他的班，要求村干部要"团结团结再团结"，干部必须带头劳动，一定要把大水库和转山渠修好。直到大家七嘴八舌向他表了态，他才微笑着闭上了双眼……

刘马年的事迹通过各种会议、文件、《左权小报》、广播小喇叭，早已传遍了左权全县。县文化馆还编创了民歌《刘马年是我们的好榜样》在全县传唱。

当时，左权县革命委员会通讯组组长是本县中庄村的刘彦庆（后为《晋中日报》副总编），武装部参谋张家杰是河北人（后为《徐州日报》副总编），二人特别喜欢新闻写作。我是县广播站编辑兼记者。我们三人都多次采访、报道过刘马年和后山大队的事迹。一次闲聊中，三人一致认为应当写个长篇通讯，写出一个完完整整的刘马年，把他和后山大队的精神推向晋中全区，甚至山西全省。三人不谋而合，由张家杰执笔，我和刘彦庆提修改加工意见，很快以"学大寨的好带头人"为主题写出了长篇通讯。

通讯发表后，中共晋中地委和晋中地区革命委员会先后发出了《向刘马年同志学习的决定》，中共左权县委、左权县革命委员会也发出了《向刘马年同志学习的决定》。

5月18日、6月1日，《山西日报》又以"操心操在路线上——向坚决执行毛主席革命路线和政策的好干部刘马年同志学习"的通栏标题，分别用一个整版、一个半版的篇幅连续报道了全省，特别是晋中地区、左权全县学习刘马年的情况，还发表了平顺县西沟大队党支部书记申纪兰、川底大队党支部书记郭玉恩、羊井底大队党支部书记武候梨、吾乐大队党支部书记王长富、安阳大队党支部副书记崔富保、虹霓大队党支部书记王三毛、岗圪道大队党支部书记王毛则等七个省级先进大队书记的联名文章，还有和顺县七里滩大队党支部书记李召羊、代县南宋寨大队党支部书记何锦荣等人的文章，全面反映了全省向刘马年同志学习的情况。

刘马年一生为革命事业、为新农村的建设，操尽了心，费尽了神，大干实干苦干，为彻底改变山村穷困面貌奋斗到最后一刻，是真真切切的事实。

刘马年不愧是一名优秀共产党员，党的基层好干部、合格的全省劳动模范。

刘马年永远活在我的心里，也永远会活在后山村、左权全县人民的心里。

本文首发于左权县政协 2014 年 3 月编撰的《左权文史》第九辑（总第三十二辑）。晋中市政协 2015 年 7 月编撰的《晋中文史》第十辑转载。

赵树理轶事二则

真情救了两条命

1942年二月初的一天，赵树理由人引荐，第一次踏进了李家岩李有才的家门。从此，他就和李有才同吃一锅饭，同睡一盘炕，成了情同手足、无话不谈的知心朋友。

李家岩是左权南乡峧沟村的一个小山庄窝铺。附近还有阴洪水、牛槽闯、五狼峧、小狼峧、大狼峧、活络套、小窑上、窑峧等十多个山庄窝铺。每个山庄窝铺也就是几户，至多十来户人家，相互之间都有好几里地，这里堪称是太行山区的山区。

赵树理住到李有才家后，除了外出开会或办事，就是协助村民们筹军粮、侦敌情、送情报、组织村民夜校等等，但他最多的活动是走东家、串西家搞调查研究。晚上总是和李有才东拉西扯、没边没沿地胡侃，直至深更半夜。

1942年农历十一月的一天，西北风卷着鹅毛大雪像棉花团，铺天盖地下个不停，山野间到处白茫茫一片，分不清哪是村庄哪是路。刚吃罢早饭，赵树理穿上缴获日军的黄大衣，戴上狐皮暖帽，穿上翻毛皮暖鞋，拎了根木棍就要出门。

李有才问："你要去哪？"

赵树理答："去附近老乡家转转。"

李有才说："这么大的风雪，路都看不见，等天好点再去吧！"

赵树理说："老乡们一年四季忙活，数九天还上山砍柴禾，就是这大风大雪天，才肯在家烤火盆哩！"

李有才说："那好，我跟你一块去！反正咱锁上门饿不死小板凳！"

说罢，二人便起了身。他们拄着木棍，深一脚、浅一脚，咯吱咯吱地行走在山间小道上。小道一边是陡坡，一边是悬崖峭壁，二人小心翼翼一步一步向前挪，寒风刺骨却浑身冒汗。到了牛槽闯，家家大门紧闭。赵树理说："不要惊动他们，咱们再走。"过了龙王庙峧，又翻过落凤岭，一直走到大狼峧。只听一户农家院里有哭声，门口一个四十来岁的汉子，蹲在地上一口接一口地抽着旱烟。走进屋子，见炕上躺着两个十来岁的小孩，旁边坐着一个披头散发的妇女，哭得满脸是泪。原来，两个小孩高烧几天，拔火罐、针灸都不见效，两个孩子已烧得昏昏沉沉。

"为什么不请医生看？"赵树理问。

"请医生有啥用！就是开上方子，咱也没钱抓药呀！"

那中年男人哭丧着脸说。

听说七八里外的正峧沟有一个叫郑丙生的医生，老赵就催促夫妇二人包好孩子，一同出发去看医生。

医生检查后说："本来是重感冒，没有及时治，都成了急性肺炎了！只有打德国六〇六注射液才能救命，去哪里找这药呀？"医生想了一会儿，突然说："有了！三里外的小西沟有我表弟李长柱，他常年跑天津贩药，兴许他有。孩子先留在这里，你们快去买药吧！"

赵树理马上说："有才，你带路，咱走！"

说完二人就一头冲出门外。到了长柱家，长柱老婆说长柱去串门了。赵树理说："快快请他回来，我们有要紧的事。"

长柱老婆把长柱叫了回来。二人说明来意，长柱说："啊呀，我也没这药呀！"

赵树理说："你行行好吧！两条小生命呀！"

李长柱看他二人诚心买药，就又改了口：

"药倒是还有六支，是我留着救急的。你们要买也可以，可钱不能少给，一支三块大洋。"

三六十八块大洋，天呀，去哪找这么多钱呀。二人央告：等救了孩子之后一定把钱送来，长柱好歹不松口。赵树理急得直搓手，忽然他一拍大腿："这样吧！"他和长柱说："你借给我一双破鞋，我把这皮暖鞋、军大衣脱给你抵押上，最近几天我保证把钱一分不少给你送来！"长柱说："那也行。"

长柱看到老赵穿上了他的破鞋，脱了棉大衣就只穿一个小黑袄，他就不怕冷吗？就问李有才："他是小孩家什么人？"

有才说："什么也不是，他就是咱政府的工作员，在我家住，刚才见了病人，他就一心要救孩子。"

赵树理解释道："我是共产党、八路军派来的。共产党、八路军就是帮助穷人解决困难哩！"

长柱看了看外边的风雪天，又盯着老赵看了一会儿，突然把皮暖鞋给赵树理穿上，又把军大衣给赵树理披上说：

"共产党、八路军就是好！一不沾亲、二不带故，这样上心救人，我这药是分文不收啦，不够了再来拿！"

"当下给不了，日后一定还钱！只要有药就行。"赵树理说。

长柱从柜里拿出个布包，找出六支药，恭恭敬敬地放在赵树理手中，并送二人出了大门很远才返回去。

两个孩子终于捡回来两条命。

临危不惧的"指导员"

大家都知道，赵树理是个有名的大作家，殊不知，他还是一位临危不惧、镇定自若的战地"指导员"哩。

李家岩一带距八路军总部麻田镇只有二十几里地。许多山庄窝铺住着总部工作人员，有的山庄窝铺附近，还藏有八路军的武器、弹药和军用物资。因此日伪军经常到这一带"扫荡"。

1943年农历四月的一天，李家岩群众和八路军垦荒队的人吃了早饭，正准备春耕下种，忽听前半沟响了几声枪声。通讯员气喘吁吁地跑来报告："敌人来啦！大概有六七十个日军，已经到了牛槽闯！"

牛槽闯离李家岩只有三里来地，大家顿时乱作一团。赵树理和垦荒队的同志在一旁叽叽咕咕地合计了一番，便站在碾磙上高喊：

"大家不要慌！我受边区领导委托下达命令，大家必须服从！"

他指着一个中年人说："你领六个人，赶紧搬运那几个文件箱，到大盘沟隐藏！"又指着一个大个子青年说："你带四个壮劳力，搬运军用物资到小沟垴山洞掩藏。"又指着一个中年男人说："你带三个人，把那两个伤病员抬到上背窟窿岩隐蔽！"又叫一名小青年："你领上自卫队，通知老百姓什么也不要带，一齐赶快往小沟垴转移。"

分配完毕，赵树理对李有才说："你带上铁桶，拿上几挂鞭炮，快跟我走！"

赵树理带着李有才，绕道进入南沟，又从树林里爬到大角岭上，在岭上，他二人把鞭炮点着放入铁桶里，噼里啪啦，真像几挺机关枪。老赵还不时朝日伪军来的方向打几枪。果然，日伪军一窝蜂地朝大角岭包抄过来。二人又向南跑，日伪军一路追赶，直到把敌人引到石跌沟灌木丛中。二人一会儿上，一会儿下，和日军玩起了捉迷藏。直到半下午，日伪军一无所获，只好顺着山沟退去。

原来，赵树理引敌人的方向，正好和群众转移以及八路军藏弹药的地方相反。他们既保护了群众，又保护了八路军的弹药。

傍晚大家返回村里,都松了一口气。赵树理又召集大家开会:"敌人白跑一趟,绝不会善罢甘休!咱们连夜坚壁清野,把粮食衣物藏在村外,加强岗哨,敌人一来,咱们轻装躲避。"

果然,第二天敌人又从阴洪水摸了过来,摸至李家岩,一个人影都没有,便在榆树沟、土凹尖搭起帐篷、架起机关枪。四天五夜,居高临下,监视控制李家岩。群众早已在各个山洞中有吃有穿,不出洞外。日伪军一连数天,一无所获,只好灰溜溜地退兵而去。

老赵像这样有条不紊地组织反"扫荡",至少也有十来次。老乡们都说:"老赵是反'扫荡'的指挥员,有老赵,咱就不怕'扫荡'。"

(资料提供:《李有才板话》原型人物李有才之子李德胜)

本文先后发表于《今日左权》报和《晋中日报》。《乡土文学》2016年第三期转载,改名为《赵树理与李有才》。《左权文学》2016年第一期又予刊登。

加藤女士的跨海寻找

2018年10月29日,左权县文联主席孟振先接到县委宣传部的电话说,明天晋城市中国赵树理研究会一行数人,陪同日本友人来左权寻访著名作家赵树理的足迹,让孟主席安排接待。孟主席立即安排了两件事:一是安排车辆,二是通知我去,让我代表左权县作家协会一块接待,并希望我既当导游,又兼讲解员,我欣然接受。因为我喜欢文学,上高级小学的时候,就熟读了赵树理的《小二黑结婚》和《李有才板话》等作品,并深深喜欢上了赵树理及其作品。21世纪初,左权县老区建设促进会发起整理编纂一套《左权抗日根据地史料丛书》,其中我为完成《抗战文化》一书的第二编《文学创作》,先后多次采访了《小二黑结婚》和《李有才板话》素材故事的发生地横岭村和后柴城村,原型人物李有才的家乡峧沟村李家岩,还走访了几位同赵树理一块工作过的均已九十多岁高龄的老前辈。我自以为

张基祥 著

对赵树理，特别是赵树理在左权县境内的创作和活动有一定的了解。

第二天，即 10 月 30 日上午，我如约于 9 点多到县文联乘车。没想到孟主席安排的车昨晚因特殊情况没有返回县里，孟主席立即请文友、左权县公安局原副局长李彦林开私家车应急。李彦林欣然答应。

路上，我们三人约定：接待日本友人，只谈文学，不谈日军侵华之事，李副局长很细心，强调不要提及他的真实身份，以免日本友人生疑。

上午十点左右，我们和乘坐七座车的晋城客人在桐峪高速路口会面，主客双方相互介绍，晋城方面有中国赵树理研究会会长赵魁元等四人，赵树理的孙女赵飞燕女士和日本友人加藤三由纪女士。我们才知道，日本友人原来是一位女士。她是日本和光大学的教授，日本中国当代文学研究会会长。每介绍一位客人，她都微笑着点点头，轻轻地说一声：您好！她一头齐耳短发，个子不高却很干练，要不细看她脸上微显的皱纹，就像一位三十来岁的腼腆妇女。

按照设计的路线，上午先完成《李有才板话》素材地的走访，因为此地就在桐峪镇南十公里处的麻田镇附近。车到后柴城村，我让两车停在村西头，我和客人说：咱们先看一下《李有才板话》中的"阎家山"吧！抗战时期，李有才所居住的山庄窝铺李家岩归峧沟村管，峧沟村又属于后柴城编村管。我们一行人从后柴城村西进去，我指着几棵大柳树和周围几栋砖石混合墙的农舍说：这就是"阎家山"的西头。这里土地肥沃，大柳树中间原是四季有水的"旱池",现在填平建成了"文化广场"。房屋再往西是良田,这里是后柴城比较富裕的人家的居住地。为什么赵树理把这里叫成"阎家山",给主人翁起名为"阎恒元"?原来这个村姓阎的占了百分之七十。正巧,走来一位中年妇女,我问:"这村姓阎的多不多?"她说:"十家就有七八家姓阎。"大家哈哈大笑。

到了村东头,这里的房屋显然没有西头的好。我们看了几处已经没有人居住的破旧不堪的石板顶土坯房。我说:"这就是'阎家山'东头的房子。因为这里靠近一条从南到北的河沟,山洪暴发,就会冲房冲地,所以穷人家就只好在河边盖点石头房勉强居住。这就是《李有才板话》中'模范不模范,从西往东看,西头吃烙饼,东头喝稀饭'的来历。"大家感叹:赵树理心中有百姓,眼中有生活,笔下有波澜呀!加藤女士一边不停地拍照,一边再三说:"真好,真好!"

车到再往东不远处的峧沟村,村支部书记何建军、村主任赵云刚、赵树理笔下的李有才之子李德胜,早已在村口等候一个多小时了。大家又一阵寒暄,当介绍峧沟村各位时,加藤女士照例和每人握手,照例微微点头并轻轻说"您好",那副温良恭俭让的样子,让人觉得她可亲、可敬。

大家先到李有才晚年生活的一处农家院落参观,正屋墙上挂着李有才全家的各种照片,成了大家争拍的镜头。李德胜说,曾经有一位日本朋友给他父亲寄过一封信,他请人翻译,却被那人弄丢了。加藤女士和大家都说:太可惜了！在小院里，大家一齐合影留念。加藤女士特别亲热地拉着李德胜单独留影。

我提议：不到李有才和赵树理多日朝夕相处的李家岩故居，就等于没有找到李有才，特别是加藤女士一连说了两遍："一定要去！一定要去！"于是加上何建军书记开的"圪旦车"，三辆车向村南的一条山沟内驶去。

这是一条新修没多久的土石路，两边是山峰，中间是河谷，弯弯曲曲，将就着能开小车进去。走了没多久，车向右边一条沟拐去。我说："不是应该直走吗？怎么向右拐？"同车的峧沟人说："右边有车道，可以直接拐到李家岩附近。"结果不到一会儿，有大坡。只能分乘圪旦车继续前行。第一车人满，车上不了坡。大家就下车推，又走了一段，山更陡，路更弯，为了安全，车不再前行，返回拉剩下的人。我和孟主席及加藤女士、村主任赵永刚一行则徒步前行。

路上杂草过膝，两旁荆棘挂衣。我和村主任赵云刚同加藤女士紧紧相随，不时拉她一把，她总要回应一声"谢谢"。我自以为懂点事，不方便打听加藤女士的年龄，更不要多打问她的个人私事。不料四十岁左右的云刚十分机灵，又十分健谈，不管不顾地和加藤女士聊了起来。

云刚问加藤女士："你多大年纪了？"加藤笑了笑说："六十了吧！"云刚说："那你退休了吧？"加藤说："我们日本七十岁才能退休！"加藤又说："为什么这么多柿子树上，有的柿子是红的，有的是黄的？"

云刚说："红的是已经软了，能直接吃。黄的还不熟，要用温水泡二十四小时后，又甜又脆，很好吃。"

说着，云刚就爬上了崖畔一棵柿子树，为加藤小姐摘柿子。

加藤女士惊呼："太危险了！快下来！快下来！"

一旁的赵飞燕女士说："我们太行山上到处都有核桃树，有柿子树，年轻人上树不算回事！"

下坡的山路更难走，我和云刚仍时不时搀扶加藤女士，担心她滑倒。她说："没事的，我们日本百分之七十是山地哦！"

我和孟主席约定不提的话题，竟然由加藤女士先提出来了。

她说："这么大的山沟，日本兵来过吗？"

赵云刚不假思索地回答："来过！来过！日军大扫荡，没有去不了的地方。只要有人的地方他们都会去，他们还来李家岩烧过房子呐！"

加藤女士连声说："对不起！对不起！我们的前辈给中国人的伤害太大了！"加藤女士作为一名日本学者，能如此认识日本侵华历史，让人感动。

赵云刚说："都是过去的事了！不用提了！"

我急忙插话说："侵略中国，是日本少数军国主义分子的罪行。日本侵华，受害的不仅是中国人民，日本人民也深受其害。多少日本家庭为此而妻离子散，多少日本青年不明不白地丧生于异国他乡！咱们都应当记住历史的教训，维护世界和平！"

加藤女士连连向我鞠了几个躬，并说："您说得好，

您说得好，再不要战争！"

好不容易翻过两沟中间的大山，到了另一条沟谷的坡根。这个大山脚下的坡根，原本有几户人家，现在坍塌的只剩半串院，半串院的北边，就是李有才的故居。三间东屋，只剩下石头根基，但房屋前檐的北头，石头垒的灶台还完好无损。

李德胜指着灶台说："俺爹就在这里烧柴禾做饭。"他又指着也只有石头根基还在的北面三间小屋说："赵树理跟俺爹在小北屋一聊就是半夜……"

李有才故居院内荒草萋萋，仿佛在诉说着李有才在这里的艰辛。房屋背后的大山悄然挺立，仿佛在见证着这里曾经发生的一切……谁能想到，这里曾留下一代文学大师的足迹，这里曾有过文学大师笔下的民间名人……

大家默默地观看之后，又忙着各自拍照或合影留念。

我又提议："咱们最好走一走李家岩原来进山的小道，也是赵树理到李家岩真正多次走过的路。"

我担心加藤女士能否再走山路，不料她还是首先响应："那就太好了！我们就是寻找赵树理的足迹嘛！"一路上，加藤女士几乎不停地拍照：大山、深谷、核桃树、柿子树，就连弯弯曲曲的山道，都是她捕捉的镜头。显然，她是用相机留下这里永久的记忆。

当天下午，我们又风尘仆仆地赶往《小二黑结婚》故事发生地横岭村进行了走访。因为加藤女士第二天还要赶往河南郑州参加重要活动，傍晚时分我们又在桐峪高速路口依依惜别。六十多岁的一位日本女人，漂洋过海只身前来我国找寻赵树理的足迹，翻山越岭毫不畏惧，这是多么难能可贵啊！

后来孙女从网上给我查到：加藤女士1959年生于日本名古屋。1982年毕业于御茶水女子大学，1984年获文学硕士学位，1986年来中国山西大学进修，1987年在北京大学进修，1988年获文学博士学位。1988年起在日本和光大学任教，现在是和光大学的副校长。她主要从事中国现当代乡村文学研究，不仅出版了《50年代日本人为什么接受赵树理》《中国乡村文学的当代意义》等论著，还翻译了赵树理的《小二黑结婚》《李有才板话》，韩少功的《爸爸爸》等作品。多次带日本专家学者或只身一人来山西大学、广东中山大学、陕西西北大学、华南师范大学、山西、晋城等省市文联、作协进行学术交流和演讲，并创办了《日本中国当代文学研究会会报》，她还受恩师釜屋修生前委托，把釜屋修一生研究中国文学、研究赵树理的两大箱书籍、资料无偿捐赠给了中国赵树理研究会。加藤女士深情地关注着中国文学，并为中日两国的文化交流做出了突出的贡献。

更为可贵的是，她提出一个观点，就是研究中国现当代文学，不仅要读原著、看资料、多参加研讨会，更要"寻根问底找实证"。她还用实际行动来践行这一严谨的治学态度，更让我钦佩万分！

更让我高兴的是，赵树理和李有才还活着，而且活在几乎是全世界人民的心中。音乐无国界，文学无国界，就像全世界人们的笑声不用翻译一样，只要是真善美的，就是全世界共有的。

注：本文首发于《乡土文学》2019年第一期，《左权文学》2019年第一期转载。

钱信忠和八路军卫生部在左权

国家原卫生部部长钱信忠曾是八路军的名医，为抗日根据地的群众服务，与老百姓结下了血肉深情。他用高明的医术治愈了当地很多村民，受到了大家极大的尊崇，被誉为太行山上的"八路军活神仙"。

钱部长是根据地有名的"大红人""大忙人"

1940年11月上旬，八路军总部野战卫生部进驻辽县（今左权县）东隘口村，钱信忠部长带领卫生部所属科、股、政治处及警卫连同时到达。卫生部机关驻扎在东隘口村中央皇甫演家，钱信忠就住在大北房，此房既是办公室又是卧室。东隘口村位于辽县东南部，离县城30公里，离八路军总部所在地麻田15公里，离八路军野战政治部、一二九师司令部驻地桐峪镇仅5公里。全村70余户、360

多口人，河的西面就是建有一所卫生部直属白求恩医院的西隘口村。

卫生部在东隘口村一驻就是5年。期间由于日军"扫荡"和战争形势的变化，曾短时间转战离开，但形势允许就回迁，一直到1945年抗战胜利后才迁离东隘口村。在当时钱信忠部长是太行山抗日革命根据地有名的"大红人""大忙人"。

说他"红"，是因为他既是领导者，又亲自诊病当医生；他不仅看普通伤病员还亲自给他们做手术。他为群众治好很多疑难杂症，不吃群众一口饭，不收群众一分钱，为救治伤员、给群众看病每天忙得团团转。东隘口村及周围群众几乎都认识他，说他是个"大红人"。说他忙，是因战时的卫生工作头绪繁多，卫生部先后进行3次合编，还创办卫生学校培训学员，管理下属各医院、卫生材料厂及下属的制药厂、绷带材料厂、玻璃厂、酒精厂……这些都需要建立健全各项规章制度，如各医院的医疗制度、看护制度、保卫制度等，都需要具体安排资金筹措、原材料筹集、人员安置、后勤保障等事务。战时的卫生部至少有4项大任务：救治部队伤病员，仅1941年上半年就救治伤病员7757人；为当地老百姓看病治病；向广大群众宣传医药卫生知识、新接生方法和妇幼保健知识，宣传破除迷信，打击巫婆神汉；自制各种医疗器具和中、西药品，保障各战时医院所需。

军爱民、民拥军,军民互助团结紧,
八路军和钱部长就是咱最亲的人

5年的相处,八路军野战卫生部和东隘口村及周围村庄的老百姓结下了密不可分的鱼水深情。钱信忠等把驻地当家乡,把群众当亲人。在繁忙紧张救护部队伤病员的同时,还积极主动地为当地群众的卫生防疫、疾病治疗做了大量工作。驻扎东隘口村期间,村里人把八路军当成了最亲的人。他们把最好的房子让给卫生部人员,自己的生活虽然不宽裕,却经常给他们送小米、送蔬菜。真可谓是:军爱民,民拥军,军民鱼水情谊深。

在平时,村里人早早地把小米、炒面、锅碗准备在两个筐篮中。因为日军一"扫荡",妇女们就先带上老人孩子转移,男人们首要的任务就是去抬担架,把伤病员们迅速转移到村外最安全的地方,然后再返回家中,立刻担上担子追赶父母妻儿去躲藏。村里伤病员有时多达几百人甚至上千人,如百团大战、关家垴战斗、黄崖洞保卫战等伤病员就特别多,附近的山庄窝铺都住有伤病员。只要一有"扫荡"的消息,仅有百余名劳力的东、西隘口村首先要把几百名伤病员安全转移后,才顾得上和自己的家人去躲避"扫荡"。

因为八路军卫生部驻扎在此,日军对东隘口村恨之入骨,便在寨顶山尖上修筑碉堡,同时在红岭坪上搭帐篷,一住就是40多天。日夜监视村中动静,一有机会,便下山"扫荡"。村民们随时密切监视敌人,只要敌人一下山,就自发组织起来，先安置伤病员然后再转移。卫生部在东隘口村先后驻扎了5年时间，八路军的伤员没有一个遭到日军杀害，老百姓为此做出了很大的贡献。

当时太行山区的群众生活十分艰苦，衣不遮体食不果腹，哪里还顾得上讲什么卫生？群众根本不懂得卫生与健康的关系，女不梳头男不洗脸是常事，更谈不上洗澡、洗脚、晒被褥了。当时多种疾病流行，霍乱、痢疾、疥疮、流感时有发生，许多人因此死于非命。特别是产妇不讲卫生，坐月子"怕光怕风"遮门挡窗，整个月子喝清水米汤。卫生、饮食均得不到科学、合理的保障，许多产妇因此丢掉性命，婴儿夭折也时有发生。

钱部长和医护人员看在眼里急在心上，于是就组织卫生部医护人员大张旗鼓地宣传讲卫生、防疾病、新接生方法，普及科学育婴知识。除举办"保卫健康的医药卫生成果展览"外，还把卫生部宣传卫生知识的挂图、妇婴保健模型，让民教馆的同志带上到各个集镇、农村巡回展出。医护人员更是深入各家各户详细宣传相关知识，登门入户为孕妇进行新法接生，随访坐月子的妇女。

每逢元旦春节，钱信忠都要召开军民联欢会。联欢会大都在东隘口村西麻地召开，路上就是舞台，路下就是看场。周围村里的群众也来看热闹，总是人山人海。每次联欢他都要讲话，宣传抗日和军民团结，讲卫生防疫和妇婴保健。他讲得清楚明白，大家都直耳静听。有一年元旦，他组织军民团拜会，一边坐着部队的医生护士，一边坐着村民。他指挥双方起立相互三鞠躬，群众感到稀罕高兴，就像和乐融融的一家人。

同时，钱部长还利用军民联欢会，给东隘口村60岁以上的老人集体祝寿。他让村里的姚红斌、李廷怀、皇甫鸿昌等老人坐在上首，他按当地的习惯和村干部一同向老人们叩头贺寿。李廷怀老人一辈子也未受到这样的"高抬礼遇"，激动得拉住他的手脱口问："钱部长您贵姓？"钱部长笑着说："免贵，钱部长我当然姓钱啦！"逗得军民哈哈大笑。

东隘口村的皇甫瑛甚是喜欢医学，和钱部长的住处相邻，便经常找他求教。一来二去两人相处得很是亲密，他还将皇甫瑛的女儿认为义女。此后，两家一直未断交往。解放后，义女从长治医学院毕业后征求钱部长意见：工作是在地方还是到部队。他说，到部队能得到更好的锻炼。于是她就参了军，成为中国人民解放军二六四医院的医生。

1942年，西隘口村的张云喜腰部被敌军打坏，碎骨头进了肚子里，一年多了还不能动，村里人都说他活不成了。钱部长听说后去他家仔细察看了他的伤情，立即给他做手术取出了肚子里的碎骨头。张云喜不久即痊愈，不但能劳动，还能担五六十斤柴禾。

东隘口村的皇甫汉是《新华日报》的缮写员，每天都要工整抄写3000多个字。一次，他连续数天赶着把毛泽东的《论持久战》抄写出来，可能由于坐的时间太长便得了痔疮。钱信忠给他做了手术并嘱咐他要喝稀食。但他饿了就吃疙瘩（当地一种饭食），也不按时换洗纱布，结果刀口感染了。钱部长一边给他换药一边善意地批评他：一要遵医嘱,二要讲卫生,你多受了罪,活该。说罢,四目相对,二人会心大笑。

东隘口村有个小孩魏永增在外玩耍时被狼咬住,拖到了九仙庙附近。幸好他本家叔父在庙前刨土,看见后赶紧打跑狼救了他。钱部长给永增的伤口消毒、撒药,包上纱布,多次换药后永增才捡回一条小命。他后来一直对人说,是钱部长救了他一命。

村民张昌昌从高崖上跌入深谷,颅骨损伤,几天不省人事,家里人哭着为他安排后事。幸亏钱部长通过手术把他救活了,由此钱部长被群众称为"八路活神仙"。皇甫束玉为此而写的故事《活神仙》,被编入晋冀鲁豫边区出版的新课本中。中共中央北方局的《新华日报》(太行版)曾以"太行山上活神仙"为题,整版报道了他为根据地人民服务的事迹。"不说太行山高奇,不表彰河水涟漪,只讲咱们八路军,出了个妙手回春大神医"的顺口溜在当地流传了很久。

女烈属搭桥牵红线,钱部长和汤医生喜结良缘成佳偶

在东隘口村北角的一个院子里,住着一位年轻妇女叫巩淑英,娘家在本县麻田镇南会村。她丈夫名叫皇甫溥,1933年在燕京大学学习期间加入了中国共产党,1936年毕业后参加了革命工作,任八路军司令部抢修局局长兼文化教员,跟随边区政府主席杨秀峰组织的大学生军训队在河北内丘、涿鹿一带工作。1939年在紧急转移途中与敌人交战，年仅28岁的皇甫溥不幸以身殉职。

巩淑英当时仅20多岁，突然失去丈夫，每日以泪洗面，痛不欲生。次年冬，八路军卫生部进驻东隘口，女医生汤喜凤住在了她家里。汤喜凤耐心地给巩淑英讲解革命道理，劝说她不要难过，应该为丈夫光荣牺牲而自豪，要振作起来为革命事业做贡献。一来二去两人越来越亲密，干脆就以姐妹相称。

一天夜里，巩淑英悄悄地和汤喜凤说："姐姐，你比我还大一点，也该找个婆家啦！"汤喜凤说："是倒是，一来没有遇到合适的，二来没爹没娘的，也没人给张罗。"巩淑英说："好姐姐，我给你张罗！我身体不好，一直找钱部长看病。我看他长得很精干，你看咋样？"汤喜凤羞涩地说："人家能看上咱？"巩淑英一看有门儿，便为钱、汤二人穿针引线。谁曾想钱部长内心也喜欢汤医生，一是工作忙，二是不好意思提。经"巩妹妹"一牵线，钱部长欣然应允。

不久，钱、汤二人喜结良缘。后来，二人有了儿子钱家龙，但都因工作忙，忙起来甚至不分昼夜，巩淑英立即帮钱家龙找了个奶娘。奶娘名叫裴先凤，生有4个女儿。她是个小脚妇女，身边有几个孩子够她忙活了，不想再当奶娘，可一听说是给钱部长奶孩子，就说："他们都是好人，都是忙人，没日没夜给咱老百姓办事，他们有难事，咱可不能不管。"巩淑英又说："你当奶娘，只管奶好孩子，我当姨娘，和你一起看孩子，咱俩还照看不好一个小孩子？"于是，钱家龙就在奶娘和姨娘的看护下一天天长大了。虽说是在战火纷飞的年代，钱家龙却得到了亲娘、姨娘、奶娘的精心呵护，度过了幸福的童年。钱部长家一个孩子三个娘的故事在左权县被传为佳话。

  注：我在《东隘口村志》一书中，比较详细地记载了当时八路军卫生部长钱信忠和卫生部在东隘口村的事。文友侯俊伟缩写成此文，首发于2015年9月10日《今日左权》报。《左权文学》2016年第三期转载，后又收录于侯俊伟编著的《抗战精华在左权》一书中。

慷慨输将　忠义可风

——左权东隘口村皇甫家族家风考

耕读传家　诗书继世

要发财　庄稼搅买卖

扶贫济困　精忠报国

——皇甫家家训

左权县桐峪镇东隘口村北靠小寨山，南临小河滩，山清水秀，吉瑞朝阳。这个太行山中的小山村，鼎盛时期，也就百十来户人家，但在左权县境内却因"两多一大"有很高的声望。一是复姓"皇甫"多。皇甫复姓在左权县内并不多见，但在东隘口村却为全村大姓，占住户的一多半。二是楼房多。左权县为太行山中的山区小县，农舍大都为土坯墙石板顶，能有座砖墙瓦房就算富裕户了，可东隘口村竟有砖木结构二层楼房近三十座，在左权县有"出南门楼房第一村"之称。三是抗战时期皇甫家名声大。皇甫家多人为抗战做出了突出贡献，为世人称道。皇甫家族多辈鼎盛，辈辈相传着"耕读传家，诗书继世；要发财，庄稼搅买卖；扶贫济困，精忠报国"的祖训家风。

耕读传家，诗书继世

在东隘口村，皇甫氏又分三大家族，一是皇甫周家，二是皇甫岱家，三是皇甫桂家。皇甫家族与当时当地普通农家不同的是，讲究耕读传家，诗书继世。就是在耕种的同时，注重读书，用现在的话说就是重视子弟的文化教育。有了文化，就有了知识；有了知识，就有了见识；有了见识就会理财治家。不仅使家族逐渐兴旺，而且以家谱的形式，把家族发展的脉络记载了下来，传承给后代。

到目前为止，东隘口皇甫氏家谱为本镇记载代数最多的门户之一。传统的汉族家谱是记男不记女，记死不记生，但皇甫家却男女均记，生者也记，故名"世系表"。皇甫周家到目前已记载13代，皇甫岱家到目前已记载12代，皇甫桂家到目前已记载7代。

最具代表性的是皇甫岱家。皇甫岱家原住在桐峪镇上，后迁到东隘口村，第八代为皇甫宪。皇甫宪家保存有木柜，里面全是稿子，一格一字，工工整整，这叫馆阁体，是考试用的八股文通用的字体。还有许多诗稿。另有好几个木箱子，装有各种版本的古书，如《易经》《尚书》《史记》等，全是木刻本。但皇甫宪屡考不中，就用钱捐了个正九品，闲暇无事，便留下了许多诗、书、字、画，村人印象最深的是皇甫宪做的纸灯笼，上面的字画特别好看。

皇甫宪的儿子皇甫銮，在耕作之余爱好习武，屡考不中，成为落第老农。

到皇甫宪重孙皇甫溱这一辈，仍然坚持耕读传家。皇甫溱经营家产之余，就给四个儿子讲解"四书五经"《左传》《古文释义》，以传授知识；同时还讲《三国演义》《东周列国志》《精忠说岳全传》《岳飞传》，以灌输忠义思想。他发现四个孩子都喜欢读书，就又买了《儒林外史》《清官轶事》《聊斋志异》《阅微草堂笔记》《隋唐演义》《西游记》《再生缘》等书籍。长子到太原上大学之后，皇甫溱不仅支持长子购买了当时列为禁书的《红楼梦》，而且还让长子为家中订阅《晋阳日报》等报刊。皇甫溱的言传身教，不仅帮助四个儿子奠定了较为扎实的文字基础，还使他本人及四个儿子接受了不少新思想。特别是皇甫溱常常有声有色地给孩子们讲解岳飞等人的故事，使子女在潜移默化中树立了坚定的忠义、正义、爱国、爱民的思想。

庄稼搅买卖　发财致富快

皇甫氏三大家庭都注重读书和修身，被乡邻誉为知书达礼之家。同时，他们也有经商做买卖的先进理念和发家致富的信念决心。特别是皇甫岱家，广置田产后，重金聘用长工，廉价出租土地，本村及邻村农户都愿意同皇甫岱家打交道。皇甫岱家家产渐丰，兴建了多座二层砖木结构楼房，而且宅院较为讲究。如在新院街修建的"上新院"，一进砖雕大门，向左为一甬道，甬道之北，东西向一溜是瓦房，为长工房、碾磨坊、牲口房；向右又一甬道，甬道之西为五间西楼，甬道中间有一座向东开的门楼，门楼内为正院，东有五间砖木结构楼房，南北各为三间砖瓦房。全院以东为主，坐东朝西，整个建筑既典雅又实用。

皇甫岱家不仅经营土地，还养了许多羊。羊粪能肥田，秸秆冬季能喂羊，每年羊毛、羊绒又是一笔很大的收入。同时还在本村先后开办了醋坊、酒坊，又在南冶村开办了另一处酒坊。这些产业的发展，使皇甫岱家的后代越来越富足。

扶贫济困　精忠报国

皇甫岱家代代传承着知书达礼、扶贫济困、和睦邻里、买卖公平的祖训，虽为富户但不豪横，虽有势力但不霸道，还经常接济村中的穷苦人家。有两个外地乞丐，一名张二，一名李二，村中人叫他们为"俩二"。"俩二"讨饭到东隘口时，皇甫岱家第十一代掌门人皇甫漆见二人可怜，且天色已晚，除施舍饭食外，还让自家羊倌带二人到看羊的羊工小屋休息，还给了两套铺盖。这样一来，二人就把这里当成"老家"，到邻村讨吃，每晚即在此住宿。逢年过节，皇甫漆还让家人给二人送点好吃的。这二人竟在该村住了三年多，直到战乱爆发才不知去向。

皇甫漆全家忠义正直的品格，在国难当头的全民抗战中得到了充分的展示与体现。

　　皇甫漆的长子皇甫珍，字聘卿。在太原上大学时，筹备并参与编辑进步杂志《开路》，宣传革命思想。毕业后因病返乡，后不幸病逝。

　　皇甫漆在长子及好友之子黄明（抗战中任左权县抗日县长）的影响下，积极支持抗战。1939年7月5日，日军第三次占领辽县（1942年改为左权县）县城后，7月下旬，中共辽县县委机关、县委党校转移到东隘口村观音堂内，辽县抗日政府也在东隘口短期驻扎。1941年7月1日，八路军野战卫生部在部长钱信忠的带领下进驻东隘口村。由于皇甫漆是开明士绅，八路军和抗日政府的许多领导经常在他家吃住，谈心。太行军区副政委兼政治部主任黄镇，就住在皇甫漆家的下新院。皇甫漆热心支持抗日，做了大量有利于抗日的工作。为此，中共辽县县委、辽县抗日政府、八路军总部、一二九师司令部召开的不少会议，都邀请皇甫漆参加。如在麻田镇召开的名流学者宪政促进座谈会，在桐峪镇召开的辽、黎、涉三县士绅会议等。

　　特别是1940年冬，晋冀豫边区规定按累进办法征税，但没有详细的法令。辽县革命县长魏兆鳞亲自到东隘口村搞试点，就长期住在皇甫漆家。皇甫漆不仅为实行"统一累进税"积极献计献策，还带头执行统一累进税制度（大概意思就是土地田产越多，征收比例越大），使统一累进税改革在全县，进而在晋冀鲁豫边区得到推广。

　　1942年，八路军聘请皇甫漆到桐峪酒厂当经理。1945年，皇甫漆又参加了边区政府在涉县下温村召开的士绅座谈会。

全面抗战开始后,皇甫漆毫不犹豫地把他的三个儿子送进了革命队伍。

二子皇甫璞,字子玉。原为教师,后到抗日政府搞行政工作,在财粮科任仓库主任。但并非只管一个仓库,而是管理全县范围内的藏粮。既要保护好,还要勤翻晒。在他的管理下,经历多次反扫荡,公粮没有丝毫损失。他也受到了晋冀鲁豫边区政府的表彰。中华人民共和国成立后,他任晋中地区财政局局长等职,直至离休。

三子皇甫瑾,字束玉。1936年参加牺盟会,1937年参加工作,当教师,后主动到辽县三区(温城)区政府工作,之后历任抗日学校教师、校长、县剧团指导员等。全面抗战期间,他改造民歌小花戏,被评为太行区模范戏剧工作者,荣获边区政府奖章及奖状。他还是《新华日报》特约通讯员,后任县教育科长、晋冀鲁豫边区政府教育厅编审委员,亲自编写了边区政府小学教材、农民识字课本、战士读本等。中华人民共和国成立后,他历任高等教育出版社党委书记等职,两次主持高等学校通用教材的编辑出版工作。1987年获全国出版界首届韬奋出版奖,2015年荣获抗日战争胜利暨世界反法西斯战争胜利双七十周年纪念章。

四子皇甫琳,1937年参加工作,同年加入中国共产党,历任八路军青年工作队队员、晋东青年抗日救国总会武装部长、太行二地委各救会主任兼农会主席。中华人民共和国成立后历任福州大学党委书记兼校长、中共福建省顾问委员会委员、省人大常委等职。1955年被授予中华人民共和国二级解放勋章。担任福州大学校长期间，他大胆进行改革，把大学教育和企业需要结合起来，既扩展了大学经费来源，又为企业培养了大量适用性人才，成为全国高等教育工作推广的典型。

皇甫溸父子全部参加抗战工作，八路军总部和一二九师刘伯承师长、邓小平政委两次赠送皇甫溸锦旗，前者上书"慷慨输将"，后者上书"忠义可风"。皇甫溸家为抗战胜利和中华人民共和国的财经特别是教育方面所做的贡献，在左权当地一直被人广为传颂。

本文收录于晋中文联编撰、北岳文艺出版社2018年10月出版的《爱上晋中》文化丛书之家训集萃《品鉴晋中》卷内。

左权将军殉国地
——山西左权县十字岭

中华英烈公祭活动祭文

巍巍太行，松柏常青，见证着中华英烈的铮铮铁骨；滔滔清漳，碧水长流，书写着中华英烈的丰功伟业。

"九·一八"事变，铁蹄践踏东北三省，"七七"炮响，日军开始全面侵华。中共扶危于既倒，国共合作筑长城。

华北脊梁，簇拥太行。东瞰华北，可攻冀鲁豫；西抱三晋，可守晋陕甘。自古兵家必争之地，抗倭壮士自当戍边。八路军东渡黄河，开赴抗战一线。太行山承国运之千钧，左权县遂为抗战中心县：一二九师司令部1937年进驻太行山，督师西河头。游击训练班，锤炼民族栋梁，组建工作团，开赴冀鲁豫。华北敌后游击战从此发祥，太行抗日根据地从此创建。

中共中央北方局、八路军前敌总指挥部，1940年进驻辽县，直至抗战胜利离开，时间长达五年。晋冀鲁豫边区临时参议会，在桐峪镇隆重召开，翻开了抗日民主政权的崭新一页。太行山成为华北敌后抗战指挥中心，晋冀鲁豫边区政治、军事、经济、文化中心。总部帷幄麻田镇，朱彭运筹刃屠龙。发百团之雄风，挫倭奴之嚣锋。大生产战饥荒破敌封锁，建军工产武器削敌威风。由相持，到反攻，直至抗战胜利，太行山、漳河水，高奏激越凯歌。

回首当年，抗日烽火遍燃，太行山上，民族脊梁力挺。西河头村，游击星火播撒华北；麻田古镇，百团决战围猎狼虫。硝烟弥漫，山岭处处皆壮志；全民抗战，民众个个是英雄。左权将军，洒一腔热血殉国家；无数先烈，怀满壮志卫吾华。仅十字岭一役，新闻战士牺牲四十多位，想太行山多战，抗战英烈数不胜数。浴血抗战，军民一家。妇孺皆兵，同仇敌忾。中华儿女，众志成城。国难当头，前仆后继；鞠躬尽瘁，死而后已。烈士英名，当留后世，举国同念，不忘初心。喜看今朝，太行儿女齐奋进，硕果累累慰忠魂。四十年革故鼎新，老区人高歌猛进。春华秋实，天道酬勤。美丽梦想，如日东升。大项目落地生根，大招商纳气储精。传统产业升级创新，转型发展势若长虹。庄园经济凸显精品，核桃产业翻番倍增。规模养殖健康发展，现代农业气象呈新。更可喜，太行山旅游区迅猛开发，漳河畔新景观笑迎宾朋。新一轮大发展鼓风扬帆，新一幅锦绣图长卷舒展。

太行山儿女衷心告慰英灵：我们一定要发扬革命传统，

我们一定要争取更大光荣!

  值此国家烈士纪念之日,当为太行人民祭奠之时。为此,太行山儿女在此肃立,面对先烈对天宣誓:国难不可忘,山河不再破。让我们深切缅怀烈士功德,牢记前辈丰功伟业;重铸民族精神,提升家国情怀;圆梦中国,振兴华夏!在以习近平同志为核心的党中央的领导下,倡一带一路,共筑人类命运共同体;促扶贫攻坚,实现中华民族的伟大复兴!

  为国捐躯的中华英烈,安息吧!

太行人民抗战研究院
二〇一八年九月三十日

  注:本文为太行人民抗战研究院左权办公室安排作者编写,录此为纪。公祭活动中使用了全国各地公祭统一祭文。

附录：诗作数首

　　少年时，酷爱诗。稍大后，敬畏诗。因不懂平仄，不精格律，所以就不敢写诗。

　　偶尔为之，也是"随吟""即景"之类。为留纪念，附录于后。

百里画廊随吟四首

一

青山叠翠峰连峰,绿水回流鱼石清。
千般情思无叙处,正是百里画廊①中。

二

青山藏闺秀,绿水育凡人。
神女②长浩叹,惊羡世缤纷。

三

凿石成洞半山空,身穿石崖南北通。
莫道鲁班功成败③,世事沧桑说枯荣。

四

玉兔含翠草,金龟傍青松④。

缥缈仙天上，实在人世中。

　　（首发于《今日左权》报，收录于2013年版《左权县文化志·文学作品选》）

　　注①：左权县境内从土门村到麻田村，向东再到泽城村，沿途奇峰林立，各种象形山惟妙惟肖，优美传说神奇动人，被人称作百里画廊。

　　注②：南会村后山崖上，一座石崖酷似秀女，村人称为"媳妇山"，后被称作"神女峰"。

　　注③：辽阳十景之一"高欢云洞"，为一处未完工的佛教石窟。民间传说为鲁班所造。其光身凿洞，遇母送饭，羞愧难当，从对面山崖穿山而过，又遇妹妹洗衣，遂又从山崖穿回。至今云洞对面山崖上还有两个通洞。

　　注④：武军寺村对面山上，有一处山石酷似一只卧兔，其后山崖如一乌龟。

沙河公园即景四首

穿左权县城而过的沙河两岸,昔日蒿蓬乱石污泥,今朝松青草翠花红。鸟鸣林间,人游园中,山水宜居名城实至名归,真乃辽阳众生之幸矣。

(一)
层层叠水沐细雨,丝丝垂柳拂清风。
斜阳穿林迎晨曦,曲栈通幽偎黄昏。

(二)
青山粉黛似江南,绿水环抱映彩虹。
紫燕飞剪桃杏间,红花香飘亭榭中。

(三)
锣鼓管弦声声起,轻歌曼舞处处春。
园中灯火如白昼,人间仙境在辽城。

(四)
太行山城美如画,漳水河畔添新景。

赢得万人同声赞,心系百姓惠民生。

注:此诗首发于《左权文学》2016年第1期,并曾获晋中市中秋赛诗会古体诗奖。

游蜀偶得五首

近日得闲同次子雪冬到四川一游。一看在成都上学之孙女，二也观赏蜀地之风光。昔日帝王之都，今日人民省会，长安、西安绝非一字之变；秦王虽暴政，却也有功绩，对历史人物当以历史眼光去评判；昔日蜀道难，今朝变通途；九寨之美，赖于天成，人类破坏大自然行为当止矣……游蜀之途，感慨颇多。为抒心志，不计平仄，随口吟成五首。

过西安
秦时明月汉时关，关月犹在人不还。
历史本是人民写，如今长安变西安。

遥望秦陵
狼烟散尽秦陕天，当年英豪已长眠。
驰骋神州成霸业，不枉高冢在人间。

过秦岭

蜀道难于上青天，而今桥洞一线穿。
千百城镇如飞过，铁龙一日晋陕川。

说 蜀

巧借东风赛神仙，关张赵黄皆英贤。
勿道皇叔名分正，分久必合是真言。

九寨沟有感

彩山彩水好风景，七彩九寨如仙境。
可叹神州多污染，此处能留几多人？

2013年5月

贺皇甫老九十六岁寿辰三首

太行烽火照神州,
青年热血华章留。
《土地还家》万民欢,
《四季生产》五谷稠。

离休未曾一日休,
诗文书画写春秋。
太行劲松永不老,
心萦清漳情悠悠。

皇天不负道酬勤,
仁者清风裕后昆。
老骥伏枥孺子牛,
寿逾南山唱晚风。

注:《土地还家》《四季生产》均为皇甫束玉编创的抗日民歌。